edition suhrkamp 2511

Warum fehlte Island auf den ersten Euro-Scheinen? Wer hat den Staren von Reykjavík Kurt Schwitters' »Ursonate« beigebracht? Und stimmt es, daß ein isländischer Transsexueller nach der Operation vom Mann zur Frau sofort den weiblichen, geringeren Tariflohn erhalten sollte?
In 66 Betrachtungen hinterfragt Wolfgang Müller die Klischeebilder von Island und verrät, was es dort abseits ausgetretener Touristenpfade zu entdecken gibt: sei es die nördlichste Pizzeria der Welt, die größte Schönheitsköniginnen- und Nobelpreisträgerdichte oder die Einsicht, daß sich die Deutschen auf Island zu allen Zeiten selbst gesucht haben und daß, wer anders auf die Insel blickt, auch Deutschland anders wahrnimmt: Elfenspuren etwa finden sich, wenn man sie lesen kann, auch in Berlin . . .

Wolfgang Müller, geb. 1957, versammelte Anfang der achtziger Jahre die »Genialen Dilletanten«, leitete die Band *Die Tödliche Doris* und führte das Reykjavíker Goethe-Institut nach dessen Schließung 1998 als Präsident der Walther-von-Goethe-Foundation privat weiter. Er lebt als Autor, Musiker und Künstler in Berlin.

Autorenfoto: Martin Eberle

# Wolfgang Müller
# Neues von der Elfenfront

## Die Wahrheit über Island

Suhrkamp

Redaktion: Johannes Ullmaier

edition suhrkamp 2511
Erste Auflage 2007
© Suhrkamp Verlag Frankfurt am Main 2007
Originalausgabe
Alle Rechte vorbehalten, insbesondere das
der Übersetzung, des öffentlichen Vortrags sowie der
Übertragung durch Rundfunk und Fernsehen,
auch einzelner Teile.
Kein Teil des Werkes darf in irgendeiner Form
(durch Fotografie, Mikrofilm oder andere Verfahren)
ohne schriftliche Genehmigung des Verlages reproduziert
oder unter Verwendung elektronischer Systeme
verarbeitet, vervielfältigt oder verbreitet werden.
Satz: Jung Crossmedia Publishing GmbH, Lahnau
Druck: Druckhaus Nomos, Sinzheim
Umschlag gestaltet nach einem Konzept
von Willy Fleckhaus: Rolf Staudt
Printed in Germany
ISBN 978-3-518-12511-3

2 3 4 5 6 – 12 11 10 09

# Inhalt

# Wie Island nach Europa kam

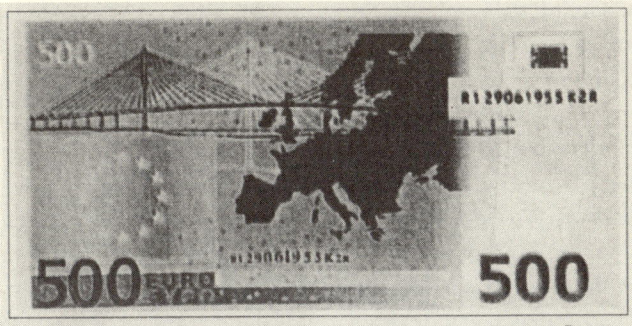

FYRSTA útgáfa 500 evróa-seðilsins. Ísland vantar á Evrópukortið.

Reuter

ENDURSKOÐUÐ útgáfa. Ísland og Tyrkland komin á kortið.

EURO-Schein vor und nach isländischer Intervention

Ursprünglich lag Island außerhalb Europas. Jedenfalls fehlte die Insel bei der ersten Präsentation der Euro-Entwürfe in der Frankfurter Notenbank. Warum die Entwürfe dann doch noch modifiziert wurden, ist selbst dem Vorsitzenden des Vereins der Europafreunde in Island, Aðalsteinn Leifsson, ein Rätsel. Daß die isländische Regierung auf öffentlichem oder auf diplomatischem Wege Druck ausgeübt habe, glaubt der Europafreund nicht. Deshalb könne es sein, »daß wir Unterstützung gutwilliger Menschen in dieser Sache erhalten haben«, orakelt Aðalsteinn in der isländischen Presse. Klar sei, daß dieses Ergebnis einen großen Erfolg sowohl für die EU als auch für Island bedeute. »Es ist sehr wichtig, daß Island auf der Europakarte ist!« Die Karte auf den Scheinen habe symbolische Bedeutung. Sie werde millionenfach verbreitet. Es wäre schlimm gewesen, wenn diejenigen, die das Geld nutzten, den Eindruck gewonnen hätten, Island sei nicht Teil Europas.

Durch die Veränderung des Kartenausschnitts rückt überraschend auch die Türkei auf die Scheine. Das Land war vorher ebenfalls nicht vorhanden. Doch die Verwirrung wächst: Denn bei den Euro-Münzen, die der Belgier Luc Luycx gestaltet und mit seinen Initialen LL signiert hat, fehlt Island wieder, genau wie die Türkei, Norwegen und die Schweiz. Diese Länder sind, besonders gut erkennbar an der halbierten skandinavischen Halbinsel, explizit ausgelassen worden. Noch eigenartiger: Auf den kleineren Münzen schwimmen die abgebildeten fünfzehn EU-Mitgliedsländer voneinander losgelöst, wie Inseln. Bei den größeren, den Ein- und Zwei-Euro-Münzen, haben sie sich schließlich gefunden und bilden eine Einheit. Auf jeden Fall spielt die EU-Zugehörigkeit hier die maßgebliche Rolle. Warum also nicht auf den Geldscheinen? Dort finden sich sogar einige Atlantikinseln sowie Teile der Karibik, Südamerikas und Westafrikas, und zwar in fünf kleinen Kästchen am Rand der Banknoten: die Azoren,

Madeira, Französisch-Guayana, Guadeloupe, Martinique, Réunion und die Kanarischen Inseln. Ist Island nur deshalb auf den Scheinen gelandet, weil man sonst ein Loch in die Scheine hätte stanzen müssen? Die Schweiz und Norwegen denken schließlich nicht daran, der EU beizutreten.

# Ungleiche Kinder

Þórhallur Arnarson in »Huldamanna saga«,
Island 2002

Das von den Gebrüdern Grimm 1843 veröffentlichte Märchen »Die ungleichen Kinder Evas« weist große Ähnlichkeiten mit der isländischen »Huldamanna saga« auf. Diese
wurde 1864 durch Jón Árnasons Sammlung isländischer
Märchen in deutscher Übersetzung zugänglich. Im Ursprung und in der Struktur ähneln sich beide Märchen, bei
den Rollenverteilungen und im Handlungsablauf entwik-
keln sie sich auffallend anders.
Im Jahr 2000 filmte ich eine Version der »Huldamanna
saga«, die der gehörlose Þórhallur Arnarson in isländischer
Gebärdensprache (Íslenskt táknmál) vortrug. Die deutsche
Entsprechung »Die ungleichen Kinder Evas« gebärdete
der gehörlose Thomas Zander in Deutscher Gebärdensprache (DGS). Deutlich sind auf dem jeweils deutsch und

isländisch untertitelten bzw. synchron lautsprachlich ins Deutsche und ins Isländische übersetzten Video die Gemeinsamkeiten und Unterschiede der beiden Märchen erkennbar. Darüber hinaus zeigen sie die Entwicklung zweier unterschiedlicher Gebärdensprachkulturen.[1]

## Die ungleichen Kinder Evas

*Als Adam und Eva aus dem Paradies vertrieben waren, mußten sie auf unfruchtbarer Erde sich ein Haus bauen und im Schweiße ihres Angesichts ihr Brot essen. Adam hackte das Feld und Eva spann Wolle. Eva brachte jedes Jahr ein Kind zur Welt; die Kinder waren aber ungleich, einige schön, andere häßlich. Eines Tages sandte Gott einen Engel und ließ ausrichten, daß er kommen und ihren Haushalt schauen wollte. Eva freute sich und säuberte ihr Haus und schmückte es mit Blumen. Dann holte sie ihre Kinder herbei, aber nur die schönen. Sie wusch und badete sie, kämmte ihnen die Haare, legte ihnen neugewaschene Kleider an und ermahnte sie, in der Gegenwart des Herrn sich anständig und züchtig zu betragen. Die häßlichen Kinder aber sollten sich nicht sehen lassen, und sie versteckte sie. Eben war sie fertig, als es an der Tür klopfte. Die schönen Kinder standen in einer Reihe und der Herr fing an sie zu segnen. Er legte auf den ersten seine Hände und sprach: »Du sollst ein gewaltiger König werden«, ebenso zu dem zweiten: »du ein Fürst«, zu dem dritten: »du ein Graf«, zu dem vierten: »du ein Ritter«, zu dem fünften: »du ein Kaufmann«. Als Eva sah, daß der Herr so mild und gnädig war, dachte sie: »Ich will meine ungestalten Kinder herbeiholen, vielleicht gibt er auch ihnen seinen Segen.« Sie holte die ganze grobe,*

*schmutzige und rußige Schar. Der Herr lächelte und sprach:*
*»Auch diese will ich segnen.« Er legte auf den ersten seine*
*Hände und sprach zu ihm: »Du sollst werden ein Bauer«,*
*zu dem zweiten: »du ein Fischer«, zu dem dritten: »du ein*
*Schmied«, zu dem vierten: »du ein Schuhmacher«, zu dem*
*fünften: »du ein Töpfer«. Als Eva das gehört hatte, sagte sie:*
*»Herr, wie teilst du deinen Segen so ungleich! Es sind doch*
*alle meine Kinder, die ich geboren habe: deine Gnade sollte*
*über alle gleich ergehen«. Gott aber erwiderte: Eva, das*
*verstehst du nicht. Wenn sie alle Fürsten und Herren wären,*
*wer sollte Korn bauen, dreschen, mahlen und backen? Wer*
*schmieden, weben, zimmern, bauen, graben, schneiden und*
*nähen? Jeder soll seinen Stand vertreten, daß einer den an-*
*deren erhalte und alle ernährt werden wie am Leib die*
*Glieder.« Da antwortete Eva: »Ach Herr, vergib, ich war*
*zu rasch, daß ich dir einredete. Dein göttlicher Wille ge-*
*schehe auch an meinen Kindern.«*[2]


## Huldamanna saga


*Einmal kam Gott der Allmächtige zu Adam und Eva. Sie*
*begrüßten ihn herzlich und zeigten ihm alles, was sie in ih-*
*rem Haus hatten. Sie zeigten ihm auch ihre Kinder, und er*
*fand sie sehr vielversprechend. Er fragte Eva, ob sie nicht*
*mehr Kinder hätten als die, die sie ihm gezeigt hatte. Sie*
*sagte nein. Es war aber so, daß Eva einige der Kinder noch*
*nicht gewaschen hatte, sich deshalb schämte und nicht*
*wollte, daß Gott sie sähe, und aus diesem Grund versteckte*
*sie sie. Das wußte Gott, und er sagte: »Was vor mir verbor-*
*gen wird, soll den Menschen verborgen sein.«*
*Diese Kinder wurden jetzt unsichtbar für die Menschen*

*und wohnen in Bergen und Hügeln, Felsen und Steinen.*
*Von ihnen stammen die Elfen ab, die Menschen aber*
*stammten von den Kindern Evas ab, die sie Gott zeigte. Die*
*Menschen können die Elfen nie sehen, es sei denn, diese*
*wollen es selbst, denn sie können die Menschen sehen und*
*sich den Menschen sichtbar machen.*[3]

1 Müller, Wolfgang, Huldamanna saga und Die ungleichen Kinder Evas;
  Video, 12: 39, Deutschland-Island 2000. Erstaufführung in der Ausstellung »Der (im)perfekte Mensch«; Hygienemuseum Dresden 2000.
2 Grimm, Jacob und Wilhelm, Die ungleichen Kinder Evas, Kinder-
  und Hausmärchen; Göttingen 1843.
3 Jón Árnasson, Huldamanna saga, nach der Volkserzählung in Borgar-
  fjörður/Island, in: Íslenskar Þjóðsögur og æfiutýri; Leipzig 1862-64.

# www.pen.is und www.klitor.is

www. pen. is, Entwurf auf Katalogprospekt eines
Schreibgerätefabrikanten

Jahrelang war »Rómeó & Júlía« der einzige Sex-Shop Islands. 1995 verlegten die Inhaber, das Ehepaar Jóhanna und Þór Mýrdal, das Geschäft in den Osten der Stadt. Ein weiterer, 2001 erfolgter Umzug in den Ort Kópavogur scheint dem Geschäft jedoch abträglich gewesen zu sein, denn um das Jahr 2003 schloß »Rómeó & Júlía« endgültig.

Nach Angaben von Þorvaldur Steinþórsson soll das Ehepaar Mýrdal auch den ersten isländischen Pornofilm gedreht haben, der allerdings nur auf dem Postweg oder direkt bei ihnen erhältlich war. Heute ist er eine gesuchte Rarität. Als Hauptdarsteller tritt das Pärchen selbst auf. »Der Film hat ein lustiges Ende«, so Þorvaldur, »als nämlich Þór mit Jóhanna in der Küche vögelt, sagt er unvermittelt: ›Ich glaube, ich bin jetzt fertig‹ – was klingt wie der Ausruf von Atli Ásmundur aus der Grettis-Saga, der, als er von einer Lanze durchbohrt wird, sterbend stöhnt: ›Die breiten Speere sind jetzt Mode.‹«

Þorvaldur ist inzwischen eine Art Tycoon der isländischen Erotikindustrie. Seit er das Sexbusineß beherrscht, wurden aus Shakespeares Liebespaar »Rómeó & Júlía« Gottes erste Menschen: »Adam & Eva« nennt sich seine Erotikkette. Es habe aber keine Probleme mit der Kirche gegeben, betont Þorvaldur. »Vielleicht wäre es anders gewesen, hätte ich den Laden ›Maria & Josef‹ genannt.«

Drei »Adam & Eva«-Shops betreibt der agile Geschäftsmann inzwischen. Als Þorvaldur im Frühling 2005 einen weiteren Laden dazukaufte, der sich zuvor »Erotica shop« nannte, erwarb er auch dessen Domain www.pen.is. Bei englischen Touristen errang daraufhin bald ein Kugelschreiber mit dem Aufdruck »pen.is« große Beliebtheit, der wegen der Kombination von englisch »pen« (Stift) und dem Ländercode »is« (Island) als originelles Souvenir galt.

Zwar hatte Þorvaldur die Domain zuvor schon in www.adult.is umbenannt, »als ich aber dann merkte, daß beinahe täglich Besucher aus dem Ausland Fotos vor der Scheibe mit dem alten Domainnamen machten, änderte ich meine Ansicht.« Nun ist der weltweite Zugang zu www.pen.is wieder problemlos möglich.

»Wortspiele sind Teil der isländischen Sprachkultur«, bestätigt Þorvaldur, »wir lieben Wörter mit doppelter Bedeutung und Sätze, die unterschiedlich interpretiert werden können.« Kurzzeitig existierte auch www.klitor.is, wurde aber nach kurzer Zeit wieder aufgegeben. »Ich vermute, die Leute haben den Witz nicht verstanden«, so Þorvaldur. Das Wort sei zu kompliziert und durchaus nicht allen Menschen bekannt. »Der Penis ist einfach populärer.«

# Die Nachtigall von Reykjavík

Star in Island: Der Spatz

Jedes Jahr wird der Berliner Wildnis eine begrenzte Anzahl junger Nachtigallen entnommen und dem Institut für Verhaltensbiologie zugeführt. Dort beschäftigen sich Kommunikations- und Verhaltensforscher mit der Entwicklungsgeschichte des Vogelgesangs. Von der Nachtigall ist bekannt, daß sie nicht nur mehr als zweihundert Strophentypen bilden kann. Auch verschiedene Dialekte und andere Merkwürdigkeiten wurden belauscht.

»Frühling kommt, der Sperling piept, Duft aus Blütenkelchen...«, sang einst Marlene Dietrich. Nun gilt der Haussperling, den sich Komponist und Texter Friedrich Hollaender als Frühlingsboten erkor, nicht gerade als begnadeter Sangeskünstler. Sein Repertoire umfaßt eigentlich nur ein kurzes *errr, tetetetet* oder das lautstarke *tschilp tschilp tschilp*. Allerdings hatte Hollaender, als er den Songtitel »Kinder, heut' abend« kreierte, möglicherweise den unbekannteren Vetter des Haussperlings, den Feldsperling, im Sinn. Bald schon im Frühjahr nämlich sitzt das Feldsperlingsweibchen auf einem Baumzweig, flattert ekstatisch mit den Flügeln und stößt zarte Lockrufe aus, die das Männchen anziehen sollen. Das ist für den Umworbenen recht praktisch, denn im Gegensatz zum Hausspatz tragen Weibchen und Männchen des Feldsperlings nahezu das gleiche Federkleid.

»Spatz im Trainingsanzug« nennen die Holländer liebevoll die blau-gelb-grün-schwarz gezeichnete Blaumeise, die ebenfalls bei den ersten Sonnenstrahlen ihren Lockruf, ein hübsches glockenhelles *pink pink*, ertönen läßt. Ihr Gesang enthält besonders viele Nachahmungen anderer Vogelstimmen. So könnte sie das kleine Lied auch vom Buchfink gelernt haben, der ebenfalls gern *pink pink* singt. Daher übrigens sein Beiname »Fink«.

Doch auch im Winter, auf tiefverschneiten Tannen, singt die Blaumeise *zizigä zizigä*. In den Sommermonaten, wenn Drosseln flöten, Rotkehlchen trillern und Buchfinken jubeln, geht das Meisenpaar dagegen ziemlich stumm seiner Beschäftigung nach: Ein Dutzend und mehr Jungvögel gieren in der Nisthöhle nach Nahrung. Jeder Nistkastenbesitzer weiß, wie zerrupft und abgearbeitet die Altvögel nach zwei Wochen Jungenfütterung aussehen. Sicher hat das den Ruf der Meise als besonders nützlicher Vogel gestärkt.

Zu den ersten, die die Meisensprache entziffern konnten, gehört Sigurd, der Held aus der altisländischen Edda. Nachdem er den Drachen getötet hat, schneidet er ihm das Herz aus dem Leib, um es zu grillen. Mit dem Finger kostet er vom Bratensaft und verbrennt sich dabei die Zunge. Als das Drachenblut sie berührt, versteht er plötzlich die Vogelsprache. Es sind sechs Meisen, die ihm in der »Vogelweissagung« einige nützliche Ratschläge für die Zukunft geben.

Zu zierliche Singvögel für das nationalsozialistische Deutschland: In einer voluminösen, kiloschweren Edda-Schweinsledersonderausgabe von 1943 werden aus den sechs Meisen des isländischen Originals drei Adler: »Sigurd versteht die Adler« untertitelt der Illustrator in runiger Schrifttype ein etwas matschiges Aquarell mit dem blondgelockten Helden, über dem drei Adler im Geäst thronen.

Heute zählen Wissenschaftler die Meise zu den Kleinvögeln mit dem höchsten Intelligenzquotienten. Seit englische Blaumeisen vor einigen Jahren entdeckt haben, daß sie lediglich die dünnen Aludeckel der morgendlich vor die Häuser gestellten Milchflaschen durchpicken müssen, um an den oben schwimmenden Rahm zu kommen, bleibt kein Deckel in England mehr heil. Außerdem sang sich die neue Nahrungsquelle im Laufe von zwei Jahren bis nach Schottland herum. Ein wunderbares Thema für englische Biologen, die als weltweit führend in der Erforschung des Verhaltens von Blau- und Kohlmeisen gelten.

Als ausgesprochen dumm bezeichnete der Berliner Ornithologe und Tierpsychologe Oskar Heinroth dagegen vor siebzig Jahren die Nachtigall. Zwar hat er in seinen Schriften immer wieder darauf hingewiesen, daß es falsch wäre, Vögel moralisch zu bewerten, also vom »stolzen« Kranich oder der »dummen« Gans zu sprechen; die Nachtigall aber hat er ohne Skrupel »zu den dümmsten der Erdsänger« gezählt. Als Beweis führt er an, daß er sie immer wieder mit einem Mehlwurm in den Käfig locken könne, selbst wenn die Käfigtür danach sofort geschlossen werde. Das sei jedem Vogel höchst unangenehm, der etwas Freiflug gewöhnt sei, meinte Heinroth. Als ob das Bedürfnis, statt im Käfig zu hocken, lieber im Zimmer eines Wissenschaftlers herumzufliegen, etwas mit Intelligenz zu tun hätte!

Das Nachtigallmännchen beginnt seinen legendären Frühlingsgesang gleich nach der Rückkehr aus Westafrika, gegen Ende April. In verwucherten Parkanlagen und verfransten Gebüschen fühlt sich der Vogel wohl und hebt zu extrem variationsreichen Gesängen an.

»Im Anfang war die Nachtigall und sang das Wort züküht! züküht!« dichtete Heinrich Heine im Jahr 1856. Tatsächlich ist der zurückhaltend gefärbte Vogel in der Lage, neben *züküht* 200 weitere Strophentypen zu bilden. Den zweiten Platz besetzt die Amsel mit dreißig.

Die »Sängerin der Nacht«, so die Übersetzung ihres Namens, jubiliert allerdings nicht nur nachts, ebenso gern und oft schluchzt sie auch am Tag.

Berlin nimmt bei der Erforschung des Nachtigallengesangs eine führende Rolle ein. In einem flachen Gebäude neben dem Botanischen Garten, dem Institut für Verhaltensbiologie, singen Nachtigallen auch zur Winterzeit. Dort besuche ich im März 1998 den Biologiestudenten Cord Riechelmann, den ich fünf Jahre zuvor überzeugen konnte, seine wissenschaftlichen Forschungsergebnisse und Skizzen über die Berberaffen aus dem Forêt des Singes erstmals auch in einem literarischen Sammelwerk zu veröffentlichen. Es trägt den Titel »Die Hormone des Mannes«[1]. Zusammen mit Silke Kipper ist Cord Riechelmann nun Doktorand bei Kommunikationsforscher Dietmar Todt und der bekannten Nachtigallengesangexpertin Professor Henrike Hultsch.

Beim Anblick der braunen Vögel in den Institutskäfigen kommt mir die Frage in den Sinn, ob es sie nicht auch wie ihre in Freiheit lebenden Artgenossen unwiderstehlich zu ihren Winterplätzen nach Westafrika ziehe. »Nein, nein, keine Sorge«, beruhigt mich Silke Kipper, »die werden im Herbst zwar schon etwas zugunruhig, kleben aber durchaus nicht am Käfigdraht.«

Und wie kommt das Institut an die geschützten Tiere? Eine streng begrenzte Anzahl von Berliner Nachtigallen wird jedes Jahr kurz nach dem Ausschlüpfen dem Berliner Tiergarten oder dem Teufelsberg entnommen und dem Institut zugeführt. »Die Nachtigall ist ein klasse Studienobjekt«, betont Silke Kipper. »Sie hört und merkt sich den Gesang von ihrem Vater, fliegt dann nach Westafrika, um dort mit dem Subsong und später dem Plastiksong zu beginnen.« Der Subsong sei mit Kindergebrabbel vergleichbar, die Struktur, also Strophe-Pause-Strophe, sei noch nicht ausgebildet, der folgende Plastiksong ließe dagegen schon erste Strukturen erkennen.

Wissenschaftlern gilt die Entwicklungsgeschichte des Vogelgesanges als Modellsystem, das Ähnlichkeiten mit der frühen Phase der Sprachentwicklung des Menschen aufweist. Wie das mit der Berliner Love Parade sei, ob es nicht sein könnte, daß der brüllend laute Umzug durch den Tiergarten die dort zahlreich lebenden Vögel total verwirre. »Eine schwierige Frage«, erwidert Cord Riechelmann, »klanglich jedenfalls nicht. Ihre Strophen haben sie zu dieser Zeit bereits gelernt. Die Parade findet ja im Hochsommer statt.«

Es scheint schwer vorstellbar, daß es dem versteckt lebenden Vogel gefällt, wenn eine riesige Masse glücklicher und ausgelassener Menschen zum Tanzen oder Urinieren in sein Reich kommt. »Vernichtet sind die lieblichen Gebüsche, der dunkle Nachtigallenwald zerstört«, dichtete Wieland – allerdings schon lange vor der Existenz der Love Parade.

Das Nachtigallenmännchen ist allerdings auch nicht gerade zimperlich, wenn es darum geht, mit Gesang sein Revier zu markieren. Gemein fällt es dem singenden Konkurrenten kurz vor dem Ende einer Strophe imitierend ins Wort – eine beliebte Methode, ihn zu verwirren. »Der Nachtgesang lockt die Weibchen an, während der Tagesgesang der Markierung des Reviers dient«, erläutert Silke Kipper. Deshalb sei das Aufnehmen dieses Nachtgesanges für die Forscher immer auch ein Kampf mit der Zeit. Die letzten Nachtsänger des Jahres sind ledige Männchen, die mangels Attraktivität noch keine Partnerin gefunden haben. Die Weibchen bevorzugen nämlich besonders variationsreich singende, ältere Männchen. Daneben, so stellte Nachtigallengesangsexpertin Henrike Hultsch in einer Untersuchung fest, spielt auch der Dialekt, der regionale Ausweis, bei der Gunstgewinnung eine nicht zu unterschätzende Rolle.

Singen Vögel auch einfach so, aus Spaß und Freude? »Das ist ein altes unentschiedenes Problem«, meint Silke Kipper. Auf jeden Fall könne es sein, daß das Singen auf den Sänger positiv zurückwirkt, seine Stimmung hebe. Das seien aber Hypothesen, die zur Zeit untersucht würden.

Im Institut selbst leben die einzelnen Vögel in großen Käfigen und hüpfen mit ihren langen Beinen und dem glatten rötlich-braun-grauen Gefieder elegant über die Sitzstangen. Gelegentlich stelzen sie mit dem Schwanz. Irgendwie machen sie einen etwas arroganten Eindruck. »Gesellig sind sie jedenfalls nicht«, sagt Silke Kipper und wirft einen Blick auf das etwas heller gefärbte Weibchen, »zwei männliche Vögel in einem Raum würden sich regelrecht an die Wand singen.« Tatsächlich würden sie sich buchstäblich zu Tode singen, so lange, bis der Konkurrent vor Erschöpfung von der Stange kippt. Auch für die Wissenschaftler ist so ein Duell ohne Ohrschutz nicht leicht zu ertragen. Sauber aufgenommener Nachtigallengesang mit seinen kristallklaren, eindringlichen Höhen schmerzt ungemein, besonders auf Compact Disc. Deshalb befinden sich hier je ein Männchen und ein Weibchen getrennt in einem Raum. Um den Gesang zu notieren, werden im Institut Sonagramme erstellt, die die Möglichkeit bieten, Höhe, Zeitablauf und Tonqualität in Form eines Diagramms abzulesen.

Vor hundert Jahren versuchten Ornithologen, die Gesänge in Noten oder Klangsilben wiederzugeben. Die Klangsilbennotierung ist in populärwissenschaftlichen Vogelbüchern bis heute in Gebrauch. In seinem Klassiker »Naturgeschichte der Vögel Mitteleuropas« notierte Johann Friedrich Naumann im Jahr 1896 die Gesangsstrophen der Nachtigall wie folgt:

*Ih ih ih ih ih watiwatiwati!*

*Diwati quoi quoi quoi quoi quoi qui*

*ita lülülülülülülülülülü watiwatiwatih!*

*Ihih titagirarrrrrrrrr itz,*

*lü lü lü lü lü lü lü lü watitititi,*

*zwoi woi woi woi woi woi woi ih ...*

*Dadada jetjetjetjetjetjetjetjetjet ...*

Gewisse Ähnlichkeiten zu Kurt Schwitters' »Ursonate« sind nicht von der Hand zu weisen, auch wenn der zündende Funke zur Entstehung dieses Kunstwerks angeblich von Raoul Hausmanns Vortrag des dadaistischen Plakatgedichts »fmsbw« aus dem Jahr 1921 stammen soll.

Einige Jahre später schrieb Robert Musil seine Erzählung »Die Amsel«. Wunderbare Nachtigallentöne sitzen da auf dem First des Nachbarhauses und springen in die frühmorgendliche Berliner Luft wie Delphine. Oder erscheinen wie Leuchtkugeln beim Feuerwerk, die an den Fensterscheiben zerplatzen und als große Silbersterne in die Tiefe sinken. Schließlich entpuppt sich der zauberhafte Sänger in Musils Erzählung als gewöhnliche Amsel, die die Strophen der Nachtigall imitiert.

Dem nachtigallosen Island ist die Amsel deshalb eine wunderbare Erscheinung. Im Jahr 1992 verschlug es eine Handvoll dieser Vögel auf die Insel. »Turdus merula brütet seitdem regelmäßig in Reykjavík«, bestätigt Vogelexperte Guðmundur Guðmundsson vom Nationalen Naturkundemuseum: »Es gibt auf Island sehr viele Meeres- und Watvögel, aber relativ wenige Singvögel. Amsel und Feldsperling sind da eine echte Bereicherung.« Der Sperling als Bereicherung? »Ja, seit neun Jahren brütet auch dieser Singvogel regelmäßig hier.« Guðmundur Guðmundsson lacht freundlich, »nein, nein – nicht in Reykjavík, sondern im Südosten, lokal sehr begrenzt, auf einer Farm namens *Hof*.«

In der Tat leben rund um die Farm etwa fünfzehn Sperlinge – eine Sensation nicht nur für Ornithologen. Jährlich berichtet die Tagespresse über die Bruterfolge der Vögel. Ein Besuch bei der einzigen isländischen Sperlingskolonie auf Hof gilt den Bewohnern Islands als besondere Attraktion.

1 Müller, Wolfgang (Hrsg.), Die Hormone des Mannes; Berlin 1995.

# Revolte im Heidenreich

Gestürzter Heidenpapst: Jörmundur Ingi Hansen

In einer kühlen Mittsommernacht des Jahres 1972 traf sich der isländische Bauer Sveinbjörn Beinteinsson mit drei Freunden in einem Café, um nach Möglichkeiten zu suchen, den »alten heidnischen Glauben« aus vorchristlicher Zeit wiederzubeleben. Einige Wochen später gründeten zwölf Männer und Frauen die heidnische Glaubensgemeinschaft, das Ásatrúarfélagið. Alte Wikingergötter wie Odin, Thor, Freyja und die ganze Elfen- und Zwergenschar erhielten damit eine offizielle Vertretung. Der Heidenverein wurde 1973 vom Staat als Religionsgemeinschaft anerkannt und entwickelte sich bald zum Sammelbecken von Künstlern, Intellektuellen und Einzelgängern, die zumeist aus der lutherischen Staatskirche Islands ausgetreten waren. Als ›Bibel‹ dient den Heiden zwar die Snorra Edda, aber eine bindende Lehre existiert bis heute nicht. Die weltanschaulichen und politischen Orientierungen der Mitglieder, so die Berliner Skandinavistikprofessorin Stefanie von Schnurbein in einer wissenschaftlichen Untersuchung über das »neugermanische Heidentum auf Island«, seien entsprechend unterschiedlich.[1]

Sveinbjörn Beinteinsson, Jahrgang 1924, Bauer, Poet und Experte für Rímur-Dichtung, stand den Heiden bis zu seinem Tod 1993 als geistliches Oberhaupt, als *Allsherjargoði*, vor. Nachfolger der in Island hochrespektierten Persönlichkeit wurde der Kaufmann Jörmundur Ingi Hansen, Jahrgang 1940. Vor seiner Pensionierung importierte er deutsche Küchenmöbel nach Island und war der Obergode von Reykjavík. Wir trafen uns zur Jahrtausendwende im dortigen Café Paris.

*Ein Botschafter lädt ein zum Empfang, der Papst bittet zur Audienz. Wie aber komme ich zu Ihnen?*
Jörmundur Ingi Hansen: Ich bin unter der Bezeichnung Allsherjargoði im Telefonbuch zu finden. Man ruft mich einfach an.

*Wie sind Sie zum Allsherjargoði geworden? Wurden Sie berufen oder gab es eine Wahl?*
JIH: Natürlich durch eine freie und geheime Wahl. Alle 447 isländischen Heidenmitglieder konnten sich daran beteiligen.

*Die protestantische Kirche spricht in ihrer Statistik von 282 registrierten Heiden...*
JIH: Die Zahlen, die die Kirche verbreitet, sind selbstverständlich falsch. In deren Statistiken werden außerdem nur in Island lebende Ásatrúarfélagið-Mitglieder erfaßt. Dabei wohnen sehr viele heidnische Isländer im Ausland.

*Als die Kirche im Sommer vergangenen Jahres ihre Festlichkeiten »1 000 Jahre Christentum auf Island« auf dem ehemaligen Parlamentsplatz in Þingvellir abgehalten hat, veranstalteten Sie dort ebenfalls eine Feier, eine Woche später. Haben Sie denn überhaupt einen Grund zu feiern? Schließlich hat im Jahr 1 000 der amtierende Gesetzsprecher Þorgeir von Ljósavatn auf dem Thingplatz das Heidentum abgeschafft und per Abstimmung das Christentum eingeführt.*
JIH: Nun, bei uns handelte es sich ja weniger um eine religiöse Feier als um eine Zusammenkunft. Diese halten wir alljährlich am Tag der Parlamentseröffnung unserer Ahnen, dem 24. Juni, ab, zur Zeit der Mittsommerwende. Er-

stens haben wir uns da getroffen, weil es so viele Nullen im neuen Jahr gibt: Zwei-Null-Null-Null, ha, ha ... zweitens wollten wir der Entdeckung Vinlands, also Amerikas, durch Erik den Roten gedenken und drittens an den Vertrag erinnern, den Christen und Heiden vor tausend Jahren an diesem schönen Ort miteinander geschlossen haben. Dieser Vertrag machte es nämlich möglich, daß unsere alte Religion weiterlebte – bis heute.

*Sie wurde auf den zweiten Platz verwiesen ...*
JIH: Im Gegensatz zu anderen Ländern haben heidnische Traditionen auf Island kontinuierlich weiterexistiert. Die Entscheidung, Christen zu werden, wurde den Isländern ja aufgezwungen. Vom norwegischen König und einigen Splittergruppen innerhalb des isländischen Staates. Aber in der Hauptsache war die Christianisierung eine Reaktion auf den Druck von außen, starken wirtschaftlichen Druck. Handelsboykott und Wirtschaftsembargo drohten. Island war damals, wie übrigens auch heute, extrem abhängig vom Handel. Und wo immer man in Europa Handel trieb, konnte man das nicht als Heide tun. Man mußte getauft sein. Andernfalls bekam man keine Genehmigung. In Norddeutschland und England wachten Bischöfe persönlich darüber, daß heidnische Isländer keine Handelserlaubnis erhielten. Stellen Sie sich das mal vor! Es ist weniger als hundertfünfzig Jahre her, daß Katholiken und Juden in Island keinen Handel treiben durften – es sei denn, sie konvertierten zum Protestantismus!

*Trotz der Annahme des Christentums gestatteten die Isländer auch weiterhin die Ausübung einiger alter heidnischer Bräuche: das Essen von Pferdefleisch, die Kinderausset-*

*zung, auch weiterhin die alten Götter zu ehren, wenngleich nur im privaten Bereich...*
JIH: Es gab hier keine offizielle Kirche, mit der ein Vertrag hätte geschlossen werden können. Die wurde ja erst im Jahr 1056 gegründet...

*Sind die Isländer also nie wirklich tiefgläubige Christen geworden?*
JIH: Davon bin ich überzeugt. Es handelt sich hier eher um eine Verschmelzung beider Glaubensrichtungen. Dadurch entstand ein einzigartiger Raum zwischen Heidentum und Christentum. Bis zur Mitte des 13. Jahrhunderts werden in unseren mittelalterlichen Schriften keine abfälligen Bemerkungen über das Heidentum gemacht. Im Gegenteil: Heidnische Riten, Götter und Tempel werden beschrieben, einfach so, als Tatsache. Erst danach fließen negative Aspekte in solche Beschreibungen mit ein.

*Was war geschehen?*
JIH: Die katholische Kirche führte die Beichte ein. Ich glaube, das geschah im Jahr 1238. Nun konnten die Priester auf direktem Wege erfahren, ob ihre Schäfchen im Privaten die alten Götter noch anbeteten oder Thor und Odin freundliche Verse widmeten. Leugnen war ja jetzt eine schwere Sünde, die bestraft werden konnte. Macht und Einfluß der Kirche wuchsen durch Gedankenkontrolle.

*Und diese Entwicklung verlief auf Island weniger erfolgreich als anderswo?*
JIH: Sicher. Bis zur Mitte des 15. Jahrhunderts wurde noch eine ganze Anzahl Gesetze eingeführt, um Menschen von der Ausübung alter heidnischer Rituale abzuhalten.

Das beweist deutlich, wie verbreitet das Heidentum auch in dieser Zeit gewesen sein muß.

*Manche Isländer halten das 1972 gegründete Ásatrúarféla-giðfür einen islandspezifischen Ausläufer der 1968er-Bewegung, möglicherweise den einzigen direkten.*
JIH: Die Studentenbewegung? Hm, ja, ... vermutlich. Island ist Teil des Westens. Die Ideen, die da entstehen, kommen ja auch zu uns. Ich selbst habe schon in den 50er Jahren für die Gründung einer Heidengemeinschaft gekämpft, aber niemand wollte damals etwas davon wissen. Die wachsende Offenheit durch die Studentenbewegung hat sicher einen großen Anteil an der Entstehung unserer Religionsgemeinschaft gehabt.

*Die 68er sprachen auch von sexueller Befreiung. Wie stehen Sie dazu? Islands Justizminister Þorsteinn Pálsson von der Konservativen Partei hat im Jahr 1996 ein Partnerschaftsgesetz für Lesben und Schwule im Parlament vorgestellt. Es gab nur eine einzige Gegenstimme, die eines protestantischen Pastors der Westmännerinseln. Eine kleine Gruppe fundamentalistischer Christen protestierte vor dem Staatstheater gegen die ersten Trauungen. Wie stehen die Heiden zur Ehe für gleichgeschlechtliche Paare?*
JIH: Wir sind in der glücklichen Lage, das zu akzeptieren, was Menschen heute als normal und natürlich empfinden. Die Kirche ist in der bedauernswerten Situation, Gesetze verteidigen zu müssen, die zwei-, ja manchmal sogar dreitausend Jahre alt sind und aus einem völlig anderen kulturellen Zusammenhang kommen. Es gibt keinen Grund, gleichgeschlechtlichen Paaren, die ihr Leben miteinander teilen wollen, wirtschaftlich und emotional, eine Zeremo-

nie vorzuenthalten. Ich habe über sechzig Paare getraut, darunter allerdings bisher kein gleichgeschlechtliches. Wahrscheinlich müßte in einem solchen Fall eine leicht abgewandelte Zeremonie angewandt werden.

*Was halten die Isländer allgemein von Ihren Aktivitäten?*
JIH: Bei unserem Treffen im letzten Jahr kamen über tausend Besucher, darunter zahlreiche Kinder. Viele der Zuschauer müssen Christen gewesen sein. Niemand hat hier Angst vor uns und unseren Zeremonien. Jeder kann sich bei uns genauso verhalten wie im wirklichen Leben. Die Kirche selbst hat bei ihrer Veranstaltung zur Feier »Tausend Jahre Christentum« mit 75 000 Besuchern gerechnet und dafür extra eine Straße zum Nationalpark gebaut. Es kamen aber insgesamt höchstens 10 000 Menschen. Ständig verliert die Kirche an Mitgliedern, während wir ungefähr fünfundzwanzig Prozent Zuwachs im Jahr haben. Wenn das so weitergeht, wird es im Jahr 2056, also zum tatsächlichen 1 000jährigen Jubiläum der Kirche, auf Island nur noch Heiden geben.

*Der isländische Bischof Karl Sigurbjörnsson hat sich kritisch über das Bild der Elfen bei den Menschen geäußert. Das war, als der Hvalfjörður-Tunnel gebaut wurde. Die Bauarbeiter baten in einer Broschüre Zwerge und Erdelfen, den Tunnel zu schützen. Glauben Sie an Elfen?*
JIH: Na hören Sie mal! Meine Großmutter hat mir erzählt, daß sie mit den Elfen spricht. Wer bin ich denn, zu sagen, sie wäre verrückt gewesen? Die Elfen werden hier zuweilen *huldufólk*, also: versteckte Menschen, genannt. Diese Bezeichnung mag die Kirche viel lieber. Noch im 17. Jahrhundert beschwerte sich ein Bischof, daß einige Frauen den Elfen etwas zu essen opferten. Und vor einigen Jahren habe

ich mit einer Gruppe über Elfen diskutiert. Es stellte sich heraus, daß vier Diskussionsteilnehmer in ihrer Jugend Frauen kannten, die den Elfen an speziellen Tagen Opfergaben brachten. Das ist doch überaus erfreulich.

*Sie haben im Jahr 1999 die erste heidnische Beerdigungszeremonie seit vielleicht 900 Jahren abgehalten. Direkt neben dem Friedhof, auf eigener Parzelle, aber in einer christlichen Friedhofskapelle. Sie sind demnach zu Kompromissen mit der Kirche bereit?*
JIH: Wir besitzen ja ein eigenes Haus am Hafen, ein ziemlich großes sogar. Doch wir wollen uns vergrößern. Ein paar Architekten entwerfen gerade einen Tempel für uns. Ich habe schon mit der Stadtverwaltung von Reykjavík gesprochen, um einen passenden Ort für die Errichtung eines Tempels im Stadtzentrum zu finden. Möglichst ganz in der Nähe, wo der alte Heidentempel gestanden haben müßte, vielleicht fünfzig Meter davon entfernt.

*Wo ist das genau?*
JIH: Direkt neben dem Parlament. Die Kathedrale steht auf der einen Seite, und wir würden dann auf der anderen den Tempel errichten. Das Parlament läge dann genau zwischen protestantischer Kathedrale und Heidentempel.

Zwei Jahre nach diesem Gespräch gab es heftige Unstimmigkeiten und Konflikte bei den isländischen Heiden. Es wurde eine Krisensitzung einberufen, bei der erstmals eine Frau zum geistlichen Oberhaupt des Ásatrúarfélagið wurde: die 1962 geborene Kunstlehrerin, Heilerin und Aromatherapeutin Jónína Kristín Berg. Sie übte das Amt von 2002 bis 2003 aus.

*Wie viele Stimmen bekamen Sie?*
Jónína Kristín Berg: In meinem Fall gab es keine Wahl.
Gleich nach der Absetzung von Jörmundur Ingi Hansen
wurde ich von den Vorstandsmitgliedern des Ásatrúarfélagið und vom Ministerium für Justiz und Kirchenrecht ins
Amt berufen. Allerdings war ich seit 1996 bereits Godin
für West-Island. Ich willigte ein, die Rolle des Allsherjargoði einzunehmen, jedenfalls so lange, bis ein neuer
gewählt würde. Tatsächlich war ich nie bestrebt, Allsherjargoði zu werden.

*Viele Mitglieder waren mit der Amtsführung Ihres Vorgän-*
*gers unzufrieden. Ist es nicht oft so, daß Frauen immer erst*
*dann eine Chance bekommen, wenn Männer sich in Macht-*
*kämpfe verstrickt haben oder eine Organisation tief in der*
*Krise steckt?*
JKB: Das könnte schon sein. Aber in diesem Fall gab es eh
nur zwei Kandidaten, die die Nachfolge hätten antreten
können: Eyvindur P. Eiríksson, den Goden für die West-
jorde, also für Nordwestisland, und mich. Nur wir beide
waren Goden, also potentielle Anwärter. Eyvindur wollte
dieses Amt aber auf keinen Fall. Er war davon überzeugt,
daß ich die anstehenden Angelegenheiten und Spannungen
diplomatischer regeln könnte. In Zeiten der Krise ist das
mehr eine Frage des Geschicks als des Geschlechtes.

*Welche Prioritäten setzten Sie in ihrer Zeit als Allsherjar-*
*goði?*
JKB: Das Wichtigste war wohl, die Aktivität unserer Mitglieder anzuregen, also Diskussionen, Vorträge und Treffen zu ermöglichen. Außerdem war es mir ein Bedürfnis,
eine friedlichere Atmosphäre innerhalb des Ásatrúarféla-

gið zu schaffen. Das große Problem war ja, daß eine Person jahrelang alles dominiert hat und überaktiv war. Unsere Mitglieder konnten so etwas nicht länger tolerieren.

*In ihrem Buch über neuheidnische Religionen von 1992 schreibt die Berliner Professorin Stefanie von Schnurbein, daß nur 6 % der isländischen Ásatrúa Frauen sind. Beweist das nicht, daß die Frauen hier ähnlich unterrepräsentiert sind wie in den christlichen Kirchen und den meisten anderen Religionen?*
JKB: Es stimmt, die Anzahl von Männern und Frauen beim Ásatrúarfélagið ist nicht völlig gleich. Derzeit ist die Relation etwa 40 % Frauen zu 60 % Männer. In den wichtigen Positionen gleicht sich das Geschlechterverhältnis aber aus. Es ist auf jeden Fall sehr viel besser als in den christlichen Kirchen. Übrigens zählten zu den Gründern des Ásatrúarfélagið im Jahr 1972 sechs Frauen und sechs Männer. Zu der Zeit, als ich Allsherjargoði war, war die Vorsitzende der Vereinigung ebenfalls eine Frau, Lára Jóna Þorsteinsdóttir.

*Wie könnte es noch ausgewogener sein?*
JKB: Dafür müßten die Menschen in der isländischen Gesellschaft insgesamt noch gleichberechtigter werden.

Während Jörmundur Ingi Hansen trotzig eine eigene Heidengemeinschaft in Reykjavík gründete, wurde der Komponist und Musiker Hilmar Örn Hilmarsson, Jahrgang 1958, zum neuen Oberhaupt der Ásatrúa gewählt. »Bagatelloe«, so heißen die Zigarillos, die Islands neuer Heidenpapst raucht. Hilmar Örn Hilmarsson hat nahezu sämtliche Filmmusiken des isländischen Regisseurs Friðrik Þór

Friðriksson geschrieben und mit Sigur Rós, Psychic TV, Current 93 und Einar Örn Benediktsson zusammengearbeitet. Zudem hat er die Tradition des Religionsneugründers Sveinbjörn Beinteinsson wiederbelebt, indem er ein Korpus mittelalterlicher isländischer Gesänge, den *Rímur,* aus der Sammlung des bekanntesten *Rímur*-Interpreten Steindór Andersen herausgegeben hat. Wir trafen uns in der Cafetéria des Interkulturellen Zentrums von Reykjavík.

*Sie sind seit 2003 im Amt. Wie ich hörte, gab es Probleme mit Ihrem gewählten Vorgänger?*
Hilmar Hilmarsson: Das ist leider wahr. Sein Führungsstil war sehr autokratisch. Ich möchte da nicht ins Detail gehen, aber Jörmundur traf – freundlich ausgedrückt – oft sehr einsame Entscheidungen.

*Und das paßt nicht zu den Heiden?*
HH: Absolut nicht. Jedenfalls steigerte sich das bis zu einem gewissen Punkt. Ich strebte einen Kompromiß an, damit er ohne Gesichtsverlust abtreten könnte. Leider endete es dann in Streit und gegenseitigen Vorwürfen. Jörmundur wurde im Juni 2002 hinausgeworfen.

*Gefeuert?*
HH: ... the pissed-off-pope. Ja, so läuft das hier.

*Im Morgunblaðið war zu lesen, Sie wollten Elemente wie Ironie und Humor stärker in das Ásatrúarfélagið verankern.*
HH: Quatsch! Das haben die Zeitungen geschrieben. Humor und Ironie brauchen gar nicht in uns integriert zu wer-

den. Die heidnische Mythologie steckt doch selbst voller Humor. Denken nur an das Thrymlied aus der Edda. Kennen Sie diese Geschichte?

*Donnergott Thor als Transvestit.*
HH: Dann wissen Sie ja, daß das eine sehr lustige Komödie ist, höchst amüsant. So lustig wie das Neue Testament. Jesus ist doch auch ein begnadeter Komödiant. Oder die indianischen Mythen. Die sind voller Ironie.

*Der Glaube versetzt Zwerge, meint der Kirchenkritiker Karlheinz Deschner. Die Auslegung religiöser Schriften durch ihre humor- und ironiefreien Anhänger ist dann vielleicht weniger amüsant.*
HH: Sicher. Das liegt aber daran, daß Religion noch immer viel zu wenig als eine Form der Philosophie betrachtet und empfunden wird. Religion ist ja nichts anderes. Und wenn sie interessant und anregend ist, wie beispielsweise die Lehre des Konfuzius, dann kann sie sogar zur hilfreichen Lebensbetrachtung werden.

*Und aus dieser entwickelt sich dann ein verbindliches System?*
HH: Nein, das ist gar nicht nötig. Wir isländischen Heiden haben ja eine ganze Menge Material, daraus kann sich alles ganz natürlich entwickeln. Möglichkeiten gibt es genug. Wir vertreten die letzte polyhistorische Religion in unserem Kulturkreis. Aus den gegebenen Elementen können sehr individuelle Erfahrungen geschöpft und diese dann entsprechend formuliert werden, ganz undogmatisch.

*Und was hält die christlich-lutherische Staatskirche von der Existenz der Heiden?*
HH: Um die Wahrheit zu sagen: Karl Sigurbjörnsson, der Bischof von Island, ist unser bester Public-Relations-Agent. Jede seiner Reden bringt uns neue Mitglieder.

*Vielleicht sollten Sie dem Bischof eine Ehrenmitgliedschaft antragen?*
HH: Ach, wir sehen uns gar nicht mal als Konkurrenz. Auch unter den Christen gibt es eine ganze Reihe von Mitgliedern, die unsere Aktivitäten gutheißen und unterstützen. Ich würde sagen, die Kirche hat uns gegenüber eher ein ambivalentes Verhältnis...

*Die Kirchenvertreter sprechen von 282 Personen, die offiziell Mitglieder der isländischen Heiden seien.*
HH: Ja, sie zählen natürlich nie die Heiden mit, die gerade im Ausland waren oder dort wohnen. Tatsächlich haben wir inzwischen etwa 900 Mitglieder und verzeichnen damit das größte Wachstum von allen Religionsgemeinschaften auf Island. Die Kirche dagegen verliert ständig Mitglieder. Für uns ist es allerdings auch sehr wichtig, daß wir nicht missionieren, niemanden überreden oder überzeugen wollen.

*Und wie sieht es mit der Errichtung eines Tempels aus? Jörmundur sprach seinerzeit von einem Heidentempel direkt gegenüber dem isländischen Parlament.*
HH: Es gibt tatsächlich diese Pläne. Die Stadt Reykjavík wird an der Finanzierung beteiligt sein. Das ganze ist aber noch in der Planung und soll in den nächsten zehn Jahren geschehen. Als aktueller Ort der Tempelanlage ist der Ösk-

juhlíð vorgesehen, also der bewaldete Hügel, auf dem die Heißwassertanks von Reykjavík stehen…

… *und wo sich Islands einziger Cruising-Park befindet, Treffpunkt für anonymen schwulen Sex.*
HH: Interessant.

*Die Christen haben ein Paradies und eine Hölle. Für die Heiden gibt es nur ein Totenreich: die Unterwelt, genannt Hel. Was tut denn ein Heide, um nach seinem Ableben wirklich dorthin zu gelangen?*
HH: Das funktioniert genauso wie alles andere: Man muß nur die richtigen Leute kennen.

1  Schnurbein, Stefanie v.: Religion als Kulturkritik: Neugermanisches Heidentum im 20. Jahrhundert; Heidelberg 1992.

# Das kleinste Lebewesen der Welt:
## Der reitende Urzwerg

Zwei Urzwerge, reitend

Posthum wird im Jahr 1747 ein in der Folge einflußreiches Buch des Hamburger Bürgermeisters Johann Anderson (1674-1743) veröffentlicht: Nachrichten von Island, Grönland und der Straße Davis. Es enthält unter anderem eine Theorie über die isländischen Pferde: In den zusammenziehenden Eigenschaften der Kälte, so Anderson, wirke das Phänomen der Schrumpfung. Aus diesem Grund seien die isländischen Pferde so klein, die Elefanten in heißen Regionen dagegen entsprechend groß.[1] Heute gilt nicht mehr die Schrumpfung durch Kälte, sondern der Tölt, eine spezielle Gangart, als besondere Eigenschaft des Islandpferdes.

Im Jahr 2002 entdecken deutsche Forscher das Gegenstück zu Johann Andersons Schrumpf-Theorie: einen reitenden Urzwerg in kochendem Wasser. In hundertundzwanzig Metern Meerestiefe, so die Wissenschaftspresse, lebt vor Islands Küste das kleinste bislang bekannte Lebewesen der Welt. Deutsche Meeresbiologen bringen den bakteriellen Winzling, der bei Temperaturen um die hundert Grad Celsius gedeiht, nach Deutschland, genauer gesagt: nach Regensburg, wo er es sich im Labor von Professor Karl Stetter gutgehen läßt.

*Nanoarchaeum equitans* (übersetzt etwa: Urzwerg, der die Feuerkugel reitet) benötigt zur Vermehrung zwar einen Wirt, hat aber Ribosomen und eine Membran. Der Entdekker des reitenden Urzwergs, Professor Stetter, könnte sich deshalb vorstellen, daß es sich um eine Übergangsform zwischen einem stoffwechsellosen Virus und einem vollständigen Lebewesen handelt. Auf jeden Fall existiere eine symbiotische Beziehung zum *Ignicoccus* (Wirt), wahrscheinlich eine sehr urtümliche. Frei könne *Nanoarchaeum equitans* jedenfalls nicht leben.

Ergriffen hat Karl Stetter das winzige Wesen während einer Tauchfahrt mit einem Roboterarm bei der Entnahme von heißem Wasser und Gesteinen im Kolbeinsey-Rücken. Allerdings verfiel der Urzwerg, nachdem er auf die Umgebungstemperatur abgekühlt war, in eine Art Winterschlaf. Doch kaum in Regensburg angelangt, wurde er bei einer Temperatur von 100 Grad und der richtigen Nährstoffkombination wieder munter: »Mit Wasserstoff, Kohlenstoff und Schwefel haben wir genau das richtige Elixier erwischt«, so Karl Stetter glücklich.

Daß der reitende Urzwerg aus Island nun in Deutschland heimisch wird, glaubt der Forscher allerdings nicht: »In unserem Lebensraum ist es viel zu kalt für ihn. Die feuerkugelreitenden Urzwerge können sich hier nicht vermehren, sondern lediglich überleben.« Auf jeden Fall beweist die Entdeckung aus Island, daß die Eigenschaften von Kälte und Hitze nur bedingt auf die Größe eines Lebewesens wirken.

1 »Die Pferde fallen hier, wie in allen nördlichen Gegenden klein, kurz und dicklicht; welches ohne Zweifel der zusammenziehenden oder pressenden Eigenschaft der Kälte, die den Wachsthum zurückhält, vornehmlich zuzuschreiben ist.« Anderson, Johann, Nachrichten von Island, Grönland und der Straße Davis; Frankfurt und Leipzig 1747, S. 32 f.

# Ring frei auf Island

Úlfur Hróðólfsson: Skulptur »gnocca per cinciallegre«
(Meisenknödel), Bronze, 2002

Lange Zeit war dem isländischen Gesetzgeber das körper-
liche Wohl seiner Bürger nahezu heilig. Denn über viele
Jahre war nicht nur die Ausübung des Boxsports verboten,
sondern auch der Ausschank von Alkohol. Erst im März
1989 hoben die Isländer die letzten Reste eines Prohibi-
tionsgesetzes auf, das Herstellung, Einfuhr und Verkauf
geistiger Getränke unter Strafe stellte. Der Import ver-
schiedener Alkoholika wie Rotwein, Malaga, Sherry und
Portwein war nur für die Krankenbehandlung zugelassen.
Gegen diese Beschränkungen gab es auf der Insel eine

starke Protestbewegung von Künstlern und Intellektuellen. Sie forderten mehr Freiheit – und deshalb die Aufhebung des Alkohol- und des Boxverbots.

Letzteres bestand seit 1956 und wurde erst im Jahr 2002 wieder aufgehoben. Über den Ursprung des Boxverbotes kursieren verschiedene Theorien. »Es war erlassen worden, weil sich bei einer Schlägerei vor einem Tanzlokal die Kontrahenten etwas zu gekonnt zusammengeschlagen hatten«, so Tanzlehrer Eysteinn Gunnarsson. »Die hatten irgendwo professionell Boxen gelernt, illegal vermutlich, und schlugen nun die herbeieilenden Polizisten k. o.« Mit vierunddreißig zu zweiundzwanzig Stimmen sei im Parlament anschließend das Boxverbot eingeführt worden. Als Begründung habe man auf die bleibenden Gesundheitsschäden verwiesen, die ein gezielter Treffer erzeugen könne. Wortführend seien drei Ärzte gewesen, die als Abgeordnete im Parlament vertreten waren. Nach dem Verbot reiste der Vorsitzende des Sportverbandes Gísli Halldórsson umgehend von Reykjavík nach Kopenhagen und verkaufte dort die illegalen Accessoires der Boxkunst: Handschuhe, Mundschutz, Trainingsgeräte und Sandsäcke.

Auf Ausländer wirke so ein Gesetz vielleicht etwas eigenartig, weiß Eysteinn, »aber in einem Land, in dem bereits im Mittelalter eine durch Schläge von ihrem Mann mißhandelte Ehefrau durch bloßes Aussprechen vor Zeugen gesetzlichen Anspruch auf Scheidung hatte, ist es vielleicht nicht so ungewöhnlich«. Kein Wunder, wenn Reisende aus dem militärisch geprägten Deutschland wie Autor Dr. Adrian Mohr die isländischen Frauen etwas zu selbstbewußt (»Manche erinnert mich gar an den kämpferischen Brünhilde-Typus«) und die Männer entschieden zu weich fanden. In seinem 1925 erschienenen Buch »Was ich in Island sah!« klagt er darüber, daß die Isländer einerseits von den Heldentaten ihrer Ahnen schwärmten, andererseits erklärte Pazifisten seien. »Sie können nicht begreifen, daß einem Deutschen das vierjährige Ringen für das Vaterland eine heilige Sache ist und nichts Verabscheuungswürdiges.«

Ausführlich berichtet der deutsche Reiseschriftsteller über den allzu »schlaksigen Gang« der isländischen Männer, über ihre »Schlappheit«, und empfiehlt »brutale Zucht« nach Art deutscher Kasernen. Kein Wunder, daß Dr. Mohr nach seiner Veröffentlichung auf Island schnell vergessen wurde.

Andere Isländer begründen das Boxverbot mit einem Kampf aus den mittelalterlichen Sagas, bei dem sich die Gegner seinerzeit totgeprügelt hätten. Diese Beschreibung habe dazu geführt, daß der Boxsport auf Island für Jahrhunderte verpönt gewesen sei.

Jahrelang kämpfte der Popstar Bubbi Mortens als Vertreter der »einfachen Leute« für die Aufhebung des Verbotes: »Schließlich ist ein Boxkampf auch nicht gefährlicher als Fußball, bei dem ja oft auch Beine und Füße gebrochen werden.«

Die in Hamburg lebende isländische Künstlerin Inga Svala Thorsdóttir hat noch alte Erinnerungen an das Verbot. »Der Halbbruder meiner Großmutter war professioneller Boxer. Sein Geld verdiente er in Großbritannien, und davon eröffnete er in Island eine Schokoladenfabrik. Deshalb hatte Boxen für mich immer etwas Glamouröses und Hoffnungsvolles«, erzählt Inga Svala. Als das Verbot in Kraft gesetzt wurde, sei ihr Verwandter zum Glück nicht mehr aktiver Boxer gewesen. »Er wäre sonst sicher verzweifelt.« Die Künstlerin selbst wurde in der internationalen Kunstszene durch Aktionen bekannt, bei denen sie gußeiserne Badewannen und Porzellantoiletten mit Hilfe eines Vorschlaghammers vollständig zertrümmerte und pulverisierte: »Wahrscheinlich stecken tatsächlich einige alte Boxgene aus unserem Familienerbe in meiner Kunst.«

»Von mir aus hätte das Verbot bestehen bleiben können«, meint dagegen der in Wien lehrende Isländischlektor Jón Bjarni Atlason. Er fährt gern mit dem Fahrrad in der Stadt umher – immer mit Sicherheitshelm. Ähnlich werden es auch die isländischen Boxer im neu gegründeten Boxerverband halten. Denn erlaubt ist ausdrücklich nur das Olympische Boxen. Und das unter starken Sicherheitsauflagen, selbstverständlich mit Helmschutz. Ein »Knockout« wird es also auf Island auch weiterhin nicht geben.

# Totenstille am Knebelsee

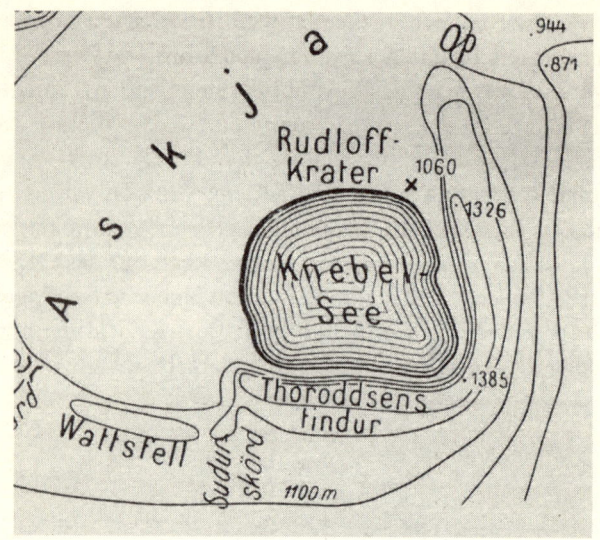

Karte (Detail) aus:
Dr. Spethmann, Hans, Islands größter Vulkan;
Leipzig 1913, S. 2.

»Island soll die Staffel meines Ruhmes werden!« tönt Privatdozent Dr. Walther von Knebel. Als von krankhaftem Ehrgeiz durchglüht bezeichnet ihn denn auch der deutsche Islandologe Paul Herrmann. Knebel sei ungewöhnlich tüchtig, aber zu waghalsig und tollkühn, tadelt er den Berliner Privatdozenten. Seinem isländischen Führer Ögmundur Sigurðsson gegenüber äußert Walther von Knebel wiederholt, er wolle die Leistungen Þorvaldur Thoroddsens in den Schatten stellen. Dieser zählt mit Dr. Helgi Pjetursson, der sich später zum okkult-spiritistischen Philosophen entwickelte, zu den bedeutendsten isländischen Geologen am Beginn des 20. Jahrhunderts.

Ende August 1905, so Herrmann, habe Knebel den unglaublichen Gedanken gehabt, den etwa 1050 m hohen postglazialen Vulkan Skjaldbreiður von Brunnar aus, einem Gehöfte südlich von Kaldidalur, gegen Abend zu Pferde zu besteigen. Als Ögmundur sich dem entschieden widersetzte, kletterte er allein neun Stunden auf dem Vulkan umher. Währenddessen zündete Ögmundur an der Zeltstange eine Laterne an und pfiff unaufhörlich auf einer schrillen Signalpfeife. Nur so sei Knebel vor dem Verirren gerettet worden.

Zweifel an der Seriosität des Privatdozenten äußert auch der Geologe Dr. Helgi Pjetursson: »Was berechtigt überhaupt Herrn v. Knebel dazu, auf dem Gebiete isländischer Geologie das Wort zu führen? (...) Neues für die Geologie haben die Glazialuntersuchungen v. Knebels nur in bescheidenem Umfang gebracht, wie es bei einem so kurzen Besuche kaum anders zu erwarten war.«[1]

Zwei Jahre später, am 10. Juli 1907, steigt Walther von Knebel zusammen mit dem jungen Münchner Maler Max Rudloff in ein Faltboot, um den tiefsten See Islands, den Öskjuvatn zu erkunden. Zurück am Zelt bleibt der Student Hans Spethmann. Der 220 Meter tiefe See liegt im Zentralkrater des 1400 Meter hohen Vulkans Askja im Nordosten des Vatnajökull. Auf dem See treibt Bimsstein, wird vom Wind zusammengetragen und wandert in Form schwimmender Inseln hin und her. Die einzelnen Blöcke klirren aneinander. Es sind die einzigen Laute der Gegend: »Es machte auf uns fast den Eindruck, als würden mürbe Totenschädel leise aneinanderschlagen«, schreibt Erkes in seinem Islandbuch.[2] Knebel möchte das ausnahmsweise günstige Wetter nutzen, um einige Lotungen im See vorzunehmen.

Er wird von seiner Bootstour nicht wiederkommen.[3] Walther von Knebel und Max Rudloff verschwinden spurlos. Nicht einmal Teile des Leinenfaltboots sind aufzufinden. Nach Stunden vergeblichen Suchens im Gelände starrt Hans Spethmann hilflos aufs Wasser hinaus: »Ein großer schwarzer Bimssteinblock auf dem See schwimmend, täuschte mir eine Leiche der beiden Verunglückten vor. Stundenlang hat er mich genarrt.«[4]

Ina von Grumbkow, die Verlobte Walther von Knebels in Berlin, mißtraut den Angaben. Sie will nun eigene Nachforschung anstellen und reist im Jahr darauf nach Island. Ihre ergebnislose Recherche veröffentlicht sie 1909 unter dem Titel »Ísafold – Reisebilder aus Island«[5], eine etwas schmalzige, melancholische Erzählung im Stil der Zeit. Grumbkow heiratet später den Geologen Dr. Hans Reck, der Knebels Island-Manuskript bearbeitet und 1912 in Stuttgart herausgibt.[6] Im 11. Kapitel über das tragische Ende der Knebelschen Expedition in den Dyngjufjöll stellt Dr. Reck die These auf, daß höchstwahrscheinlich der fortwährende Steinschlag das Faltboot mit seinen Insassen in die Tiefe gerissen habe.

Unterdessen gibt Paul Herrmann in seinem dreibändigen Islandwerk[7] »unsinnige Gerüchte« der einheimischen Bevölkerung wieder, wonach der Überlebende seine Kameraden ermordet und beraubt habe, zu reichlicher Alkoholgenuß das Kentern verschuldet habe oder Knebel gar nicht tot, sondern zu Fuß zum Gletscher Vatnajökull gewandert sei. Dort lebe er glücklich auf irgendeinem Gehöfte mit einer hübschen Elfenfrau.

Noch fast neunzig Jahre später wird in der Erzählung »Die Eisumschlungene«[8] der Verdacht genährt, der überlebende Hans Spethmann habe den Tod der beiden verschuldet, um sich Knebels wissenschaftliche Forschungen anzueignen und selbst fortführen zu können. Als Grundlage dienen Ina von Grumbkows Hinweise auf gewisse Ungereimtheiten, die sie beim Durchforschen im Nachlaß der Expedition entdeckt zu haben glaubt. Sie bezieht sich insbesondere auf Notizen, die Knebels Handschrift tragen: 23. + 24. 7. 07. Zu diesem Zeitpunkt gilt Knebel als bereits verschollen.

Im Hörspiel »Das Echo ist der Zwerge Sprache«[9] werden im Jahr 2000 schließlich drei weitere Varianten des spurlosen Verschwindens im Kratersee durchexerziert: So könnte sich Knebel, im Boot sitzend, lautstark über die mangelnden Bodenschätze Islands lustig gemacht haben: Schreiend und brüllend stößt er gehässige Bemerkungen aus, z. B. daß der isländische Diamant nur gewöhnlicher Doppelspat sei, was zu heftigen Vibrationen am Kraterhang, zur Lockerung des ohnehin losen Bimssteins und Steinschlag führt. Da Knebel bekanntlich krankhafter Ehrgeiz attestiert wurde, wäre es fernerhin möglich, daß er aus Mißtrauen gegenüber dem Studenten Spethmann seine Forschungsunterlagen ins Faltboot nimmt. Dadurch wird das Boot überladen, was es schließlich zum Kentern bringt. Die dritte Theorie schließlich unterstellt Knebel eine latent homosexuelle Neigung, die bei der gemeinsamen Ruderfahrt mit Max Rudloff auf dem opalfarbenen See hochgewallt sei und sich in einer pathetischen Liebeserklärung Bahn gebrochen hätte. Dabei könnte Knebel einige Sätze aus Pierre Lotis Erfolgsroman »Pêcheur d'Islande« zitiert (»Moiréartiger Glanz auf der Wasserfläche, ausgehend von zarten Ringen, wie man sie auf einem Spiegel durch den

Hauch des Mundes hervorruft...«[10]) und dann versucht haben, den Maler Rudloff zu umarmen und zu küssen. In der Folge hätte das Schiff Schlagseite bekommen und sei gekentert.

Die wissenschaftliche Leistung Walther von Knebels scheint jedenfalls im ganzen unbedeutend. Während eines Vortrags in der Preußischen Akademie der Wissenschaften in Berlin vergißt Dr. Helgi Pjetursson, der sich nun verkürzt Pjeturss nennt, zwar nicht den tragischen Tod seines Kontrahenten zu erwähnen, betont jedoch vor allem dessen beeindruckende Gabe, sehr anschaulich und bildhaft glaziale und vulkanische Phänomene zu beschreiben – als Kompliment ist das wohl kaum zu verstehen.

Der überlebende Expeditionsteilnehmer Hans Spethmann wird schon bald Privatdozent an der Berliner Universität. In seinem Werk »Islands größter Vulkan« fügt er als Dr. Spethmann in das Kapitel über die Entwicklung der topographischen Kenntnisse einen interessanten Hinweis über einige Neubenennungen ein. So hätten er und Knebel während ihrer Expedition aufgrund des »Mangels an Namen« Erhebungen und Pässe numeriert oder gemeinsam benannt, wie beispielsweise den Trölladyngja. Und, welch Zufall: »Ohne hiervon zu wissen, nannte Erkes den Pass ebenso.«[11] Der deutsche Privatgelehrte und Importkaufmann für Schafwolle, Heinrich Erkes aus Köln, mußte im Juni 1907, ohne die Askja erreicht zu haben, infolge von Schneesturm und Nebel am Fuße des Jónskarð umkehren.[12]

Nach dem Tode seiner Gefährten habe er, Spethmann, den See in der Askja Knebelsee (isl. *Knebelvatn*), den Krater in seinem Nordosten Rudloffkrater (isl. *Rudloffgígur*) getauft.[13] Mit seinem eigenen Namen benennt er überraschenderweise nichts.

Ob noble Geste, Schuldgefühl oder Ablenkungsmanöver –
der Ruhm des Knebelsees währt nur kurze Zeit. Er fristet
sein beschränktes Dasein in Hans Recks vergessenem Islandwerk und Ina von Grumbkows Reisebeschreibung, als
Fotounterschrift und Kartenlegende. In Island selbst nennt
man ihn so, wie er schon immer hieß: Öskjuvatn – klingt ja
auch nicht schlecht.

1 Centralblatt für Mineralogie, Geologie und Paläontologie, No. 18
   (1906), S. 566f.
2 Hans Spethmann, Islands größter Vulkan; Leipzig 1913, S. 120.
3 Ebd., S. 14: »Auch nicht einer von der einheimischen Bevölkerung
   erklärte das Fahrzeug den isländischen Verhältnissen gewachsen,
   vielmehr erhielt es gar bald den Namen ›Helvitibátur‹, Teufelsboot
   (wörtlich Höllenboot).« Hel bezeichnet in der germanischen Mythologie allerdings keinen Ort der Strafe, sondern ist der Name der
   unterirdischen Totenwelt wie auch ihrer Herrscherin.
4 ebd., S. 97.
5 von Grumbkow, Ina, Ísafold – Reisebilder aus Island, Dietrich Rei-
   mer; Berlin 1909.
6 Knebel, Walther von, Hrsg. Hans Reck, Island: eine Naturwissen-
   schaftliche Studie; Stuttgart 1912.
7 Paul Herrmann, Island 3. Teil; Leipzig 1910, S. 89f.
8 Frank Schroeder, Die Eisumschlungene; Eichstätt 1995, S. 22f.
9 Wolfgang Müller, Das Echo ist der Zwerge Sprache, Teil 3, Spekulationen um das Mäusefloß; Berlin 2000.
10 Pierre Loti, Islandfischer; Halle a. d. Saale 1886, S. 34.
11 Spethmann, Hans, Islands größter Vulkan, Die Dyngjufjöll mit der
    Askja; Leipzig 1913, S. 31.
12 Erkes, Heinrich, Aus dem unbewohnten Innern Islands; Dortmund
    1909.
13 Zuerst von Spethmann veröffentlicht in dem Artikel: Zur Knebel-
    schen Islandexpedition, »Berliner Lokalanzeiger« vom 13. Oktober
    1907.

# Lakritz und Schokolade, oder:
## Die Ökonomie des Kauens

Eitt Sett, geöffnete Packung

Eitt sett, übersetzt etwa: »eine Kombi«, wird das Zusammentreffen von Lakritz und Schokolade genannt, das seit 1987 als Süßigkeit in Island seinen Siegeszug antrat. Die Firma Nói Síríus bietet den Riegel in gelb-schwarzer Verpackung an. Selbst nach Berlin hat es die Spezialität schon geschafft. In Kadó, einem kleinen Fachgeschäft für Lakritzwaren in der Kreuzberger Graefestraße, wird neben den isländischen Lakritz-Pastillen Tópas auch Eitt sett angeboten. »Es sind vor allem Isländer, die diese Spezialität hier kaufen«, bestätigt die Mitarbeiterin hinter dem Verkaufstresen. »Und natürlich Neugierige, die mal etwas anderes ausprobieren wollen.«
In Reykjavík weiß Rúnar Ingibjartsson um die Geschichte des Kombiriegels. Der Mitarbeiter von Nói Síríus bestätigt das Gerücht: »Ja, es ist wahr. Vorher kauften die Leute ein Stück Lakritz und ein dünnes Täfelchen Schokolade, so um die 20 Gramm, steckten jeweils kleine Teile davon in den Mund und vereinten sie dort.« Früher gab es nur lakkrísrílla, Lakritzrollen, Lakritzstangen und Síríus-Schokolade, getrennt.

Die Kombination von Schokolade mit Lakritz in einer Packung gilt als typisch isländische Erfindung. Als Erfinder wird ein Mann namens Finnur Geirsson genannt. »Eitt sett ist unser Verkaufsrenner«, so Rúnar. Allerdings sind Schokolade und Lakritz in der Packung keinesfalls innig verbunden: Über dem Schokoriegel liegt in der Eitt-sett-Packung eine lose, dünne Lage schwarzes Lakritz.

Es ist durchaus denkbar, daß die allgemeine Beliebtheit von Lakritz in Island am strengen, ammoniakähnlichen Geschmack mancher Sorten liegt, der dem des hákarl, der isländischen Spezialität fermentierter Eishai, ziemlich nahe kommt. Auf jeden Fall manifestiert sich durch Eitt sett auf einzigartige Weise das Bild des westlichen Kulturkannibalismus: Es ist der alles aufsaugende Kapitalismus, der hier bis in den Mund dringt und dem Konsumenten auch noch die letzte Arbeit abnehmen will.

# Wie Schwitters' »Ursonate«
## nach Island kam

Kurt Schwitters' Wohnung auf der Insel Hjertøya:
Merzbau oder Ferienhaus?

Früh schon machten sich die Naturforscher Gedanken
darüber, von wem die Vögel ihre Melodien gelernt hätten.
Wenn es nicht Gott persönlich war, der ihnen die Strophen
ins Gehirn gepflanzt hatte, könnten es vielleicht die Menschen selbst gewesen sein. Im ersten großen Werk über Islands Vögel, Friedrich Fabers »Über das Leben der hochnordischen Vögel« von 1826, wird die Frage gestellt, ob
nicht ein bißchen anspruchsvoller Musikunterricht durch
Menschen den Vogelgesang verbessern könne. Erfreuen
doch gerade im Norden nur sehr wenige Vögel mit schönen
Melodien. Wissenschaftler führen das darauf zurück, daß

Möwen, Alken und Watvögel ziemlich laut und eintönig gegen das Meer anschreien müßten. In Gelände mit Büschen und Wald, Heimat vieler Singvogelarten, könnte sich dagegen ein melodiöser, differenzierter Vogelgesang entwickeln.

Auf jeden Fall nimmt Friedrich Faber die Frage der Naturforscher Spix und Martius auf, »wie weit die musikalische Bildung der Menschen überhaupt schon auf die Tonkunst der Tiere gewirkt habe?« Schließlich könne es ja sein, »daß viele der gefiederten Sänger Brasiliens verfeinerte Melodien hervorbringen würden, wenn einst die Wälder Brasiliens aufhörten, einen Widerhall der beynah unarticulirten Töne halbwilder Menscher zu geben.«[1] Nun galten die Bewohner Islands im übrigen Europa seinerzeit zwar als irgendwie zivilisiert, aber auch als extrem unmusikalisch. Ob der Däne Faber den Gedanken seiner Kollegen vielleicht deshalb aufgriff, ohne gleichzeitig den Isländern zu nahe treten zu wollen?

Der isländische Zaunkönig singt nicht gerade berauschend, der melancholische Frühlingsgesang des Goldregenpfeifers ist zwar ganz schön, aber nicht mit dem einer Nachtigall zu vergleichen. Und die Lautäußerungen der Möwen, Tordalken und Trottellumen werden selbst unter Vogelfreunden kaum als Gesang bezeichnet.

Um so überraschter war ich, als ich im Sommer 2005 einige altbekannte Melodienfolgen aus den Kronen der Ebereschen im Garten des Hauses Laufásvegur drei in Reykjavík vernahm. Dort hatte ich eine kleine Mansardenwohnung gemietet, auf deren Balkon ich bei Sonnenschein gern saß. Meine zauberhafte Wirtin, die Künstlerin Borghildur Óskarsdóttir, meinte, die Vögel kämen jedes Jahr, um sich an den reifen Beeren satt zu fressen. Es rüzümüte und

kirkte, zirrte und teteterete in einem fort. Zweifellos waren
es Stare, die da in den Baumkronen herumturnten. Dem raren Werk des Ornithologen Günter Timmermann über die
Vögel Islands entnahm ich, daß die ersten Stare das Land in
den 1940er Jahren erreichten. Ein erster Brutnachweis wird
auf das Jahr 1941 datiert.[2] Von Hornafjörður aus verbreite-
ten sich die ersten original isländischen Stare. Seit 1960 ist
der Star mit schätzungsweise drei- bis viertausend Exemplaren Stadtvogel in Reykjavík.

Es ist bekannt, daß eine Vogelart unterschiedliche Gesangsarten, Dialekte bilden kann. Der Gesang einer Art va-
riiert von Region zu Region. Die Starengesänge, die ich aus
dem Garten Borghildurs vernahm, erinnerten mich nun allerdings auffällig an die der norwegischen Stare von der
Insel Hjertøya im Moldefjord. Aber wäre das überhaupt
möglich? Daß Stare aus Norwegen die weite Strecke über
den Atlantik bis nach Reykjavík geflogen sind? Und hier
die »Ursonate« und dadaistische Lautgedichte von Kurt
Schwitters intonierten?

Eine Koryphäe im Bereich der Erforschung des Staren-
gesangs ist der Berliner Professor Jörg Böhner, den ich bereits einige Jahre zuvor kennengelernt hatte. Auf meine
Anfrage sandte er mir eine Mail: Ja, es sei durchaus plau-
sibel, daß irgendwann einmal Stare aus Norwegen durch
ungünstige Witterungsbedingungen, beispielsweise einen
Sturm, nach Island gelangt seien, möglicherweise als er-
schöpfte »blinde Passagiere« auf einem Schiff. So abge-
sichert, erinnerte ich mich an das Schreiben, das ich vor
acht Jahren von Norwegen aus an Úlfur Hróðólfsson in
Island gesandt hatte und rekapitulierte das Geschehen:

Lieber Úlfur,
gestern war Ausstellungseröffnung im Kunstverein von
Molde. Gegenüber diesem kleinen norwegischen Städtchen im Bezirk Møre og Romsdal liegt die Insel Hjertøya.
Dort verbrachten Kurt Schwitters, seine Frau Helma und
Sohn Ernst von 1932 an jedes Jahr einige Sommermonate.
Seinerzeit lebten da nur ein Bauer, dessen Frau, ein Hund,
einige Kühe, Hühner und – wie Schwitters in einem Ge-
dicht schrieb – ein Radiogerät.

Mit einem kleinen Motorboot fuhr ich mit meinem norwegischen Künstlerfreund Kjetil am Nachmittag hinüber,
um das kleine Häuschen anzuschauen, in dem sie gewohnt
hatten. In den Biographien wird es mal als ehemaliges Kar-
toffellager mit Schafstall, mal als 300jährige Schmiede bezeichnet. Der Leiter des Fischereimuseums war so freundlich, die erst seit kurzem verriegelte Tür aufzuschließen,
damit wir einen Blick ins Innere werfen konnten.

Das Haus ist winzig, vielleicht zwei mal drei Meter und
voller abblätternder Collagen, Inschriften und bemalter,
zerbröselnder Merzsäulen aus Gips. Vor ein paar Monaten
konnte hier noch jeder ungehindert rein. Die Tür stand
immer offen. Spielende Kinder rupften die Collagen und
Objekte von den Wänden. Jemand stahl den großen Holz-
geist, von dem Schwitters in einem Brief aus Molde
sprach. Den Rest besorgten Wind und Wetter. Die übrig-
gebliebenen Objekte und Collagen befinden sich in keinem Werksverzeichnis. Das ist schon erstaunlich, wird
doch sonst jede kleine, mit Collage oder Zeichnung versehene Postkarte von Schwitters auf dem Kunstmarkt hoch
gehandelt.

Jedenfalls konnten die Arbeiten hier offensichtlich zu dem

werden, was Schwitters über seine Kunst sagte: »Im Merz-stil wird Kunst wieder zu Material.« Ich machte einige Fotos von der Säule, den Grotten, Collagen und Objekten und legte mich anschließend in das frisch duftende Gras neben dem Häuschen.

Da hörte ich auf einmal einen Star sonderbare Laute von sich geben. Flügelzitternd saß der erregte Vogel auf einer Regenrinne der rot gestrichenen Scheune nebenan. Die gehörte dem Bauern und existierte schon zu Schwitters' Zeiten. Obwohl die Paarungszeit eigentlich längst vorbei war, zwitscherte, trällerte und knarrte er aus Leibeskräften. Irgendwie kam mir das, was er da von sich gab, bekannt vor. Das hatte ich schon mal gehört. Ja, mit einem Mal spürte ich, daß der Vogel Passagen aus der »Ursonate« rezitierte, die ein unbekannter, ferner Vorfahr vor vielen Jahren Schwitters abgelauscht hatte und die über Generationen weiter vermittelt wurden, sozusagen von Star zu Star. Du weißt ja, daß diese Vögel Meister der Imitation sind. Sie können Hundebellen, Türenquiet-schen und das Pfeifen einer Dampflokomotive imitieren. Den Gesang lernen sie von ihren Eltern und nehmen zusätzlich Geräusche ihrer Umgebung auf. Hier also waren Passagen der originalen »Ursonate« und dadaistische Lautdichtung unbemerkt vom Kunstbetrieb überliefert worden. Zum Glück hatte ich mein Aufnahmegerät dabei. Das Tape liegt anbei.

Herzliche Grüße
Dein Wolfgang

Berichte über Schwitters' Begeisterung für das Rezitieren im Freien verstärkten meine Vermutung. Eine solche Situation beschreibt etwa der eng mit ihm befreundete Dadaist Hans Arp: »In der Krone einer alten Kiefer am Strande von Wyk auf Föhr hörte ich Schwitters jeden Morgen seine Lautsonate üben. Er zischte, sauste, zirpte, flötete, gurrte, buchstabierte.«

Drei Jahre später ergab sich für mich die Möglichkeit, Fotos aus dem Inneren der Hütte und die Gesänge der Stare von Hjertøya in einer Ausstellung zu präsentieren. Da von Schwitters' Originalrezitation der »Ursonate« nur ein paar Minuten überliefert sind (die Authentizität einer 1993 veröffentlichten Gesamtfassung[3] ist höchst umstritten), könnten diese Dokumente ein wichtiger Beitrag zur Kunstgeschichte sein. Doch kurz nachdem die Ausstellung eröffnet und ein Katalog sowie eine Compact Disc mit den Starengesängen erschienen war, erhielt ich Post:


Berlin-Dahlem, 8. September 2000


Betr.: URSONATE von Kurt Schwitters


Sehr geehrter Herr Müller,
per Zufall haben wir durch einen Zeitungsartikel von Ihrer CD-Produktion erfahren, auf der Sie »... mit dem Geschrei von Vögeln, die« – so die Angabe – »die ›Ursonate‹ des dadaistisch inspirierten Künstlers Kurt Schwitters intonieren.« Wir vertreten im Namen des DuMont Verlages das Werk von Kurt Schwitters, haben jedoch nach Durchsicht unserer Unterlagen nicht feststellen können, daß diese CD-Produktion von uns autorisiert worden ist. Bitte

teilen Sie uns mit, von wem Sie die Genehmigung hierzu erhalten haben, damit wir der Sache nachgehen können.
Wir hoffen, bald von Ihnen zu hören, und verbleiben

Mit freundlichen Grüßen
GUSTAV KIEPENHEUER
Bühnenvertriebs-GmbH
K. B. – Sekretariat


Zunächst hielt ich diesen Brief für einen Scherz, doch der Ton weiterer Schreiben aus dem Hause Kiepenheuer wurde immer drohender. So blieb keine andere Möglichkeit, als das Mißverständnis durch ein detailliertes Antwortschreiben aufzuklären:


Berlin, der 1. Juni 2001

Wolfgang Müller
Waldemarstr. 48
10997 Berlin


Kiepenheuer Bühnenvertriebs-GmbH
Frau K. B./G. S.
Schweinfurthstr. 60
14195 Berlin


Sehr geehrte Frau B.,
herzlichen Dank für die Zusendung Ihres Briefes. Leider komme ich erst jetzt dazu, Ihnen zu antworten.
Tatsächlich scheinen die auf der einst von Kurt Schwitters (seit 1932) über zehn Jahre bis zu seiner Flucht nach Eng-

land im Jahr 1940 in den Sommermonaten bewohnten norwegischen Insel Hjertøya lebenden Stare das Werk des Künstlers zu rezitieren. Wie es aussieht, hat Kurt Schwitters seine Gedichte auf der Insel seinerzeit lautstark eingeübt und dabei insbesondere auch die »Ursonate« geprobt.

Ich konnte es bei meinem ersten Besuch im Juni 1997 zunächst auch nicht glauben, daß die bekanntlich imitationsbegabten Vögel unter anderem dadaistische Lautgedichte und die »Ursonate« von Schwitters intonierten. Selbstverständlich in ganz eigener Art, über die Generationen vermittelt, sozusagen von Star zu Star. Zum Glück hatte ich seinerzeit ein Aufnahmegerät dabei und konnte deshalb als Beleg den Gesang der Stare von der Insel Hjertøya im Moldefjord mitschneiden.

Zurück in Berlin spielte ich die Aufnahmen Herrn Prof. Dr. Böhner vor. Herr Prof. Dr. Böhner ist *der* Starengesangsspezialist Deutschlands und erforscht im Institut für Verhaltensbiologie an der Freien Universität seit langer Zeit speziell Starengesänge.

Anläßlich der Eröffnung meiner Ausstellung »Hausmusik – Stare auf Hjertøya singen Kurt Schwitters« am 25. August 2000 in der Galerie Katze 5 in Berlin hielt er eine vielbeachtete Rede, in der er als Wissenschaftler bestätigen konnte, daß es tatsächlich möglich sei, daß die Stare von Hjertøya Teile und Elemente der Schwittersschen Dichtung aufgenommen und in ihr Gesangsrepertoire eingearbeitet hätten.

Diese Aussage schien für mich deshalb besonders wichtig, weil einige Kritiker behaupteten, bei der meinem Katalog beiliegenden CD handele es sich um ganz gewöhnliche Starengesänge, die nicht im entferntesten an Lautgedichte oder gar die »Ursonate« erinnerten.

Da es sich bei der CD-Produktion um Vogelstimmenaufnahmen und nicht um eine Komposition von mir handelt, erhielt ich von der GEMA eine Sondergenehmigung, diese als »Naturgeräusche«, also gebührenfrei anzumelden. Es sind also, wie gesagt, reine Dokumentaraufnahmen. Keinesfalls habe ich, wie Sie aus einem Zeitungsartikel zitieren, »mit dem Geschrei von Vögeln die ›Ursonate‹ intoniert«.

Um Ihre Frage also zu beantworten, möchte ich auf die Stare in Hjertøya verweisen, die von urheberrechtlichen Bestimmungen natürlich nicht die geringste Ahnung haben. Es könnte aber durchaus sein, daß in der Zukunft noch mehr imitationsbegabte Vogelarten urheberrechtlich geschützte Werke von Kurt Schwitters und anderen imitieren und interpretieren, ohne zuvor eine Genehmigung bei der Kiepenheuer Bühnenvertriebs GmbH einzuholen. Ich lege Ihnen einen aktuellen Zeitungsausschnitt über das Imitieren von Handyklingeln und Bremsenquietschen durch Amseln, Drosseln und Stare bei.

Wenn Sie Pläne fassen, das Urheber- und Aufführungsrecht für Kunstwerke musikalischer und darstellender Art auch auf Tiere, in diesem Fall imitationsbegabte Vögel, auszuweiten, würde mich das persönlich sehr interessieren. Ich bin jederzeit bereit, Ihnen dazu entsprechendes Material und Belege zu liefern. Selbstverständlich würde ich mich in einem solchen Fall über eine kleine Aufwandsentschädigung für meine Mühen freuen.

Bei weiteren Fragen können Sie sich gerne jederzeit direkt an mich wenden. Ich verbleibe in geschätzter Hochachtung

Wolfgang Müller

Dem Schreiben lag ein Exemplar des Kataloges mit der CD bei. Er wurde vom Verlag mitsamt der unbezahlten Rechnung kommentarlos zurückgeschickt. Herr Prof. Dr. Böhner aber informierte mich weiterhin ausführlich über die Möglichkeiten der Weiterentwicklung der von den Staren importierten Gesänge.

Es gebe seines Wissens leider keine langfristigen Untersuchungen darüber, wie sich einzelne Gesangteile über eine lange Folge von Generationen entwickelten. Im Fall der Schwitters-Musik, die ich im Sommer 2005 in Borghildurs Garten hörte, müßten das ja dann um die siebzig Star-Generationen sein, rechnete er mir vor.

Prof. Dr. Böhner erläuterte nun, daß die meisten Experimente zum Gesangslernen beim Star zeigten, wie beeindruckend exakt Jungvögel einzelne Gesangsmotive vom jeweiligen Gesangsvorbild übernehmen könnten, daß die Motive andererseits aber doch beträchtlich vom jeweiligen Vorbildmotiv abweichend entwickelt würden. Dabei sei die Variation offensichtlich biologisch sinnvoll und wichtig, da nur durch dieses Sich-Absetzen ein individuelles Gesangsmuster ausgebildet werden könne. Die Gesangsentwicklung bzw. Gesangsveränderung über mehrere Generationen ist also offensichtlich immer ein Zusammenspiel von akkuratem und »gewollt« schlampigem Kopieren von Gesangsvorbildern. Prof. Dr. Böhners Meinung nach ist diese Entwicklung für den Einzelfall nur schwer vorherzusagen. Doch fühlte ich mich letztlich bestätigt, als er mit dem Satz schloß: »Potentiell möglich ist es aber sicher, daß bestimmte Lautäußerungen auch über eine längere Generationenfolge nahezu unverändert bzw. für uns wiedererkennbar beibehalten werden.«

Der Urheberrechtsexperte Paul Katzenberger vom Max-

Planck-Institut für ausländisches und internationales Patent-, Urheber- und Wettbewerbsrecht ist sich über den rechtlichen Status der von den Staren abgelauschten »Ursonate« nicht ganz sicher. Um eine Urheberrechtsverletzung festzustellen, müsse man folgende Kausalität akzeptieren: Die Stare haben Schwitters die »Ursonate« abgelauscht und sie dann über Generationen hinweg tradiert. »Die Müllersche Aufnahme«, so der Experte auf der Internetseite Telepolis, »wäre dann eine Einspielung der ›Ursonate‹ über den Umweg der Stare und könnte damit durchaus eine Urheberrechtsverletzung darstellen.«

Vermutlich aber hat Schwitters selbst Elemente von Staren- und anderen Vogelgesängen für die Komposition der »Ursonate« verwendet. Darauf weist nicht nur sein Lautgedicht »Obervogelgesang« hin. Es bestehen auch große Ähnlichkeiten seiner Lautpoesie mit den Notierungen der Vogelgesänge mittels Noten und Klangsilben, wie sie bei Ornithologen seinerzeit gebräuchlich waren. Sollte sich in unbestimmter Zukunft herausstellen, daß Schwitters die Notierungen der Ornithologen oder sogar den Vogelgesang selbst für seine eigenen Kompositionen verwendet hat, stünden wir abermals vor einer völlig neuen Rechtssituation.

1 Faber, Friedrich, Über das Leben der hochnordischen Vögel; Leipzig 1826, S. 151.

2 Timmermann, Günter, Die Vögel Islands; Reykjavik 1937-1949, S. 289f.

3 Die Authentizität der 1993 von WERGO als Compact Disc veröffentlichten Fassung ist zumindest zweifelhaft. Nach Angaben von Hans Burkhard Schlichting von der Hörspielredaktion des SWR ist die Aufnahme erkennbar von Schwitters' Sohn Ernst gesprochen.

# Die nördlichste Pizzeria der Welt

Ausblick zum unbewohnten Hólmavík: Pizza 67 in Ísafjörður

Im Jahr 1973 schaffte das isländische Parlament nach einer hitzigen, stundenlangen Debatte den Buchstaben »Z« ab. Der Vorschlag dazu kam aus den Schulen. Da die Buchstaben »S« und »Z« gleich ausgesprochen werden, konnte durch diese Reform eine der häufigsten orthographischen Fehlerquellen getilgt werden. Die vorhandenen »Z« wurden einfach durch »S« ersetzt.

Eines der wenigen Lehnwörter, die sich im isländischen Sprachgebrauch durchsetzen konnten, ist »Pizza«. »Eigentlich ist flatbaka das isländische Wort für Pizza«, weiß Baldur Jónsson von der Sprachgesellschaft Íslensk málstöð. »Aber wenn man es schon ›Pizza‹ nennen will, müßte es seiner natürlichen Aussprache und den isländischen Ausspracheregeln nach ›pitsa‹ oder ›piddsa‹ geschrieben werden.«

Island größte, 1992 gegründete Pizzakette kümmert das wenig. Sie betreibt einundzwanzig Filialen im ganzen Land, darunter die nördlichste der Welt in Ísafjörður, der Hauptstadt der Westfjorde. Unbeirrt halten Geschäftsleitung und Belegschaft am Namen »Pizza 67« fest. »Selbst wenn wir wollten, könnten wir die beiden ›Z‹ nicht einfach durch zwei ›S‹ ersetzen«, so Brynjólfur, der in der Sommersaison als Aushilfskraft in einer der Filialen jobbt, »denn ›pissa‹ ist ein rüder Ausdruck und bedeutet urinieren.«

# Anschluß für Úlfur Hróðólfsson

Úlfur Hróðólfsson, Signaturentwürfe,
1994 und 2007

Mein Großvater mütterlicherseits Otto Neckien (1903-1989) war ein Mitläufer. So werden die genannt, die während der Nazidiktatur unauffällig blieben und sich der Situation anpaßten. Die Familie betonte, er sei jeden Sonntag in die Kirche gegangen. So konnte er den Enkeln trotz seiner Mitgliedschaft in der NSDAP wenigstens ein bißchen als Widerstandskämpfer präsentiert werden.
In Otto Neckiens Interesse an Stammbaum- und Ahnenforschung begegneten sich der Nationalsozialismus und die Kirche in Form von Geburtenregistern vergangener Zeiten: Woher kommen die Germanen? So fand er heraus, daß seine Urahnen zu den 30 000 Salzburger Protestanten

gehört hatten, die im Jahr 1732 gezwungen waren, ihre Heimat zu verlassen. Diese Glaubensflüchtlinge siedelten sich zumeist in Preußen an. In Ostpreußen wandelte sich dann der alte Familienname »Neckühn« zu »Neckien«. Da Otto Neckien davon ausging, daß dieser Name einzigartig sei und alle seine Träger ursprünglich dem gleichen Salzburger Geschlecht entstammten, hoffte er zeitlebens, die Dynastie würde durch seine beiden Söhne weiterleben. Denn seine drei Töchter – darunter meine Mutter – heirateten und nahmen den Namen ihrer Ehemänner an. Edith Neckien wurde so zu Edith Müller.

Otto Neckiens Söhne zeugten ausschließlich Töchter, so daß die Neckiens auszusterben drohten. 1989 starb er in der Gewißheit, daß sein Name für immer von der Erde verschwinden würde. Er konnte nicht ahnen, daß die Tochter seines Sohnes Werner, meine Cousine Susanne, ihren Mädchennamen behalten und 1992 während ihrer Arbeit als Ärztin und Entwicklungshelferin in Ruanda einen Jungen adoptieren würde, dessen Mutter bei der Geburt verstorben war. Dieser ist nun der einzige männliche Nachkomme, der den Namen Neckien in die Zukunft trägt.

Meine Eltern heirateten in Wolfsburg, wo sie sich zu Ende des Zweiten Weltkriegs als Flüchtlinge trafen. Vater Rudolf Müller wuchs im tschechischen Liberec (Reichenberg) auf und meine Mutter in Königsberg (Kaliningrad). Für mich, den erstgeborenen Jungen, wählten sie den Namen Wolfgang. Er zählte 1957, in meinem Geburtsjahr, zu den beliebtesten, folglich häufigsten männlichen Vornamen in Deutschland. In Verbindung mit dem Familiennamen meines Vaters ergab das den Namen Wolfgang Müller, eine Kombination der häufigsten Vor- und Nachnamen in Deutschland.

Im Jahr 1990 reiste ich erstmals nach Island. Dort ist das Telefonbuch nach Vornamen sortiert, denn diese sind die eigentlichen Eigennamen. Der Nachname verweist dagegen in der Regel auf die Herkunft, also auf den Vater bzw. die Mutter mit dem entsprechenden Suffix »-son« bzw. »-dóttir«. Wolfgang könnte im Isländischen mit Úlfur (Wolf) übersetzt werden. Der Vorname meines Vaters Rudolf wird im Isländischen zu Hróðólfur. Mein traditioneller isländischer Name lautet also Úlfur Hróðólfsson.[1] Nun gibt es im isländischen Telefonbuch einige Úlfs, ein paar davon auch mit der Herkunftsbezeichnung Hrólfsson. Eine Person mit der Kombination Úlfur Hróðólfsson existierte jedoch nicht. Fortan signierte ich alle Kunstwerke, die in Island entstanden, mit Úlfur Hróðólfsson. 2002 bestellte ich bei der isländischen Post einen Anschluß auf diesen Namen und beabsichtigte, ihn ins Telefonbuch eintragen zu lassen. »Ob es den Úlfur Hróðólfsson gibt oder nicht, ist völlig egal«, sagte die Beamtin bei der Telefongesellschaft, »der Anschluß auf den Namen kostet 5 000 isländische Kronen. Das wäre auch schon alles.« Island bietet so eine einzigartige Möglichkeit zur Erschaffung neuer Identitäten.

Hinzu kommt, daß fast alle Isländer in der fünften, spätestens aber in der siebten Generation irgendwie miteinander verwandt sind und ihren Stammbaum bis auf die Zeit der Besiedlung Mitte des 9. Jahrhunderts zurückverfolgen können. Auf der Weltausstellung EXPO 2000 in Hannover kündigte Island an, in seinem Pavillon die Namen aller je existiert habenden Isländer, gestorbenen wie lebenden, in einer Videoprojektion zu zeigen. Das wäre tatsächlich möglich, weil die Namen der vierhundert zwischen 870 und 930 nach Christus dort siedelnden Familien durch das

Landnámabók im 11. Jahrhundert dokumentiert worden sind. »Insgesamt wären es eigentlich eine Million und dreißigtausend Namen«, verriet mir im EXPO-Pavillon Mitarbeiter Jón Bjarni Atlason: »Das Abspielen solch eines Videos würde jedoch drei Wochen dauern, von der Aufnahme ganz zu schweigen. Dieses Band hier ist schon wesentlich kürzer. Es geht ja letztlich nur um die Idee...«

Als im isländischen Telefonbuch von 2002 bereits der Namen Úlfur Hróðólfsson nebst zugehöriger Telefonnummer veröffentlicht war, wurde ein Anschluß ins Nýlistasafnið (Living Art Museum Reykjavík) verlegt. In der dortigen Ausstellung lief als Wandprojektion die Übersetzung von Goethes erster naturwissenschaftlicher Arbeit als fortlaufender Text. Gelegentlich klingelte das unter einem Glassturz auf einem Sockel plazierte Telefon. Úlfur Hróðólfsson war nun unter der Nummer 00 354-5 528 123 anwählbar.

Bei jedem Anruf schaltete sich der Anrufbeantworter ein, und es ertönte die deutsch-isländische Ansage: »Die Kunst muß sich wieder mit dem Leben austauschen. Bitte sprechen Sie jetzt! / Listin þarf aftur að fara að tala í gegnum lífið. Talið núna!«

---

1 Ebenso möglich wäre auch Úlfur Editarson.

# Gender Trouble

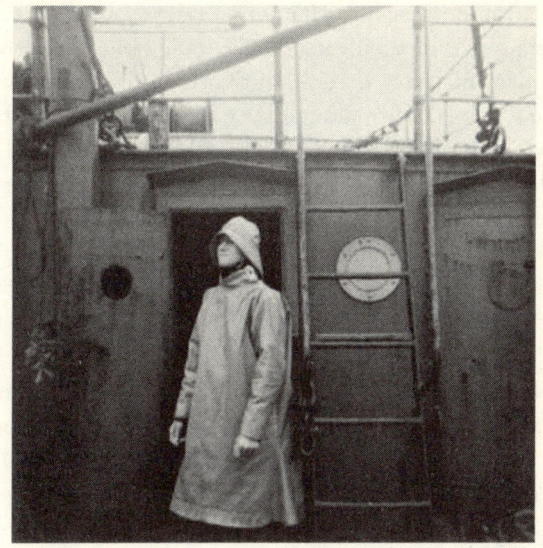

Anna Kristjánsdóttir 1967

Lange und hartnäckig hielt sich das Gerücht, die transsexuelle Isländerin Anna Kristjánsdóttir habe nach ihrer Geschlechtsumwandlung plötzlich weniger Lohn bekommen als vorher, und zwar mit der Begründung, der einstige Maschinist Kristján Kristjánsson sei durch seine Operation ja schließlich nicht nur körperlich, sondern auch rechtlich eine Frau geworden – mit allen damit verbundenen Konsequenzen.

Tatsächlich hatte Anna 1994 als erste Person im isländischen Sender Stöð 2 öffentlich über ihre geplante Geschlechtsumwandlung gesprochen. Diese wurde am 24. April 1995 im Stockholmer Krankenhaus Karolinska Sjukhuset durchgeführt. Als Anna 1996 von Schweden nach Island zurückkam, befand sie sich in einer existentiellen Notlage. Über siebzig Bewerbungen versandte sie, alle ohne Erfolg: »Oft bekam ich nicht einmal eine Antwort.« Selbst in Fällen, wo sie für den Job überqualifiziert war, landete ihre Bewerbung sofort im Müll. Kurz bevor sie resignierte und überlegte, wieder zurück nach Schweden zu gehen, fragte sie der Personalleiter einer Fischereigesellschaft in Eskifjörður, ob sie nicht für ihn auf seinen Schiffen arbeiten wolle. Anschließend bot man Anna dann eine Arbeit bei der Städtischen Energiegesellschaft Reykjavík an, für die sie bis heute tätig ist.

Die Frage der Höhe nach der Bezahlung stellte sich für Anna nie. »Von den Journalisten wurde ich aber immer gefragt, ob ich nun weniger verdienen würde als ein Mann. Das habe ich immer verneint.« Es sei ein Gerücht gewesen, das im Lande umherirrte. Möglicherweise spielte die wiederkehrende Frage nach dem Lohn die Rolle eines Abwehrzaubers. Auf diese Weise kann für Außenstehende Unfaßbares oder Unerklärliches – hier: Annas Geschlechtsumwandlung – gebannt werden. Sozusagen als kleiner Scherz, der in diesem Fall sowohl auf Annas Kosten als auch gegen Frauen allgemein geht. Für Anna selbst war immer klar: »Das Schlimmste an meiner Situation ist nicht fehlendes Geld oder ungleicher Lohn, sondern die Vorstellung der meisten Isländer, es handele sich bei meiner Geschlechtsumwandlung bzw. -angleichung um eine Form sexueller Extravaganz oder eine Einbildung.« Laut Anna gibt es in Island fünf Transsexuelle sowie einige, die kurz vor einer Geschlechtsangleichung stehen. Die Operation

Anna Kristjánsdóttir 2007

kann inzwischen auch durch einen Arzt im Land selbst ausgeführt werden. Eine Transgender- oder Transsexuellen-Organisation existiere nicht, sagt Anna, doch sei sie im European Transgender Network aktiv. Auch habe sich die Situation im Land für Transsexuelle in den letzten zehn Jahren sehr gebessert. »Ich möchte den Menschen zeigen, daß ich einfach eine ganz normale Frau bin, mit den gleichen Gefühlen und Bedürfnissen wie die meisten Menschen. Und daß es nun besser ist als früher.«

# Versunken unter der Schraffur:
# Insel Bus, vormals Frisland

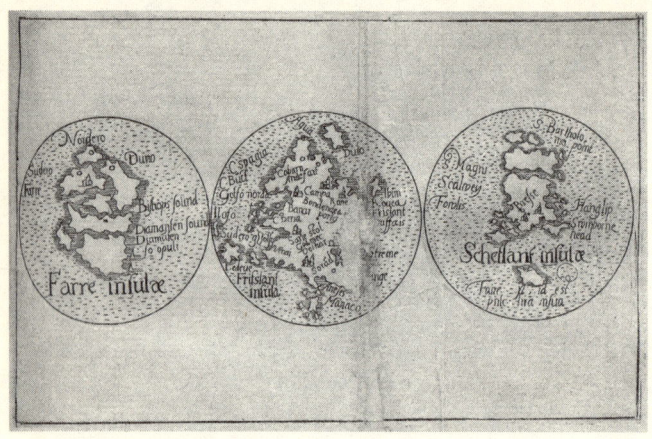

Mittig: Phantominsel Frisland. Links: Färoer-Inseln,
rechts: Shetland-Inseln. Stich aus Megiser, Hieronymus,
Septentrio Novantiquus, Oder Die newe NortWelt.
Das ist: Gründliche und warhaffte Beschreibung
aller der mitternächtigen und Nortwerts gelegenen
Landen und Insulen; Leipzig, 1613.

An einem grauen Februarnachmittag des Jahres 2006 wurde
die Büchersammlung des Islandologen Uwe Wolters in
Pforzheim zur Auktion feilgeboten. Über Jahrzehnte hatte
der Lehrer aus Norddeutschland alles zum Thema Island
gesammelt. In seinem Nachlaß fanden sich Werke über die
nordische Mythologie, Dissertationen über isländische Ge-
steine, Broschüren des isländischen Fremdenverkehrsbü-
ros, historische Gesetzestexte, nahezu sämtliche ins Deut-

sche übersetzte Edda-Ausgaben, seltene Reiseberichte aus dem 17. und 18. Jahrhundert, Sagas, isländische Bibelausgaben aus dem 17. Jahrhundert und ein Tagebuch des dänischen Grafen F. C. Raben von seiner Islandreise aus dem Jahr 1821.

Unter den angebotenen Schätzen war auch ein kleines venezianisches Oktavbüchlein aus dem Jahr 1558, das zum Ausrufpreis von zweitausend Euro an einen Diplomingenieur aus Süddeutschland ging. Dieser sammelt vor allem Bücher über arktische Regionen. Glücklich präsentierte er den Konkurrenten in der Auktionspause das dünne, unauffällige Büchlein, das durch eine Plastikhülle geschützt war. Bedauerlicherweise fehlte die ursprünglich darin enthaltene Landkarte. Sie hätte das Büchlein allerdings erheblich verteuert, den Schätzpreis mindestens verzehnfacht und es dem Bieter möglicherweise unerschwinglich gemacht.

Die erwähnte Publikation enthält die Schilderung einer Reise in nordatlantische Regionen und eine berühmte Landkarte, in der zwischen Island und Grönland die Phantominsel Frisland eingezeichnet ist. Das Buch und die Karte waren Ursprung einer großen Masse an Literatur, die von gekränkten Forschern zuweilen als völlig außer Proportion zur Bedeutung ihres Gegenstands bezeichnet wird. Ist die darin enthaltene Reiseschilderung der berühmteste Hoax in der Geschichte der Arktis oder liegt ihr ein wahrer Kern zugrunde? Auf jeden Fall wurde die Zeno-Reise inklusive ihrer Entdeckungen noch Jahrhunderte nach der Erstveröffentlichung von vielen Autoren und Geographen akzeptiert, in Büchern und Landkarten als Fakt aufgenommen. Insofern kann man sagen, daß sie eine der folgenreichsten literarischen Arbeiten war.

*De i Commentarii del Viaggio in Persia di M. Caterino*
*Zeno il K. & delle guerre fatte nell' Imperio Persiano, dal*
*tempo di Vssuncassano in quà. Libre due. Et dello Scopri-*
*mento dell' Isole Frislanda, Eslanda, Engrouelanda, Esto*
*tilanda, & Icaria, fatto sotto il Polo Artico, da due fratelli*
*Zeni, M. Nicolò il K. et M. Antonio. Libro uno. Con un*
*disegno particolare di tutte le dette part di Tramontana*
*da lor scoperte. Con gratia, etprivilegio. (Device) In Ve-*
*netia Per Francesco Marcolini. MDLVIII.*

*Annalen der Persien Reise von Messire Caterino Zeno,*
*seinem Knecht und über die Kriege die ins Persische*
*Reich in der Zeit des Ussuncassano hereinbrachen. Zwei*
*Bücher. Und über die Entdeckung der Inseln Frislandia,*
*Eslandia, Engrouelandia, Estotilanda, and Icaria, unter*
*dem Nordpol durch die zwei Brüder Zeni, Messire Ni-*
*colò, der Knecht, und Messire Antonio. Ein Buch. Mit*
*einer detaillierten Karte aller genannten Teile des Nor-*
*dens, die von ihnen entdeckt worden. Venedig, bei Fran-*
*cesco Marcolini 1558.*[1]

Dem anonymen Verfasser nach soll die Beschreibung dieser Nordatlantikreise aus alten Manuskripten der ange-
sehenen venezianischen Familie Zeno zusammengestellt
worden sein. Zwei Mitglieder der Familie, Nicolò Zeno
und Antonio Zeno, hätten Ende des 14ten Jahrhunderts
eine Reise in den Nordatlantik unternommen. Heute wird
vermutet, daß der Schreiber ein Mitglied des alten Geschlechts war, nämlich Nicolò Zeno (1515-1565) selbst.
Die dem Buch beigefügte Nordatlantikkarte wurde zunächst als echt akzeptiert; gleichwohl wuchsen allmählich
Zweifel an ihrem Wahrheitsgehalt.

Nahe bei Island tauchen dort erstmals mehrere Inseln auf: als bekannteste und größte darunter Frisland. Diese »Neu-entdeckungen« erscheinen seit der Veröffentlichung 1558 auf zahlreichen Landkarten und in Reisebeschreibungen, die in verschiedene Sprachen übersetzt werden. Auch Gerard Kaufmann, bekannt unter dem Namen Mercator, hält Zenos Karte für echt und fügt die Fehler in seine große, 1569 in Duisburg erstmals veröffentlichte Weltkarte ein. Da Mercator sehr populär wird, gelangen die neuen Inseln rasch auf viele andere Karten.

Erst Anfang des 18. Jahrhunderts verschwinden sie allmählich wieder. Auf der Karte von Laurent aus dem Jahr 1770 versinkt die kurzfristig in »Bus« umbenannte Insel »Frisland« schließlich als untertitelte Schraffur im Atlantik zwischen Grönland und Island: versunkene Insel Bus, vormals Frisland.

1 Megiser, Hieronymus, Newe NortWelt Leipzig 1613, Reprint (Hrsg.) Müller, Wolfgang; Berlin 2005, Beschreibung der Insul Frißland, S. 104 ff.

# Kaninchen, Kunst und Köttel

Elektronikmusiker Curver im Kaninchenkostüm,
Reykjavík 1999

Seit einigen Jahren leben in Island einige verwilderte Kaninchen rund um die parkartige Anhöhe Öskjuhlíð in der
Hauptstadt. Es sind ausschließlich Schoßtiere, die von ent-
nervten Haltern ausgesetzt wurden. Früher wären die Kaninchen in der langen Winterzeit erfroren und verhungert.
Heute können einige mithilfe der dort verlegten Warmwas-
serrohre und der fürsorglichen Fütterung durch Tier-
freunde überleben. Manche der Freigelassenen bekommen
sogar Junge. Gern schmiegen sich die Tiere bei kaltem Wetter an die warmen Rohre. »Vielleicht ist es ja schöner für die
Kaninchen, ihre letzten Tage in der Natur zu verbringen,
auch wenn die Öskjuhlíð gar nicht ihr natürliches Habitat

ist«, sagt die Künstlerin und Kaninchenfreundin Berglind Ágústsdóttir.

Zwei Kaninchen finden sich auch in der Reykjavíker Kunstsammlung »safn«. Sie wurden von dem Künstler Dieter Roth (1930-1998) zwischen 1969 und 1991 aus Kaninchenkötteln als Objekte kreiert und geformt. »Mich hat vor sieben Jahren ein hochgewachsener älterer Herr in Basel angesprochen, den ich nicht ohne weiteres als Schrebergärtner eingestuft hätte«, so der Betreiber des Amsterdamer Künstlerbuchladens Boekie Woekie Jan Voss, »aber in so 'ner Schrebergartensituation habe er die Koekas auf Dieters Bitte hin gemacht.« Im Jahr 1995 erwarb der Kunstsammler Pétur Arason die Objekte für seine Kollektion. Das Werk trägt den Namen »Köttelkarnickel«, ist signiert und mit der Bezeichnung *Bala júní* versehen. »Bala ist«, so Sammler Pétur, »der grammatikalische Genitiv von *Bali*, dem Haus von Dieter Roth in Mosfellssveit.«

Bis ins isländische Parlament gelangten die Stoffkaninchen der Künstlerin Akiko Hada. Bei einer Führung wurden sie unter dem skeptischen Blick der Aufsichtsbeamtin hinter einer Absperrung auf einen hohen Holzstuhl plaziert. Nie zeigt sich Akiko Hada ohne die bei Woolworth im schottischen Inverness und bei Hussel in Berlin für insgesamt sechs Euro erstandenen Stofftiere. In Island kennen viele Menschen die blondierte Japanerin, die in London und Berlin ihren Wohnsitz hat und seit Jahren regelmäßig Reykjavík besucht. »Kousa und Usako sind meine Schwestern. Psychologisch gesehen sind sie natürlich mein Alter ego«, weiß Akiko Hada. Einmal vergaß sie die Stofftiere auf dem Rücksitz eines Berliner Taxis. Schockiert gab sie Suchanzeigen in diversen Zeitungen auf und bot dem ehrlichen Finder 500 Euro. Der Taxifahrer, der die Stoffkaninchen bereits seinen Kindern geschenkt hatte, meldete sich einige Tage später, tauschte sie gegen das Geld ein und verschwand hastig. Ob sie es nicht bereue, einen so hohen Finderlohn ausgesetzt zu haben, wollte eine Berliner Boulevardzeitung von ihr wissen. Akiko: »Überhaupt nicht. Eigentlich sind Kousa und Usako noch viel mehr wert!«

Fasziniert von Kaninchen ist auch der Musiker Curver: »Ich kenne den Unterschied zwischen Hasen und Kaninchen aus dem Biologieunterricht.« Diese Tiere würden ja sehr oft miteinander verwechselt. Zum Schulabschlußfest hat Curver sich damals ein Kaninchenkostüm schneidern lassen. Auch im Ausland trat er darin auf. Im Jahr 1999 verteilte er noch unter seinem alten Künstlernamen Bibbi bei der »Großen Islandshow« im Berliner Podewil aus einer riesigen Stoffkarotte isländische Süßigkeiten. Curver stolz: »Der isländische Botschafter hat sogar *zwei* Bonbons aus der Möhre genommen.«

# Das Paradies ist immer dort,
# wo du es nicht erwartest

Guðbergur Bergsson im Treppenhaus
zu seiner Wohnung, 2005

Der Schriftsteller Guðbergur Bergsson, Jahrgang 1932, lebt in Madrid und Reykjavík. Seit 1961 hat er zahlreiche, zum Teil auch ins Deutsche übersetzte Romane, Gedichtbände, Kurzgeschichten und ein Kinderbuch veröffentlicht. Zudem ist er selbst Übersetzer und hat unter anderem die Werke von Gabriel Garcia Marquéz ins Isländische übertragen.

Wolfgang Müller: *Es gibt ja dieses beliebte Bild, daß jeder Isländer ein Schriftsteller sei. Was geschähe mit der isländi-*

*schen Gesellschaft, wenn alle Tagebücher des Landes ver-*
*öffentlicht würden?*
Guðbergur Bergsson: Nun, nicht nur in Island möchte jeder schreiben. Im allgemeinen möchte das jeder Mensch,
überall. Jeder möchte sich mitteilen. Jeder ist ein Geschich-
tenerzähler oder auf eine Weise Schriftsteller. Aber um bekannt zu werden, um wer zu sein, muß man in Island so
etwas wie eine ewiggültige Wahrheit anbieten. Auf dem europäischen Kontinent hat man nicht so einen großen Glauben an das geschriebene Wort wie hier. Das Schlechte an
den – sagen wir mal – isländischen Tagebüchern oder Biographien besteht darin, daß sie nicht die Wahrheit erzählen.
Sie verstecken mehr, als sie zeigen. Weil sie möchten, daß
der Leser sie mag. Darin liegt auch der Grund für ihre
Schwäche. Die meisten Isländer fürchten sich vor der Gesellschaft, denn die ist sehr, sehr klein. Ich glaube, daß
meine Bücher sich da stark unterscheiden, weil es in ihnen
keine Angst gibt und weil ich mich nicht beim Leser beliebt
machen möchte. Ich möchte den Leser lieber zum Nachdenken bringen oder ihn stören.

*Stören?*
Ja, gerade in Island ist es sehr wichtig zu stören. Die meisten isländischen Schriftsteller bauen eine Art Schutz um
sich herum, der aus Freunden oder politischen Parteien besteht. Deshalb verstehen sie auch kein Individuum wie
mich, hinter dem nichts steht. Ich komme weder aus einer
Intellektuellenfamilie, noch habe ich je nach Jüngern gesucht. Wenn ich Jesus Christus wäre und die Apostel kämen, würde ich nur sagen: Bitte geht weg, laßt mich alleine!
Stellen Sie sich vor, Jesus hätte so etwas gesagt, als er über
das Meer ging und ihm die Jünger mit dem Boot folgten.

Plötzlich kam ein Sturm auf. Ich jedenfalls hätte das Boot mit den Jüngern einfach sinken lassen, ich wäre weiter gegangen, weiter bis ans Land.

*Bei Ihnen wären die Jünger alle ertrunken?*
In mir ist nichts Katholisches und nichts Protestantisches. Ich bin kein Missionar und habe keine Botschaft. Ich schreibe nur für mich und meine Hölle.

*In einer kleinen Gesellschaft nehmen die Menschen alles sehr persönlich und suchen nach persönlichen Bezugspunkten...*
Ja, weil sie Gedanken nicht abstrahieren können. Sie suchen nach Entsprechungen in der Gesellschaft. Die Erzählungen in den Sagas handeln von wirklichen Menschen. Auch Halldór Laxness hat tatsächlich existierende Personen beschrieben. Wenn man seine Figuren aufmerksam studierte, konnte man sie im wirklichen Leben treffen. Die Darsteller in meinen Büchern dagegen sind von mir kreiert, literarische Figuren, die ihre eigenen Gesetze haben. Viele Leser in Island sind das nicht gewohnt. Sie sagen: Jaja, die müssen hier doch irgendwo in der Stadt herumlaufen... Nein, nein! Die Menschen in Reykjavík mögen mich deshalb nicht. Weil sie sich in meinen Büchern nicht wiedergefunden haben.

*Sie beschreiben das isländische Zuhause mit den Worten: Alles ist an seinem Platz, nichts paßt und es hält doch irgendwie zusammen. Welchen Klebstoff verwenden die Isländer?*
Da gab es in den 40ern, als die Amerikaner nach Island kamen, einen Bruch. Auf einmal gab es mehr Amerikaner als

Isländer. Wir schämten uns für unsere Kultur, Sitten und Gebräuche, die Art und Weise, wie wir aßen, wie wir uns anzogen, wie wir uns begrüßten, wie wir uns küßten. Das fanden die Amerikaner alles schrecklich. So veränderten wir unser Leben, das isländische Leben veränderte sich seitdem völlig. Jetzt gibt es in ganz Europa eine Tendenz, die alten Identitäten wiederzuentdecken. Ich glaube, daß in Deutschland und den anderen Ländern Europas der Prozeß der Amerikanisierung vorbei ist. Europäische Länder finden ihre Identität wieder. Man sieht das an den Übersetzungen. In Deutschland werden zunehmend Bücher aus den nordischen Ländern und aus dem Osten, den slawischen Ländern übersetzt. Daß die nordische Kultur und die slawische Kultur durch Deutschland nach Europa gelangen, hat ja eine große Tradition. Für mich ist diese Entwicklung jedenfalls ein Zeichen dafür, daß Deutschland seine Identität wieder findet.

*Gehört zur Identitätsfindung etwa auch das aktuell große Interesse an Elfen und Zwergen?*
Ja, die isländischen Elfen sind sehr merkwürdige Wesen, weil sie nicht wie in Deutschland sorgfältig studiert wurden. Sie werden hier nur sehr oberflächlich behandelt, als eine Art Touristenattraktion. Die Elfenwelt selbst könnte man als ein utopisches Gesellschaftsmodell bezeichnen. In ihr zeigt sich der Traum armer Leute in Island, eine Welt der Gerechtigkeit und des Lichtes im Winter. Dort ist es immer Sommer, das Gras ist immer grün. Außerdem glaubten die Menschen, daß im Zentrum des Landes ein Tal existiere, dessen Betreten einem die ewige Jugend gebe. Da hüpften junge Mädchen und Männer herum. Das ist eine Reminiszenz an die Zeit, als wir Isländer noch in Europa

lebten, ja es reicht wohl bis nach Indien zurück: Das Paradies ist immer dort, wo du es nicht erwartest. Dieses Paradies wurde im Zentrum des Gletschers Vatnajökull verortet. Aber gleichzeitig existiert auch ein Bezug zur Realität.
Unter den Gletschern dort ist es ja tatsächlich heiß, im Eis
gibt es vulkanische Aktivität und heiße Quellen.

# Geburt einer Volkstracht

Links: Männertracht, nach Schaufensterpuppe im Sautján
Rechts: Frauentracht, nach dem Puppenmodell
im Heimatmuseum von Eyrarbakki

Es ist wohl die jüngste Tracht der Welt: Ein schwarzer Anzug, mit dem der Couturier Kristinn Sigríðarson die Endausscheidung des Nationaltrachten-Contests im Jahr 1994
gewann. Zwölf heimische Modeschöpfer versuchten den
männlichen Bewohnern der Republik Island zum 50. Un-
abhängigkeitstag zu einer offiziellen Volkstracht zu verhel-

fen. Tatsächlich existierte so etwas für Herren bis dato nicht.

Eine Nationaltracht hätten nur die Isländerinnen, berichtet schon der Islandologe Paul Herrmann in seinem 1907 erschienenen Werk *Island – Das Land und das Volk*. Die Bekleidung der Männer sei international. Allenfalls, so Herrmann, könne man den Herrenschuh auf dem Lande als isländische Eigentümlichkeit bezeichnen: Man schneide von einem ungegerbten Lammfell ein Stück ab, wie es etwa der Größe des Fußes entspreche, setze den Fuß auf das Leder, schlage die Enden herauf und bestimme so Weite und Form des Schuhs; der Spann bleibe unbedeckt, über den Knöchel werde ein Riemen geschlungen.

Wirklich alt ist auch das Gegenstück nicht, die Alltagstracht der isländischen Frau. Sie wurde vom Künstler, Kulissenmaler, Schriftsteller und Antiquitätensammler Sigurður Guðmundsson gegen 1850 in ihre endgültige Form gebracht. Inspirieren ließ sich der universell begabte Sigurður dabei von der holländischen Tracht. Er modelte sie einfach etwas um: Ein schwarzer langer Rock nebst einer farbigen Schürze, eine schwarze, enganschließende Jacke mit breitem Samtbesatz am Handgelenk, die oben und unten zugeknöpft ist, nicht aber in der Mitte, wodurch die darunter befindliche weiße Bluse sichtbar wird. Auf dem Kopf ruht ein scheibenförmiges Häubchen aus schwarzer Wolle, von dem eine seidene Troddel herabhängt, die durch eine silberne Spule mit dem Scheitelpunkt der Haube verbunden ist. Damit sie nicht herunterfällt, wird sie mit Nadeln am Scheitel festgesteckt.

In diesem Zusammenhang ist zu erwähnen, daß der fürchterlichste Vulkan Islands, die Hekla, ebenfalls Haube heißt, vermutlich weil sie entweder schneebedeckt oder von Wolken verhangen ist – unter dieser lokalisierte man in Europa über Jahrhunderte den Eingang zur Hölle.

*Sautján* (Siebzehn) nennt sich das Bekleidungsgeschäft in Reykjavík, das neben internationalen Marken wie Boss und Gaultier auch die neue Nationaltracht verkauft, ganz exklusiv. Es befindet sich am Laugavegur, nahe dem zentralen Busbahnhof Hlemmur. Die Idee zum Trachtencontest wurde hier geboren. Verkäufer Haraldur nähert sich freundlich interessiert. »Sie möchten die isländische Nationaltracht anschauen? Aber bitte gern«. Beim Auspacken des edlen Stücks erzählt er stolz, daß der derzeitige isländische Botschafter in Deutschland, seine Exzellenz Ingimundur Sigfússon, auch schon einen Anzug geordert habe, für offizielle Empfänge. Viele junge Isländer hätten die Tracht gekauft, nicht nur Chorsänger, für die es allerdings höchste Zeit gewesen sei: »Bei internationalen Gesangswettbewerben trugen die Teilnehmer aller Länder Folklorekostüme, nur unsere Männer nicht!« Doch das sei nun passé. Der Anzug selbst macht einen recht gediegenen Eindruck. Am Kopf noch ohne Kragen, erscheint dieser überraschend in Höhe des Schlüsselbeins und läuft in einer leichten Rundung auf der Brust aus. Darunter verbirgt sich eine zweireihig mit Knöpfen versehene, aber nur einreihig zuzuknöpfende schwarze Weste. Auf die silbernen Knöpfe ist das Wappenbild Islands gestanzt – allerdings sehr dezent. Die Hose ist schwarz und etwas schwierig zu beschreiben. Es ist eine ganz normale Stoffhose mit Bügelfalte ohne Schlag. Leuchtend weiß ist das Hemd und mit einer Art Stehkragen versehen, um den ein weißes Halstuch geschlungen wird, welches seinerseits durch eine leicht psychedelisch geformte Silberspange schlingert. »Probieren Sie's doch mal an«, lockt Haraldur und reicht den Anzug herüber.

»Der Gewinner Kristinn Sigríðarson lebt jetzt in New York, ist dort sehr erfolgreich und hat bereits zwei Teile an Hillary Clinton verkauft.« Von diesem Anzug? »Aber nein, er fertigt ja vorzugsweise Mode für Frauen«, lächelt Haraldur und mißt ganz nebenbei meine Beinlänge. »So, das machen wir etwas kürzer, hier.«

In der Umkleidekabine riecht es intensiv nach Veilchenspray. Unter dem Vorhang werden zwei Schuhe sichtbar, die von einer stark behaarten Hand vorsichtig durchgeschoben werden: »Ziehen Sie die dazu an, die passen gut!« ertönt Haraldurs Stimme. Das Halstuch macht mir noch Schwierigkeiten. »Es ist ganz einfach«, sagt er, greift zu und schlingt das weiße Tuch schwungvoll um den Hals einer im Laden stehenden Schaufensterpuppe. »Sehen Sie, so: zuerst das dünne Teil nach links um den Hals, unter dem dicken Ende vorbei, dann das dicke durch die Schlaufe, hochziehen, hinten aufpassen, daß das dünne Ende nicht zu lang ist, Silberspange zwischen Daumen und Zeigefinger, die untere Spitze des Tuches einfädeln und darauf achten, daß der Stoff nicht aus dem Spalt der Spange rutscht, so – und jetzt ganz langsam durchziehen, währenddessen aber die Spange niemals loslassen. Probieren Sie es mal selbst!«

Da ich mich in meiner Jugend hartnäckig geweigert habe zu lernen, wie eine Krawatte gebunden wird, verbringe ich lange Zeit mit der Schaufensterpuppe. Irgendwann, als die Schlinge um ihren Hals Ähnlichkeiten mit dem hat, was seit 1994 als offizieller Halstuchschmuck des isländischen Mannes gilt, lockere ich sie und ziehe das ganze vorsichtig über ihren Kopf. Auf den fragenden Blick von Haraldur hin erkläre ich, daß ich das Halstuch jetzt erst einmal schnell über meinen Kopf ziehen könnte, bevor ich anfangen würde, in aller Ruhe den Knoten zu üben. Die Mischung aus bäuerlicher Kompaktheit und neuzeitlicher, gediegener Eleganz überzeugt: »Ich nehme die Volkstracht!« Haraldur legt fröhlich zwei Paar schwarze Gratissocken dazu und flötet sinnlich wie ein Goldregenpfeifer: »Ein sehr schöner Anzug!«

# Die Mäusefähre

Mus Islandicus Th., aus Thienemanns Islandbuch von 1824

In ihrer Landeskunde[1] berichten Eggert Ólafsen und
Biarne Povelsen 1774 über die Intelligenz der isländischen
Mäuse. Ihnen sei zu Ohren gekommen, daß diese trockene
Kuhfladen als Schiffe verwenden würden. Die klugen
Mäuse säßen im Kreis darauf und ließen ihre Schwänze ins
Wasser hängen, um sie als Ruder zu nutzen. In der Mitte
des Kuhfladens stapelten sie Krähenbeeren und andere

Nahrungsmittel auf. Auch suchten sie für ihre Überfahrten günstige Stellen: »Die Waldmäuse unternehmen oft Reisen über Bäche und ziemlich große Flüsse, wo das Wasser tief, aber still ist und sie den Strom schräge schießen sehen.« Fünfzig Jahre später werden die Talente der isländischen Maus skeptischer betrachtet. Der Leipziger Forscher F. A. L. Thienemann:[2] »Auch von den Kunsttrieben dieser Maus erzählt man mancherlei Geschichten, z. B. daß sie sich ausgetrockneter hohler Schwämme zu Säcken bediene, um Früchte und Beeren nach ihrer Wohnung zu tragen oder ein Stück trockenen Kuhdünger mit Beeren belüde, um diesen als Flöße über einen Fluß zu gebrauchen, wobei mehrere gemeinschaftlich arbeiten. Man sieht gar leicht, wie solche Erzählungen entstanden sind, es hat der Strom vom Ufer ein Stück Dünger aus einer beerenreichen Gegend mitgenommen, auf welches Beeren gefallen waren, die überaus geschäftigen Mäuse bemerkten dieses unfern vom Ufer schwimmende Stück später und suchten sich der Beeren zu bemächtigen, oder im ersten Falle trug eine einen getrockneten Schwamm zu ihrer Nahrung fort, wo man sich die Füllung dazu dachte.«

1 Eggert Ólafsen, Biarne Povelsen, Reise durch Island, veranstaltet von der Königlichen Societät der Wissenschaften in Kopenhagen und beschrieben von bemeldtem Eggert Olafsen, Weimarische Übersetzung; Kopenhagen und Leipzig 1774.
2 Thienemann, F. A. L., Reise im Norden Europas vorzüglich in Island in den Jahren 1820 bis 1821; Leipzig 1824.

# Eva Braun: Ohne Hjalti zum Geysir
## (im Taxi)

Allein am Geysir: Eva Braun

Wenn die Isländer am Nationalsozialismus etwas besonders beeindruckt hat, dann die Massenaufmärsche und Veranstaltungen, bei denen die Körper unzähliger Menschen als anonymes Gebilde eine Einheit bilden. 1934 gründet sich eine isländische Nazipartei. Deren Aufmärsche mit maximal fünfzig Personen auf dem Hof der alten Reykjavíker Lateinschule wirken allerdings nicht besonders beeindruckend, anonym sind sie eh nicht.

Große Aufregung vermeldet der englische Schriftsteller W. H. Auden, der sich im Juli 1936 in Island aufhält: Görings Bruder und Rosenberg werden am Abend erwartet: »Die Nazis haben die Theorie, daß Island die Wiege der germanischen Kultur sei. Gut, wenn sie eine Gesellschaft haben möchten, wie die der Sagas, dann sind sie dazu herzlich eingeladen. Ich liebe die Sagas, aber was für eine verkommene Gesellschaft beschreiben sie, eine Gesellschaft, wo ausschließlich die Tugenden von Gangstern gelten.«[1]

Eine von Himmler mehrfach angekündigte geheime Ausgrabungsreise des SS-Ahnenerbes – man plant einen herbeiphantasierten heidnischen Tempel und Anlagen aus der Sagazeit auszugraben – wird ständig verschoben, obgleich die isländische Tageszeitung Morgunblaðið am 23. Februar 1939 bereits frohlockt: »Hitler, Göring, Goebbels, Abkömmlinge von Wikingern«.

Der von den Nazis zum deutschen Generalkonsul in Island beförderte SS-Brigadeführer Werner Gerlach war zuvor als Pathologe für das Konzentrationslager Buchenwald zuständig. Auf Island will er sich nebenamtlich mit rassenbiologischen Untersuchungen befassen. Nach seiner Ankunft am 30. April 1939 wird er im zentral gelegenen Hotel Borg am Morgen durch die 1.-Mai-Rufe sozialistischer Demonstranten geweckt und beschwert sich bei seinen Vorgesetzten in Deutschland umgehend über die unerwartete isländische Dekadenz: »Die Studenten hören Jazz, die Frauen schminken sich wie Hollywoodstars, in Buchläden finden sich Aufklärungsschriften und kommunistische Propaganda! Nur ganz wenige alte Frauen tragen die alte Tracht.« Trotz der geschilderten Enttäuschung steht eine »Nordlandreise« im »Dritten Reich« hoch im Kurs. So spendiert Adolf Hitler im Jahr 1939 seiner Geliebten Eva Braun, ihrer Schwester Margarete und deren Mutter Franziska Braun eine Reise nach Island und ans Nordkap. Eva Braun hält sie mit ihrer 8-mm-Kamera fest. Mit Hitlers Privatmaschine »Grenzmark« fliegen die drei Frauen zunächst von München nach Hamburg. Von da aus geht es weiter auf dem Luxusdampfer Milwaukee über die Westmännerinseln nach Reykjavík. Dort angekommen steigt die Familie in ein Taxi mit dem Kennzeichen R-943: Eva Braun fährt auf der Ringstraße, besichtigt den Gullfoss und den Geysir. Ein Besuch ihres späteren Ehemannes in Island kommt nicht zustande: Die geplante Okkupation Islands durch die deutsche Wehrmacht, genannt »Operation Ikarus«, wird 1941 von Hitler aufgegeben, nachdem das Land durch britische und später amerikanische Truppen besetzt worden ist.

Um den Namen »Hitler« zu vermeiden, nennen die im okkupierten Dänemark lebenden Isländer den deutschen Diktator zumeist »Hjalti« – ein gewöhnlicher isländischer Vorname ohne besondere Bedeutung. Für in Deutschland studierende Isländer ist es so möglich, auch in der Öffentlichkeit Witze über »Hjalti« zu erzählen, selbst wenn sich Nazi-Offiziere in der Nähe befinden.

Gleichwohl gibt es bei einigen prominenten isländischen Künstlern durchaus gewisse Sympathien für Ethnozentrismus und die Idee der »reinen nordischen Kultur«. Islands bekanntester zeitgenössischer Komponist Jón Leifs und der Schriftsteller Gunnar Gunnarsson stehen dem Geist einer »reinen nordischen Kultur« ziemlich nahe. Nach dem Krieg, 1951, veröffentlicht Jón Leifs ein Buch, in dem er sich als Opfer von Mißverständnissen stilisiert und den Mißbrauch des Begriffes »nordische Kultur« durch die deutschen Behörden beklagt.[2]

Auch heute sprechen viele Isländer von »Hjalti«, wenn sie Hitler meinen. »Besonders natürlich, wenn Deutsche anwesend sind«, betont der Künstler und Musiker Ragnar Kjartansson. »Es gilt als grob und unhöflich, das »H«-Wort zu erwähnen.«

Kein Wunder, daß das großangelegte Performanceprojekt des deutschen Aktionskünstlers Christoph Schlingensief im Þingvellir Nationalpark 2005 trotz üppiger Unterstützung durch Schweizer Galerien und das isländische Staatstheater keinen besonderen Eindruck hinterläßt: Schauspieler Klaus Beyer hebt den Arm zum Hitlergruß, während der Maler Jonathan Meese unentwegt »Heil Hitler!« brüllt. »Heil Hjalti!« wäre etwas origineller gewesen. Zudem hätte es die Herzen der Isländer weit mehr berührt – was einem »Skandal-Regisseur« nicht ganz unwichtig sein dürfte.

Großes Interesse weckt hingegen die Installation »Stúka Hitlers« von Ragnar Kjartansson. Über achttausend Isländer wallfahren ins Reykjavík Art Museum, um die aus Einzelteilen bestehende Führerloge aus dem Berliner Admiralspalast zu betrachten. »Dort blockierte sie zuvor vierzig Sitze in bester Lage«, so Ragnar. Ein guter Grund mehr, sie bei der Renovierung des Theaters im Jahr 2006 zu entfernen. Die Teile werden anschließend nach Island verschifft und ins Museum gebracht. Hinter den gestapelten Holzteilen befinden sich auf einer Marmorplatte die eingravierten Worte: ÉG HRINGDI Í HELGA BJÖRNS HANN ÚTVEGAÐI MÉR STÚKU HITLERS. (Ich rief Helgi Björnsson[3] an, er verschaffte mir Hitlers Loge.)

1  Auden, W. H., Letters from Iceland; New York 1936, S. 119.
2  »... daß Quinten auch bei sonstigen Volksmusiken vorkommen, sogar
   bei Negern. Wer aber die wie zufällig sorglos und schnell hin-
   gedudelten Tonfolgen der Neger-Quinten gehört hat, wird leicht mer-
   ken, daß da eine andere seelische Haltung herrscht als in den nach-
   drücklich zielsicheren und majestätischen Quinten-Liedern des
   Nordens.« Jón Leifs, Islands künstlerische Anregung, Islandia Edition; Reykjavík 1951, S. 93.
3  In Island ein berühmter Schauspieler, Pop- und Musicalstar. In
   Deutschland Geschäftsmann und Mitgesellschafter des Berliner Ad-
   miralpalasttheaters.

# Walther von Goethe Foundation

Úlfur Hróðólfsson, Die Goetheperücke/Goethehárkollan,
isländisches Schafhaar, deutsches Holz, Schweizer Seide,
Sammlung Sören und Annemarie Mygind, Dänemark 2001

I.

Im März 1998 schloß die damalige Bundesregierung unter
Helmut Kohl aus angeblichen Kostengründen das einzige
Goethe-Institut in Island. Gemeinsam mit der Künstlerin

Ásta Ólafsdóttir eröffnete ich im August des gleichen Jahres im Nýlistasafnið (Living Art Museum) in Reykjavík das erste »private Goethe-Institut« der Welt. Deutschunterricht stand nicht auf dem Plan. Unsere Unterrichtsfächer waren Elfen-, Zwergen- und Sexualkunde. Wir konnten im neuen Institut auf die Telefonnummer des staatlichen Institutes zurückgreifen, die nach dreimonatiger Sperre seit der Abmeldung im März nun wieder zugänglich war. Eine Telefonleitung mit der Nummer 00 354-5 51 60 61 wurde ins Museum verlegt und der Anschluß aktiviert. Die isländischen und deutschen Medien berichteten eingehend über die »Privatisierung« und den »neuen Leiter« des Instituts. Ein Vertreter der Zentrale des Goethe-Institutes in München bezeichnete auf Nachfrage des Magazins DER SPIEGEL das »private Goethe-Institut« als »originelle Idee«. Sie mache auf künstlerische Weise auf die »Finanzierungsprobleme der Institution aufmerksam«.

Tatsächlich beabsichtigte ich, nach der Schließung des Goethe-Institutes von Reykjavík nicht nur ein privates isländisches Goethe-Institut im Land selbst zu eröffnen, sondern auch zahlreiche Zweigstellen in der ganzen Welt. Ende 2000 kursierten bereits fünfzehn Zweigstellen des »Goethe Institut Reykjavík« für die jeweils ein standardisiertes Messingschild mit Gravur und Zweigstellenbezeichnung hergestellt wurde. Jeder konnte ein solches Schild bestellen und so ganz unbürokratisch Leiter einer Zweigstelle werden. Gerade als ich im März 2001 daranging, ein weiteres Messingschild mit der Gravur »Goethe Institut Reykjavík, Zweigstelle Frisör BEIGE Berlin« vom Schildermacher abzuholen, um es im Frisörladen anzuschrauben, sandte mir ein Dr. Falk aus der Rechtsabteilung der Goethe Institutszentrale ein umfangreiches Schreiben mit Schadenersatzandrohung und Unterlassungsverpflichtungserklärung: Die Verwendung des gespiegelten Goethe-Logos – »verwechselungsfähiger Name und/oder verwechslungsfähiges Zeichen« – sei ein schwerwiegender Eingriff in einen ausgeübten Gewerbebetrieb und so weiter. Außerdem dürfte ich zukünftig nie mehr vor Dritten behaupten, ich betriebe ein privates oder staatliches Goethe-Institut. Hohe Strafen wären für jeden Fall der Zuwiderhandlung zu zahlen. Um das unter finanziellen Problemen leidende Goethe-Institut nicht mit einem Prozeß gegen mich zu belasten, bot ich in der Folge an, das Kunstprojekt nach dem letzten Goethe-Enkel, den Kammerherrn und Komponisten in »Walther von Goethe Foundation« umzubenennen und die Unterlassungsverpflichtungserklärung zu unterschreiben. Es entwickelte sich ein reger Briefwechsel zwischen Dr. Falk und meinem Rechtsanwalt Dr. Wiese. Dr. Falk schien mein Angebot als miesen Trick zu interpretieren. Schließlich spürte er eine »doppelte Verneinung« in der Unterlassungsverpflichtungserklärung auf, schrieb von »Affront« und vermutete den bewußten Versuch einer »Irreführung«. »Es grenzt schon an Unverfrorenheit, wie unzureichend Sie die Erklärung umgestaltet haben, nachdem wir uns telefonisch ganz anders geeinigt hatten und ich mich als Kompromiß zu gewissen Zugeständnissen bereit gefunden hatte.« Erbost stellte er fest, daß er »für eine außergerichtliche Einigung nur noch absolut minimalen Raum«[1] sehe.

Während ich mich hilfesuchend an den Präsidenten des Goethe-Instituts Prof. Hilmar Hoffmann und an den amtierenden deutschen Außenminister Joschka Fischer wandte, erschienen im SPIEGEL und in der isländischen Tageszeitung *Morgunblaðið* Berichte über die Spannungen zwischen der Goethe-Institutszentrale mit dem Autor und Künstler Wolfgang Müller. Henryk M. Broder beleuchtete im Berliner *Tagesspiegel* die Affäre und stellte fest: »Goethes amtliche Erben wissen zwar, wie man die deutsche Sprache im Ausland pflegt und kulturelle Beziehungen fördert, doch für Humor und Selbstironie haben sie noch kein Referat eingerichtet.« Eigentlich hatte der isländische Botschafter in Berlin Ingimundur Sigfússon bereits zugesagt, meine Zweigstelle im Frisör BEIGE feierlich zu eröffnen. Er könne aber verständlicherweise kein isländisches Goethe-Institut in Berlin eröffnen, deutete er wenige Tage zuvor an. Soweit hatte es die Rechtsabteilung der Zentrale des Goethe-Institutes in München also schon gebracht. Nicht nur, daß Herr Dr. Falk selbst nicht mehr Wirklichkeit von Kunst unterscheiden konnte, nun infizierte er auch andere mit seinem Wahnsinn. Es war, als ob eine Hamlet-Inszenierung vom dänischen Adel wegen Verwechslungsgefahr verboten werden sollte. Glücklicherweise überzeugte sich der Botschafter alsbald davon, daß er lediglich eine Ausstellung mit dem Titel »Zweigstelle« im Frisör BEIGE eröffnen würde, nicht aber eine echte – was immer das auch sein könnte – Zweigstelle des Goethe Instituts von Reykjavík in Berlin. Ingimundur kam also zur Eröffnung mit seiner Frau. Das Messingschild mit der Gravur »Goethe Institut Reykjavík, Zweigstelle Frisör BEIGE Berlin« deckten die Frisöre vorsichtshalber zu, um den Botschafter nicht in eine für ihn möglicherweise kompromittierende Situation zu bringen. Mit seiner Rede eroberte er sofort die Herzen der Zuschauer. »Ich freue mich, daß ich hier, diese Ausstellung, äh Zweigstelle«, Ingimundur Sigfússon stutzte, spielte Verwirrung, schaute sich um: »Ja, was eigentlich?... jedenfalls dieses hier eröffnen kann...« Die Band Stereo

Total spielte mit einem Lied über isländische Eßgewohn-
heiten auf. Von verteilten Zetteln sangen der Botschafter
und das Publikum den isländischen Text:

*Nouvelle Cuisine*

Á mánudögum tek ég taðreyktan silung
Á þriðjudögum mysuna ég drekk
Á miðvikudögum harðfiskinn ég naga
og fimmtudaga á sviðakjamma stekk

Á föstudögum gleypi hákarl bæð og brennivín
mikið bæð' og vel af spiki elskan min
Á laugardögum langar mig í lunda
og svo nokkra sýrða hrútspunga

En eftir allt þetta át,
er ég alveg . . . out
og verð að slappa af
og verð að tappa af.

Á sunnudögum drekk ég aðeins
fjallagrasamjólkurseiði
frá morgni til kvölds til morguns.
fjallagrasamjólkurseiði[2]

Ausdrücklich wünschte er, daß das Goethe-Institut und
der »große Islandfreund« Wolfgang Müller in Zukunft zu-
sammenarbeiten würden, zum Wohle Islands: »Die Zentrale des Goethe-Institutes in München hat soeben Herrn
Müller die Möglichkeit zur Zusammenarbeit angeboten.«
Während der Präsident des Goethe-Institutes Prof. Hilmar

Hoffmann auf meinen Hilferuf nicht reagierte, hatte mir das deutsche Außenministerium tags zuvor tatsächlich durch Referatsleiterin Christiane Gnodtke schriftlich ein entsprechendes Signal übermittelt.

Ein paar kluge Leute in den staatlichen Institutionen hatten inzwischen erkannt, daß es sich beim »Leiter des privaten Goethe Institutes« nicht um einen Feind, sondern vielmehr um einen großen Freund der Goethe-Institution handelte. Wenn auch letztlich die Frage nicht beantwortet wurde, warum 1998 einerseits aus »Geldmangel« die einzigen Goethe-Institute in Island oder im Tschad schließen muß-ten, andererseits aber gleich am nächsten Tag neue Institute in Estland, Lettland und Litauen eröffnet wurden, so nahm ich das Angebot doch gerne an. Als »Präsident der Walther von Goethe Foundation« konnte ich auf jeden Fall dafür sorgen, daß nicht nur eine Verwechslung mit der staatli-chen Institution unwahrscheinlicher würde, sondern auch die Kulturvermittlung zwischen Island und Deutschland ganz neue Impulse bekäme. Außerdem erhalten seitdem nicht nur alle Isländer im Frisörsalon BEIGE in Berlin-Mitte zehn Prozent Rabatt auf jeden Haarschnitt, sondern auch sämtliche Mitarbeiter der Goethe-Institute, weltweit, gegen Vorlage eines entsprechenden beweiskräftigen Do-kuments.

## II.

Walther von Goethe war der letzte direkte Sproß der Goe-the-Familie, der Sohn von August und Ottilie. Schwer trug er an der Bürde seines großen Namens. Sein Großvater Jo-hann Wolfgang starb, als er gerade vier Jahre alt war. Des-sen Ruhm wuchs beständig, während Walther unter dem

Ehrgeiz seiner Mutter litt, die aus ihm gern einen bedeutenden Komponisten oder Schriftsteller machen wollte. Doch wirklichen Erfolg oder einen Durchbruch hatte der kränkelnde Walther nie. Sein Werk »Fährmann hol' über!«[3] ließ er, kaum gedruckt, schnell wieder einstampfen. Seine Kompositionen wurden zwar hier und da aufgeführt, aber die Briefe der Intendanten, die deutlich machten, daß – trotz der prominenten Familienherkunft – seine Opern nicht gut genug seien, um aufgeführt zu werden, deprimierten ihn doch sehr.

Wenig findet sich über den letzten Goethesproß, der 1885 verschied. Dort ein Eintrag im Lexikon der mann-männlichen Sexualität und Freundesliebe, eine vergessene Biographie[4] von Wolfgang Vulpius aus der DDR und hier ein paar Noten aus verstaubten Archiven wie das Lied der Tanne, die von einer Palme im Süden träumt. »Klingt gar nicht mal so schlecht!« lacht die Pianistin Susanne Kessel aus Bonn und spielt das Lied im Winter 2006 auf ihrem Steinway A von 1971 in ihrer Bonner Privatgalerie »Halbe Wand«. Im Reykjavíker Living Art Museum intoniert der Musiker Hallvarður Ásgeirsson schon 2002 mit Elektrogitarre »Der Vampyr« aus den »Slawischen Bildern«. Und die Violinistin Una Sveinbjarnardóttir interpretiert im Sommer 2006 auf ihrer Camillus Camilli aus Mantua, Baujahr 1732, gleich ein gutes Dutzend Lieder von Walther in einer Kreuzberger Privatwohnung.

»Mein Großvater war ein Hüne, ich bin ein Hühnchen!« seufzt Walther in einem seiner Briefe. So wird er uns allmählich sympathisch. Während seines Philosophiestudiums befreundete er sich mit Robert Schumann, der sich von dem »kleinen Goethe« angezogen fühlte, da dieser sich »lüstern« und »moralisch verdorben« gab. Mutter Ottilie

Úlfur Hróðólfsson, ZWEIGSTELLE/ÚTIBÙ
Messingschild mit farbiger Gravur, Zertifikat, 2001,
individuelle Ausführung.
Kunstsammler werden gebeten, das Objekt so anzubringen, daß
es nicht mit einem Goethe-Institut verwechselt werden kann,
es zum Beispiel zwischen Gemälden und Skulpturen
zu hängen oder zu legen.

warf Walther dagegen vor, »daß du jetzt an den Mädchen
vorüber blickst, als wären sie ein Regiment, wo ein Soldat
wie der andere erscheint, und als wäre es eine Sorte Ge-
schöpfe, die dich nichts angingen.« Seine Liaison mit Ro-
meo Seligmann endete unglücklich, und Walther schrieb
seiner Mutter: »... zerbrich Dir nicht den Kopf über eine
Sache, die Du doch nie erraten kannst, über die Seligmann
nicht sprechen darf und über die ich nicht sprechen
werde...«[5]
Letztlich aber hat Walther, der mir übrigens durch den
Germanisten Jón Bjarni Atlason bekannt gemacht wurde,
dem Autor die Wiederannäherung an das Goethe-Institut

ermöglicht, so daß heute im nun völlig goetheinstituts-
losen[6] Island die Walther von Goethe Foundation den Opa
vertreten kann. Als legitimer Enkel. Zudem gibt es inzwischen einige Beispiele von fruchtbarer Zusammenarbeit
zwischen Goethe-Institut und der Walther von Goethe
Foundation.

So erwarb der Generalsekretär der Walther von Goethe
Foundation bei einer Buchauktion im Herbst 2001 eine
Erstausgabe von Goethes Werk »Der Versuch die Metamorphose der Pflanzen zu erklären« aus dem Jahr 1790.
Umgehend gab die Foundation eine isländische Erstübersetzung bei Jón Bjarni Atlason in Auftrag. Diese wurde
mitsamt dem deutschen Originaltext als Taschenbuch in
der Reihe »Schriften der Walther von Goethe Foundation«
in einer Auflage von tausend Exemplaren veröffentlicht[7]
und in einer Ausstellung im neuen Nýlistasafnið mit Unterstützung des kurzlebigen Partners und damaligen offiziellen Nachfolgers des staatlichen isländischen Goethe-
Institutes, des »Goethe-Zentrums Reykjavík«, präsentiert.
Zur Zeit der Drucklegung des vorliegenden Buches sind
von der isländisch-deutschen Metamorphose der Pflan-
zen-Ausgabe in Island 234 Exemplare verkauft worden.
Wäre das Buch in Deutschland vergleichbar erfolgreich gewesen, hätten hier über 62 000 Exemplare abgesetzt werden müssen.


III.


In Planung ist die Errichtung einer kleinen Gedenkstätte,
bepflanzt mit Kalanchoe pinnata, auch Goethepflanze genannt. Als diese Anfang des 19. Jahrhunderts entdeckt
wurde, galt sie dem alten Goethe als Beweis für die Richtig-

keit seiner Theorie der Pflanzenmetamorphose. Im Blatt, der Urform, stecke bereits die ganze Gestalt der Pflanze, aus der sich schließlich alle Formen durch Metamorphose bildeten. Direkt auf ihren Blättern entwickelt die Goethepflanze nämlich ständig kleine, neue Pflänzchen mit Wurzeln, die nach gewisser Zeit auf den Boden fallen und dort weiterwachsen. Kalanchoe pinnata blüht recht selten und vermehrt sich vor allem ungeschlechtlich. Gelegentlich wurde diese Eigenschaft als Anspielung auf die gleichgeschlechtlichen Neigungen seines Enkels überinterpretiert. Zu dessen großen Verdiensten zählt, daß er das Gesamtwerk seines Großvaters zusammenhielt und dem Staat vermachte. Johann Wolfgang von Goethe zog übrigens zwischen 1818 und 1830 acht Pflanzengenerationen heran und verschenkte die Ableger an Freunde. Seine Beobachtungen teilte er in seinem Aufsatz »Geschichte meiner botanischen Studien« der Nachwelt mit. Die Walther von Goethe Gedenkstätte sollte in einem Gewächshaus oder in tropischen Gegenden errichtet werden, da Kalanchoe pinnata, gleich dem letzten Goethesproß, übermäßige Kälte nicht verträgt.

1  Fax von Dr. Hermann Falk an RA Heiko Wiese, 6. 4. 2001.
2  Müller, Wolfgang 1999; Übersetzung ins Isländische: Egill Sæbjörnsson.
3  von Goethe, Walther Wolfgang, »Fährmann hol' über!«, Bibliophiler Neudruck; Berlin 1911.
4  Vulpius, Wolfgang, Walther von Goethe und der Nachlaß seines Großvaters; Weimar 1962.
5  Hergemöller, Bernd-Ulrich, mann für mann, Biographisches Lexikon zur Geschichte von Freundesliebe und mann-männlicher Sexualität im deutschen Sprachraum, Hamburg 1998, S. 291 f.
6  Das vom damaligen Goethe-Institutspräsidenten Hilmar Hoffmann als »Modell« gepriesene »Goethe-Zentrum Reykjavík«, von Dirk

Schümer in der FAZ am 23. 12. 1998 bereits als »potemkinsches Institut« bezeichnet, schloß endgültig in aller Stille irgendwann im Sommer 2006.

7 Wolfgang Müller (Hg.), Johann Wolfgang von Goethe, Der Versuch die Metamorphose der Pflanzen zu erklären in isländischer Erstübersetzung, deutsch-isländische Ausgabe, nach dem deutschen Original von 1790. Übersetzt von Jón B. Atlasson. Mit einem Anhang zur Entstehungsgeschichte der Walther von Goethe Foundation, erschienen in der Reihe »Schriften der Walther von Goethe Foundation«; Berlin 2002.

# Gespenstersteine

Legendär ist das Trollbrot (tröllabrauð). So werden
Steine bezeichnet, die durch Verwitterung und Erosion
in regelmäßige Scheiben zersplittert sind. Daneben gibt es
auch gefüllte Trollpralinen (tröllakonfekt). Diese wurde
am Laugavegur im Hochland gefunden, 1996

»Als Seltenheit verdienen die Gespenster- und Natursteine
eine Erwähnung. Jene, welche man auf Klippen findet, sind
auswärtig schwarz, und mit der Klippe von gleicher Stein-
art. Trägt man sie nach heißen Tagen und Sonnenschein in
die Häuser, so leuchten sie. Der Naturkundige weiß, daß
diese Eigenschaft mehreren Steinen zukommt, der gemeine
Mann, der etwas Uebernatürliches darin zu sehen glaubte,
gab ihnen um ihretwillen jenen Namen. Doch auch den
Natursteinen traut er übernatürliche Kräfte zu, und hält sie

um derentwillen so hoch, daß sie von Geschlecht zu Geschlecht forterben. Man findet auf ihnen häufig Adern und Umrisse, welche besondere Figuren bilden, und könnte sie daher Bildersteine nennen. Olafsen sah einen mit der Zeichnung eines Todtenkopfs, einige zeigen Köpfe und andere Theile von Menschen und Thieren, mit Auge, Mund, Nase, Brust, andere sehen aus wie Fischrogen, noch andere, als wären sie mit gefärbten Bändern umwunden. Kein Wunder also, daß sie der Einbildungskraft zum Spiele dienen.«[1]

1 J. G. Gruber, Beschreibung von Island; Zürich, Leipzig 1805, S. 13.

# Das Säugetierpenismuseum von Húsavík

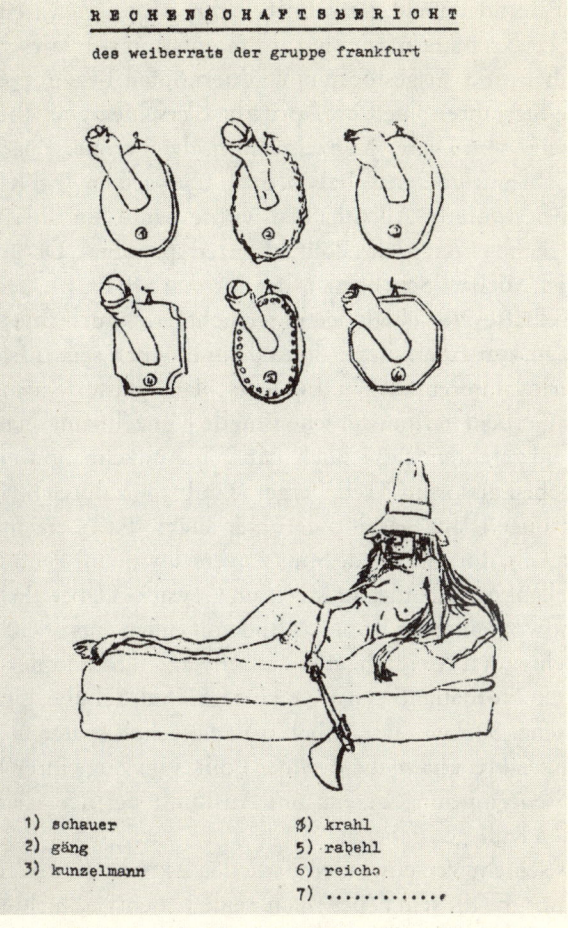

RECHENSCHAFTSBERICHT

des weiberrats der gruppe frankfurt

1) schauer
2) gäng
3) kunzelmann

4) krahl
5) rabehl
6) reiche
7) ..............

Phalli auf dem Flugblatt des Weiberrats Frankfurt 1968,
Archiv MÄRZ-Verlag

Im Jahr 1968 entwarf der Frankfurter Weiberrat ein mit »Rechenschaftsbericht« getiteltes Flugblatt, auf das die Penisse diverser APO-Aktivisten wie Dieter Kunzelmann und Bernd Rabehl gezeichnet waren. Montiert waren sie auf Holzschildern, wie sie zur Präsentation von Hirschgeweihen und ausgestopften Wildtierköpfen bekannt sind. Dreißig Jahre später, im April 1998, erschien eine Todesanzeige von Dieter Kunzelmann in der Berliner Zeitung: »Nicht nur über sein Leben, auch über seinen Tod hat er frei bestimmt!« Allenthalben wurde daraufhin über den möglichen Freitod des Politaktivisten spekuliert. Der Journalist Michael Sontheimer, der für den SPIEGEL dessen rätselhaftes Verschwinden untersuchte, rief mich eines Tages an, um zu erfahren, ob es denn möglich sei, in Island spurlos unterzutauchen. In Deutschland geisterte nämlich das Gerücht herum, der lebensmüde Kunzelmann sei nach Island gefahren. Tatsächlich hatte mir Kunzelmann wenige Wochen zuvor im Kreuzberger »Club 39« zahlreiche Fragen über Island gestellt, darunter auch: »Ist es eigentlich möglich, dort ohne jede Spur zu verschwinden? Zum Beispiel auf dem Lande, im Meer, am Geysir?« Dabei blieb irgendwo in meinen Kopf das Bild von einem einsamen, hell leuchtenden Kleiderhaufen am schwarzen Strand des eiskalten Nordatlantiks haften: Hose, Hemd, Schuhe, Unterwäsche, Socken. Tatsächlich, so zeigte sich später in den Polizeiakten, hatte die Berliner Polizei im Zuge ihrer Vermißtenermittlung bereits um Auskunft bei den isländischen Kollegen gebeten.

Mit seinem Verschwinden hatte der Aktivist eine Werbekampagne für sein neues Buch, seine Lebensgeschichte befördern wollen. Einige Monate nach der Veröffentlichung sollte er wieder von den Toten auferstehen. Während der

APO-Aktivist Rabehl sich über die Jahre vom Linksaußen zum Rechtsextremen verwandelte, feierte Kunzelmann seine Reinkarnation in Italien – also dort, wo auch Professor Lidenbrok am Ende der Reise zum Mittelpunkt der Erde wieder auftaucht.

Nun ähnelt die Ästhetik der Penispräsentation des Frankfurter Weiberrates frappant der Penissammlung des isländischen Linkssozialisten Sigurður Hjartarson. Dieser eröffnete im August 1997 in Reykjavík das weltweit erste Penismuseum. Im Laufe von zwei Jahrzehnten sammelte der Spanisch- und Geschichtslehrer die Penisse aller in und um Island vorkommenden Säugetierarten, um sie zu präparieren. Jahrelang lebte der Weltenbummler in Mexiko, trieb sich mit seiner Familie in Mittelamerika herum. Dann wurde er zum Schuldirektor im kleinen südisländischen Städtchen Akranes berufen. Dort existierte in den 70er Jahren des letzten Jahrhunderts eine Walfangstation. Von dieser bekam er das erste Exponat geschenkt, einen Finnwalpenis. »Das war nämlich das einzige Teil vom Wal, das nicht verarbeitet wurde.« Ein Bauer überreichte ihm dann einen Ochsenziemer, eine Peitsche aus einem Bullenpenis. Damit wurden in alten Zeiten gelegentlich Kinder verprügelt. Von diesen beiden Exponaten ausgehend, entstand die einzigartige Sammlung.

Über hundertfünfzig Phalli, Phallen oder Phallusse umfaßt die Kollektion, die neben den Zeugungsorganen fast aller Wal- und Robbenarten auch die aller Haustiere und eingeschleppter Arten wie Ratte, Mink und Maus umfaßt. Zudem gibt es die Schenkungsurkunde eines Mannes aus Kassel sowie die des mittlerweile 92jährigen Herrn Páll Arason aus Akureyri, worin dem Museum deren Zeugungsorgane für die Zeit nach deren Tod vermacht sind. Auch ein Elfenpenis, das Geschenk eines Parlamentariers zur Eröffnung, gehört zu den Ausstellungsobjekten.

Einige Zeit schien es, als stünde das weltweit einzige Penismuseum vor dem Aus. Nicht nur, daß der Spender Páll Arason nach wie vor bei guter Gesundheit war. Sigurður besorgt: »Páll sprach plötzlich darüber, daß seine Männlichkeit rapide schrumpfen würde und kaum mehr wert sei, ausgestellt zu werden.« Zudem bekam der Museumsdirektor seine finanzielle Unterstützung von der Stadt Reykjavík gestrichen. »Vom Staat hat mein Museum eh noch nie große Unterstützung bekommen«, sagt er und kratzt sich am Kinn. »Unsere Politiker sind es nicht gewohnt, neue Ideen schnell aufzunehmen, und haben selber keine.« Eine Zeitlang dachte er sogar an den Verkauf der Sammlung. Eventuell hätte das ganze Ensemble gut zu jenem deutschen Mann gepaßt, der aussieht wie ein schlecht geklonter Joseph Beuys. »Sie meinen, dieser Gunther von Hagens hätte die Sammlung erwerben sollen?« zögert er. Warum nicht? Im Paket, zusammen mit Sammler: Präparierter Museumsdirektor inmitten seiner Sammlung von Präparaten? Auf jeden Fall wäre es das Ausstellungshighlight von Gunther von Hagens' weltberühmter Leichen-Kitschkunst geworden. Auch in punkto Authentizität hätte ein solches Ensemble unübertrefflich gewirkt. Schließlich öffnet hier kein Schachspieler umständlich seine Schädeldecke, zeigt keine Schwangere ihr ungeborenes Kind, um die Lebenden darüber aufzuklären, daß im Gehirn gedacht wird bzw. in der Gebärmutter Leben entsteht. Durch Sigurður Hjartarson würde ein Sammler verkörpert, der seine Exponate durchaus liebt und aufklären möchte, die Objekte aber nicht zwingend als humor- und ironiefreies Kunstwerk versteht.

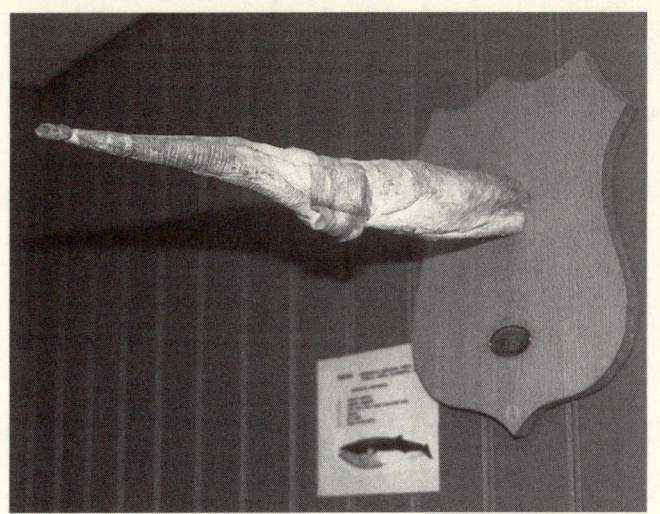

Phalli (Schwertwal) im Penismuseum des Linkssozialisten
Sigurður Hjartarson 1997

»Meine Exponate stammen von gestrandeten Tieren. Oder
direkt vom Schlachthof«, so Sigurður. Wenn ein großer
Blauwal tot an den Strand geschwemmt wird, berichtet das
Radio stets darüber. Sigurður packt dann seine Werkzeuge
ein, um die Fundstelle aufzusuchen. »Das gesuchte Teil
trenne ich dann für meine Sammlung ab.« Entweder wird
es in Formalin präpariert oder in langwieriger Arbeit
gegerbt, so daß es schließlich zu Leder wird: »Ich besitze
einen sehr schönen Walpenislederschlips, den ich gern zu
offiziellen Anlässen trage.«
Im April 2004 zog Sigurður mit seinem Museum an die
Nordküste, nach Húsavík, und eröffnete dort am 23. Mai.
»Die Besucher hier sind ziemlich anders als die in Reyk-

javík«, sagt er, »mehr Deutsche, weniger Engländer, aber in gewisser Hinsicht sind sie auch sehr ähnlich: Menschen mit unterdurchschnittlichem IQ kommen genausowenig wie solche mit unterdurchschnittlichem HQ.« Mit HQ meint Sigurður den Humor-Quotienten.« »Es kommen also Menschen mit überdurchschnittlichem IQ und HQ, eine Gruppe, die nach meiner Schätzung insgesamt höchstens 20% der Bevölkerung umfaßt.«

# Der Heidenmord

Dokument einer heidnischen Beerdigung im Jahr 1999

Curver zieht ein flauschiges Kaninchenkostüm aus einer großen Plastiktüte. »Das tragen alle Schüler zum Schulabschluß.«

»Ein Kaninchenkostüm?«

»Ja, in meiner Schule war das Kostümthema Kaninchen oder Hase. Jede Schule schlägt jedes Jahr ein anderes Thema vor. Das Spektrum reicht von Chinese bis Killerwal«, erklärt Curver.

»Und alle Schüler fertigen dann so ein aufwendiges Kostüm an?«

»Eigentlich schon. Ich habe mir allerdings ganz besondere Mühe gegeben.«

»Tragen die Heiden eigentlich auch spezielle Kostüme?« möchte ich wissen.

»Du meinst, spezielle Priestergewänder und so? Ja klar. Ruf den Obergoden an. Der gibt dir bestimmt gern Auskunft.«

*Allsherjargoði*, Obergode, steht als Berufsbezeichnung im Telefonbuch. Darunter eine Telefon- und eine Handynummer. Islands Heidenchef Jörmundur Ingi Hansen schlägt als Treffpunkt das Café Paris gegenüber dem Parlament vor. Ich würde ihn schon erkennen, sagt er, am langen weißen Bart. Tatsächlich sitzt zur verabredeten Zeit ein Mann mit weißem Bart, grauem Zweireiher und einem Handy in der oberen Jackentasche an einem Tischchen und ißt ein Krabben-Ei-Sandwich. Um ihn herum versammelt ist eine Reihe älterer Herrschaften, darunter der Polizeipräsident von Reykjavík und »Leatherface« Gunnar Hansen aus dem Kinofilm »Blutgericht in Texas«, auch bekannt als »The Texas Chain Saw Massacre«.

»Ich bin gleich fertig. Setzen wir uns an einen anderen Tisch, da ist es etwas ruhiger«, sagt Jörmundur und rafft seine Zigarren zusammen.

»Nun, der Koordinator für die Kirchenfeierlichkeiten ›Tausend Jahre Christentum in Island‹, Herr Bernharður Guðmundsson, erzählte mir im Haus der Kirche von diesem Mord, der vor einigen Tagen im heidnischen Umfeld geschah. Vorgestern sah ich auch die Todesanzeige im *Morgunblaðið*...«

Jörmundur hustet: »Was hat er gesagt? Heidnisches Umfeld? Eine Unverschämtheit! Es handelt sich um den Mord eines Christen an einem Heiden. Das Opfer war Heide – der Mörder war Christ!«

»Bernharður Guðmundsson meinte, daß nun eine heidnische Beerdigung geplant sei...«

»Da hat er allerdings recht. Wir planen die erste offizielle heidnische Beerdigung seit der Christianisierung. Das Opfer Agnar Agnarsson hat unsere Web-Seiten für das Internet gestaltet. Die Zeremonie wird in einem Steinschiff abgehalten werden. Und zwar dann, wenn die Sonne direkt vor dem Schiff steht«, sagt Jörmundur Ingi Hansen und streicht sorgfältig ein Aschehäufchen weg, das sich von seiner Zigarre gelöst hat und auf das Tischchen gefallen ist. »So war es schon vor tausend Jahren Brauch.«

Auf die Frage nach dem Aufbahrungsort des Verstorbenen reagiert Jörmunður leicht zerknirscht.

»Wir werden uns in der Kirche versammeln. Es gibt halt noch nichts anderes. Aber die Beerdigung wird nicht auf dem Friedhof, sondern auf einem Grundstück neben diesem vollzogen. Auf ungeweihter Erde!«

»Und werden Sie zur Beerdigung ein spezielles Gewand tragen?« möchte ich wissen.

»Selbstverständlich«, säuselt Jörmundur und pustet Zigarrenrauch in die Höhe. »Geschneidert nach uralten Überlieferungen. Kommen Sie doch einfach vorbei.«

»Zur Beerdigung?«

»Natürlich«, sagt der Obergode und wehrt einen jungen Mann ab, der, offensichtlich stark betrunken, um eine milde Gabe bittet: »Jörmundur, gib mir 500 Kronen für ein Bier!«, lallt er, während der Angebettelte mir schon im Gehen zuruft: »Bis Montag in der útfararkapella.«

Ein grauer Schleier liegt über dem Himmel am 26. Juli 1999. Dauersprühregen benetzt das lange weiße Gewand und den dunkelblauen Samtumhang, mit dem Jörmundur Ingi Hansen aus dem Charterbus in die Kirchenkapelle am Suðurhlíð eilt. Von Sonne keine Spur. Die Opernsängerin Sigrún Hjálmtýsdóttir – Schwester von Grand-Prix-Eurovisions-Star Páll Óskar – singt von der Empore Schuberts

»An die Musik«. Der Gitarrist Guðlaugur Óttarsson spielt mit geschlossenen Augen eine fremdartig klingende, psychedelische Komposition namens »Síríus og Völuspá«. Parallel dazu läuft ein Band mit Computermusik. Später sagt mir Curver, daß dieser Guðlaugur schon seit Jahren an der Entwicklung eines sogenannten Psychophons arbeite. Das sei eine Art Telefon, über das man mit Verstorbenen telefonieren könne.

Der Obergode betritt nun die Bühne, plaziert sich vor einem großen aus Metall und Lichteffekten konstruierten Kreuz und verliest Beileidskundgebungen von Heiden aus aller Welt, wonach sechs schwarz gekleidete Frauen den Sarg aus der Kapelle tragen.

Die Grabstätte liegt tatsächlich etwas abseits des Friedhofs. In einem großen Steinoval, das die Form eines Schiffes bildet, stehen der mit wilden Blumen und Blättern geschmückte Sarg, ein Tisch mit Metallreif und Pinienzapfen sowie eine Schale mit Birkenholzscheiten. Es nieselt ununterbrochen. Als der Heidenpriester das Feuer in der Metallschale entfacht, beginnt das isländische Fernsehen zu drehen. Zwei Männer stehen in gekrümmter Haltung unter den durch schwarze Plastikfolie regengeschützten Kameras. Jörmundur erhebt seine Stimme und mit ihr einen Pinienzapfen. Während er Passagen aus dem Schöpfungsmythos der altisländischen Edda, namentlich der *Völuspá*, rezitiert, nimmt der Wind zu. Böen lassen die Blätter der frisch gepflanzten Esche am Grab heftig zittern, derweil Steindór Andersen und Sigurður Sigurðarson, Islands bekannteste Interpreten der uralten *rímur*-Singsangreime, ihre Kunst zum besten geben. Die meisten Trauergäste tragen schwarze oder dunkle Anzüge mit oder ohne Krawatte, gelegentlich geschützt durch einen Mantel, die

Frauen dunkle Kostüme, einer kommt in schwarzer Leder-
hose, ein anderer mit Baseballcap. Die Frau, die mir schon
an der Bushaltestelle in der Stadt auffiel, trägt einen braunen Schlapphut und braune Lederhosen.

Beim letzten Gruß am Grab teilt sich die Gesellschaft nicht
nur in die Kreuze formende christliche und eine die Hand
zum Boden neigende heidnische. Nein, auch Kreise formende, Punkte in die Luft setzende, kurz nickende, mit
gefalteten Händen auf die Knie fallende und merkwürdige
Formeln murmelnde Trauergäste entbieten ihren Gruß:
offensichtlich eine überaus pluralistische Gesellschaft.

# Warmbaden im Nordatlantik

Sandburg (gelb) am Ylströnd

Schwarz ist der Sand am Strand. Und kalt ist das Meer um Island. Noch viel kälter wäre es allerdings, wenn der Golfstrom den Atlantik nicht auf immerhin plus zehn Grad erwärmen würde. Nur sehr wenige Isländer haben je bei diesen Wassertemperaturen freiwillig im Meer gebadet. Den Rekord hält Guðlaugur Friðþórsson. Als einziger Überlebender eines vor den Westmännerinseln havarierten Fischerbootes schwamm er im Jahr 1983 drei Stunden durch das eiskalte Meer an die fünf Kilometer entfernte Küste. Sein Überleben gilt als Wunder, sein Spitzname war fortan Guðlaugur *Selsskinn*, Guðlaugur Robbenhaut.
Im Sommer 2000 änderte sich alles. Reykjavík wurde eine der neun europäischen Kulturhauptstädte und machte das

Baden im Nordatlantik selbst für sensible Naturen zu einem wirklichen Vergnügen. Ein Team um den Landschaftsarchitekten Yngvi Þór Loftsson wählte eine romantische Meeresbucht unterhalb des Öskjuhlíð, einer eiszeitlich bearbeiteten Felsformation südlich der Hauptstadt, um dort den *Ylströnd*, den Wärmestrand zu bauen. Mit Sandbeschaffung, Pumpaktion und Dammbau wurde das Unternehmen *Sæþór* (Meeresthor) beauftragt. Ein Sandpumpschiff *Sóley* (Sonneninsel) befördert seit Frühjahr 1999 unentwegt Muschelsand vom Meeresgrund in die *Nauthólsvík* (Rinderhügelbucht). Ihren Namen erhielt die Bucht von einer ehemaligen Rinderfarm am Öskjuhlíð. Über 14 000 Kubikmeter gelben Muschelsandes wurden inzwischen aus dem *Faxaflói*, der Pferdemähnenbucht, in die Rinderhügelbucht gebracht.

Warmes Wasser wird nun in die Meeresbucht geleitet – Brauchwasser aus den Heizungen und den im Winter beheizten Straßen, Fußgängerwegen und Plätzen der Inselhauptstadt. »Ein weltweit einzigartiges Projekt, für das es kein Vorbild gibt«, schwärmt Landschaftsarchitekt Yngvi Þór Loftsson und hebt begeistert die Konstruktionspläne in die Luft. »Im 2. Weltkrieg war die Bucht Landeplatz für amerikanische Wasserflugzeuge und Transitcamp für Flugzeugträger. Aus dieser Zeit stammen auch einige Ruinen der Alliierten, verfallene Gebäude und die alte Mole, die wir in unser Bauvorhaben integriert haben.« In der Tat wird diese im 90-Grad-Winkel verlängert und so die Bucht geschlossen. Der Damm soll den Wärmestrand vor der allzu kalten See schützen. »Die Verlängerung wird aber nur so hoch gebaut, daß bei stürmischem Wetter die Wellen doch darüberschwappen können«, betont der Architekt und zupft am Revers seines dunkelblauen Jacketts. Ebbe und Flut verändern den Meeresspiegel an der isländischen Küste um etwa anderthalb Meter. Für den Fall einer Springflut gibt es spezielle Schutzvorrichtungen. Meerwasser und dreißig Grad heißes Brauchwasser werden mithilfe eines komplizierten Zirkulationssystems gemischt. Bei Flut strömt neues Meerwasser in das Becken, so daß das Badewasser etwas abkühlt. »In der Bucht dürfte sich dann wohl ein halbes Fußballfeld Wasseroberfläche befinden«, so Yngvi Þór Loftsson. »das sind dann etwa 7700 Kubikmeter und 3500 m² Wasserfläche. Für Ebbe haben wir 1860 Kubikmeter und 1550 m² Wasserfläche errechnet.« Die Temperatur soll durch entsprechende Warmwasserzufuhr relativ konstant um plus 20 Grad gehalten werden. »So wie in Spanien«, bemerkt der Architekt, und seine Augen blinzeln fröhlich in die Mitternachtssonne.

Eigentlich begann die Geschichte des einzigen isländischen Meerbadestrandes schon vor fünfzig Jahren, unmittelbar nach Kriegsende. Unterhalb des Öskjuhlíð im Areal des ehemaligen Transitcamps sprangen im Hochsommer einige abgehärtete Badefreunde ins Wasser oder ließen sich auf Luftmatratzen im Meer treiben.

Oberhalb des Hügels wurde warmes Brauchwasser aus dem geothermischen Bau Perlan durch einen schmalen Kanal geleitet, schließlich im Meer entsorgt. Ab den 70er Jahren schlichen sich gelegentlich einige Badefreunde an diese Badestelle, wärmten sich auf, hielten ihre Füße in den heißen Abfluß und feierten wilde nächtliche Partys. Irgendwann gab es dort dann einen Unglücksfall mit Todesfolge. Der illegale Hot Pot – so nennen die Isländer ein heißes Bad – wurde abgedeckt, die Badestelle geschlossen. Die zunehmende Küstenverschmutzung machte schließlich sogar Luftmatratzenexkursionen auf dem Meer unmöglich.

Im Dezember 1998 erinnerte man sich an die ehemalige Badestelle. Längst war die Küste um die Hauptstadt sauber, Abwässer wurden nicht mehr ungeklärt ins Meer geleitet. Reykjavíks Kulturdezernent Helgi Pétursson gab Anfang 1999 der Öffentlichkeit kund, daß am 17. Juni 2000, dem Nationalfeiertag der Republik Island, die Inselbewohner und Besucher aus dem Ausland erstmals bei kommoden Temperaturen an der Küste baden könnten, was sie dann auch taten. Über hundert Millionen Kronen, also etwa 12 Millionen Euro, sind seitdem für das Projekt ausgegeben worden. Am gelben Sandstrand wurden Umkleidegarderoben mit Duschen gebaut, ein kleines Restaurant versorgt die zahlreichen Schaulustigen mit Kaffee und Krabbenbrötchen. Familien sonnen sich im Gras, Kinder hüpfen vorsichtig in das noch kalte Meerwasser und bauen Sandburgen. Bis zum 19. September jährlich wird der nördlichste Meeresstrand der Welt geöffnet haben, täglich von 10 bis 22.00 Uhr bei freiem Eintritt. Doch eigentlich kann sich Landschaftsplaner Yngvi Þór Loftsson auch eine längere Saison vorstellen. Besonders im Winter fließe viel heißes Wasser durch die Heizungen, das entsorgt werden müsse: »Da könnten die Badegäste im Wasser sitzend den Spaziergang zu den Elfen am naheliegenden Lyngberg beobachten.« Der wird nämlich jährlich am 7. Januar vom Öskjuhlíð aus veranstaltet. Ob die Elfenfreunde dabei die Badegäste mit Nymphen verwechseln könnten? »Nein, bestimmt nicht«, wehrt Yngvi Þór Loftsson ab. »Aber zur Sicherheit gibt es ja einen Aussichtsturm, auf dem ein Bademeister darüber wacht, daß niemand gegen seinen Willen von einer echten Nymphe ins Meer gezerrt wird.«

# Aufmarsch der Prinzessinnen

Vor dem Aufmarsch: Zwei Schneeflocken
beim Gay Pride Reykjavík 2005

»Nun ist der Reykjavík Gay Pride tatsächlich zur größten Veranstaltung des Landes geworden«, stellt die Monatszeitung »Grapevine« in ihrer Septemberausgabe 2005 fest. Mit geschätzten vierzigtausend Menschen könne es das lesbisch-schwule Großereignis inzwischen sogar mit dem 17. Juni, dem isländischen Unabhängigkeits- und Nationalfeiertag, aufnehmen. »Aber während der 17. Juni ja inzwischen eine müde Angelegenheit geworden ist, trägt der Gay Pride den Geist des Kampfes weiter«, schwärmt Popstar Páll Óskar Hjálmtýsson. Er selbst trat 1997 mit »Minn hinsti dans« (Mein letzter Tanz) als erster offen schwuler Sänger für Island im weltweit populärsten Tuckencontest, dem Grand Prix Eurovision, in Dublin auf. Allerdings landete er auf einem der letzten Plätze, gewiß zu Unrecht. »Im Gegensatz zum Nationalfeiertag hissen wir keine Transparente für Vodaphone oder McDonalds«, betont der Sänger, der sich gern mit den allerdings recht raren christlichen Fundamentalisten des Landes anlegt. Eine Kommerzialisierung des Gay Pride, wie sie in anderen Ländern zu beobachten ist, konnte von vorneherein vermieden werden.

In der Tat lief in Island alles irgendwie anders: Am 27. Juni 1996 bringt der Justizminister Þorsteinn Pálsson von der konservativen Regierungspartei ein Partnerschaftsgesetz für Lesben und Schwule ins Althing, das isländische Parlament, ein. Vierundvierzig Abgeordnete stimmen dafür, ein einziger – ein christlicher Fundamentalist – dagegen. Zwei Jahre später überlegen einige Mitglieder der isländischen Lesben- und Schwulenorganisation Samtökin 78, ob das Land nicht auch einen Gay Pride Event bräuchte, wie ihn inzwischen fast alle anderen europäischen Länder zelebrierten. Im Jahr 1999 bietet sich mit »Dreißig Jahre Stonewall«, dem legendären Schwulenaufstand in New York, der historische Anlaß. Ein Open-Air-Konzert mit der international bekannten Band Sigur Rós leitet den Siegeszug des Gay Pride in Island ein. Über tausend Zuschauer kommen, um sich an Sänger Jónsi, seiner betörend hohen Stimme, sirrenden Geigenklängen und dem psychedelischen Wabersound zu erfreuen. Im folgenden Jahr gibt es den ersten Umzug durch die Stadt, den »Gleðiganga« (Freudenumzug).

»Zuerst gab es die Befürchtung, daß die ganze Angelegenheit etwas albern aussehen könnte«, so Mitinitiator und Dolmetscher Veturliði Guðnason: »Einsam und verloren läuft ein Häufchen Lesben und Schwuler den Laugavegur, die einspurige Hauptstraße von Reykjavík, hinunter – mit ein paar bunten Luftballons in der Hand.« Doch es ist langer Samstag, die Stadt voller Menschen, welche den fröhlichen Umzug auf den Bürgersteigen dichtgedrängt betrachten. »Klar, ein Protestmarsch ist das wirklich nicht«, wehrt Veturliði ab, »aber die Schwulen und Lesben sichtbar zu machen, ist hier genauso wichtig wie anderswo!« Offensichtlich nicht nur im Land selbst. In deutschsprachigen Reiseführern kamen die isländischen Lesben und Schwulen bislang kaum vor. Wenn doch, dann gut gemeint, aber eher unbeholfen. Im Polyglott-Reiseführer tauchen homosexuelle Isländer erstmals 2001 auf. Deren Zahl wird verwegen auf »etwa 1 200« geschätzt. Bei einer Einwohnerzahl von rund 300 000 wäre diese Zahl absurd niedrig. Möglicherweise orientiert sich die Reiseredaktion an den »Letters from Iceland« (1936) des englischen Schriftstellers W. H. Auden: »Homosexuality is said to be rare.«[1]

Während Árni Johnsen, der einzige Parlamentsabgeordnete, der gegen das Partnerschaftsgesetz gestimmt hat, wegen Veruntreuung von Baumaterial inhaftiert wird – unter anderem hat er Holz, das für das Nationaltheater bestimmt war, heimlich für die Renovierung seines Wochenendhäuschens auf den Westmännerinseln abgezweigt –, wächst der isländische Gay Pride, nun »Hinsegin dagar« (etwa »Queere Tage«) genannt, im folgenden Jahr bereits auf 12 000 Teilnehmer. Begeistert von den farbenfrohen Wagen und Kostümen, prägen die Kinder des Landes den Begriff »Prinsessugangan« (Prinzessinnenmarsch). Im Jahr 2001 werden schon über 20 000 Menschen gezählt. »Da kamen nicht nur die Einwohner Reykjavíks, sondern jede Menge Besucher und Schaulustige aus dem Umland«, so Heimir Már Pétursson, der Generalmanager des Events: »Mit 40 000 geschätzten Teilnehmern ist der Gay Pride inzwi-

Delegation der Walther von Goethe Foundation,
Gay Pride Reykjavík 2005

schen auf jeden Fall die zweitgrößte Veranstaltung des
Landes«, wehrt Heimir bescheiden das Grapevine-Super-
lativ vom größten nationalen Ereignis des Landes ab.
»Mehr Menschen würden ja auch gar nicht in die Stadt
passen.« Die Organisatoren des Unternehmens benötigen
zum Gelingen durchaus etwas Größenwahn, bestätigt der
Generalmanager: »Deshalb waren wir nach Etablierung
des Ereignisses darauf angewiesen, finanzielle Unterstützung zu bekommen.« Das funktioniert überraschend gut.
Von Beginn an sponsert Icelandair Flüge für die Künstler
aus dem Ausland. Heimir fügt trocken hinzu: »Die Wirt-
schaft und die Stadt nahmen die Gelegenheit wahr, eine
große Zielgruppe anzusprechen.«
Was allerdings den Gay Pride von entsprechenden Veranstaltungen in Deutschland unterscheidet, ist, daß Firmen
oder Parteien hier die Optik nicht beherrschen. Trotz lu-

krativer Lockungen gelingt es etwa dem Vodaphone-Logo nicht, die Tribüne der Abschlußveranstaltung zu erklimmen. Auf den Umzugswagen flattern keine Werbebanner für Getränkefirmen oder kommerzielle Diskotheken.

»Das ist uns überaus wichtig«, bestätigt Paradeleiterin Guðbjörg Ottósdóttir. »Die Firmen können gern in unserem Programmheft inserieren und für sich mit dem Ereignis werben.« Davon profitierten sie genug. Während Gruppen und Vereine als Teilnehmer der großen CSD-Umzüge in Europa inzwischen hohe Gebühren zahlen müssen, wird im isländischen Programmheft noch zur Teilnahme am Umzug aufgefordert. Und die ist natürlich kostenlos: »Wer Ideen hat und teilnehmen möchte, besucht unsere Werkstatt. Da findet sich alles an Material, was benötigt wird für Wagen, Deko und Kostüm.«

Am Samstag, dem 6. August 2005, versammeln sich achtundzwanzig angemeldete Gruppen am Busbahnhof Hlemmur, dem Bahnhof Zoo des eisenbahnlosen Landes. Darunter Amnesty International, die Gemeinschaft der Gehörlosen, der Lederclub MSC, Frauengruppen, die Gruppe der Eltern und Verwandten von Schwulen und Lesben und bereits zum dritten Mal eine Delegation aus Akureyri, mit 16 000 Einwohnern zweitgrößte Stadt des Landes. Auf einem Holzpodest thront der Gewinner des diesjährigen Drag-Queen-Contests: Halla Frímannsdóttir, ein eleganter, sportlicher Drag-King in Leder und mit Kinnbart. Ausgesprochen attraktiv auch eine Art »Lebendes Bild« aus dem Landleben, dieses allerdings nicht in einer Pose aus der Goethezeit erstarrt, sondern bewegt. Vier junge attraktive Männer im duftenden Heu bei der Landarbeit: in grobem Baumwollhemd, Islandpullover und Arbeitshose. Mit rosigen Wangen schippen sie auf dem Anhänger eines historischen Traktors emsig Heu. Weiße Schneeflocken in Tüll flattern lasziv über die Straße und schwule Feuerwehrmänner mit rotem Leiterwagen erheben ihre Helme artig zum Gruß.

Anderthalb Stunden zieht sich der Zug zwei Kilometer durch die enge Hauptstraße bis zur Austurstræti. Manches Kleid und Transparent füllt die gesamte Breite der Straße nebst Bürgersteig. Auf dem zentralen Kundgebungsplatz in der Lækjargata flattern die Regenbogenfahnen hysterisch im Sturm. Zum Glück: Der von den Meteorologen angekündigte heftige Dauerregen wird so einfach ein paar hundert Kilometer westlich zum europäischen Kontinent hin verweht.

Auf der Bühne fordert der isländische Sozialminister Árni Magnússon, daß nun die rechtliche Gleichstellung in allen Punkten realisiert werden müsse, volles Adoptionsrecht eingeschlossen. Musiker und Entertainer aus Island, Norwegen, Schottland und San Francisco treten auf. Der Elektro-Punk-Pop-Musiker Namosh aus Berlin erklimmt die Metallkonstruktion neben der Bühne, um in luftiger, sturmumtoster Höhe zu singen: »Put your tongue out of my mouth!« (Nimm deine Zunge aus meinem Mund!) Der Luftverkehr über Reykjavík wird eingestellt, damit tausende regenbogenfarbene Luftballons in den Himmel steigen können. Hektisch ziehen sie westwärts, Richtung Grönland, wo es seit 2002 auch einen Gay Pride gibt – mit etwa dreißig Teilnehmern.

Was gibt es eigentlich noch zu fordern, fragt ein Reporter des staatlichen Radiosenders RÙV den Generalmanager Heimir Már Pétursson. Sind nicht alle Forderungen der Lesben und Schwulen erfüllt worden? Ist Island nicht ein Paradies für Homosexuelle? »Rechtlich gesehen ja.« Nun gelte es, das Herz der Nation zu erobern. Die im Februar 2007 in Reykjavík eröffnete lesbisch-schwule Qbar macht den Anfang. Sie wirbt auf ihrer Homepage mit dem Hinweis »Straight friendly«.

1 Vgl. auch »Homoeros in aller Welt«, Kapitel III – Island, in »Froinde«, Nr. 5; Hamburg 1952, S. 23 f.: »Nicht wenige namhafte Isländer haben homoerotische Neigungen. Aber darüber ist nie etwas geschrieben worden. Man spricht höchstens leise darüber.«

# Das Nordlichtgeräusch

Aurea Borealis

Der Biologe William Preyer und der Mineraloge Dr. Ferdinand Zirkel reisen im Sommer 1860 nach Island und verbringen dort einige Monate bis in den Winter. In dieser Zeit beobachten sie keines der überaus seltenen Gewitter, desto häufiger aber das Nordlicht, Aurea Borealis. In ihrem Reisebuch geben sie ausführlich Kunde über die Geräusche, die das Nordlicht von sich gibt:

*Ueber das beim Nordlichte gehörte Geräusch hatten wir Gelegenheit, die Erfahrungen vieler Isländer zu sammeln, aus welchen sich aber nur widersprechende Resultate ergaben, indem einige dasselbe auf das bestimmteste bestätigten, andere mit der größten Entschiedenheit in Abrede stellten, es je vernommen zu haben. Einige der zuverlässigsten Zeugnisse mögen in Folgendem erwähnt werden.*

*Graf Trampe, der dänische Stiftsamtmann, hörte, wenn das Nordlicht am Himmel stand, fast immer ein Knistern; da es aber meist nur in kalten und stillen Nächten erscheint, so glaubt er, daß das Geräusch vom knisternden Schnee oder Eis herrühre.*

*Herr Kaufmann Karl Franz Siemsen von Hamburg und der Landesphysikus Dr. Jón Hjaltalín in Reykjavík, zwei ausgezeichnet wissenschaftlich gebildete Männer, haben ebenfalls das Nordlicht stets von einem Geräusch begleitet gehört, können aber der von Graf Trampe aufgestellten Erklärung nicht beipflichten.*

*Herr Jörgensen in Reykjavík und Kaufmann Hygom, der eine Factorei in Hafnarfjördur besitzt, haben es auch unzähligmal vernommen.*

*James Hay, ein schlichter Shetländer, der uns auf der Reise begleitete, während welcher wir oft Gelegenheit hatten, seine merkwürdige Beobachtungsgabe und seinen scharfen Blick zu bewundern, der ihn z. B. in geologischen Fragen immer das Richtige treffen liess, hörte uns noch während unseres Aufenthalts in Edinburgh über das Nordlicht sprechen, und sagte, dass auf seiner Heimatinsel Unst mit den Northern Light stets ein Geräusch verbunden sei, wie wenn jemand Kaffeebohnen durch Rütteln in einem flachen Sieb aushülst. Dieser keineswegs von uns hervorgerufenen Bemerkung mag wohl das größte Gewicht beigelegt werden.*

*Oddur Gíslasson, Student am Collegium in Reykjavík, mit welchem wir sehr viel verkehrten und welcher uns*

*manche wichtige Aufschlüsse über Island gab, versicher-*
*te uns auf das bestimmteste, daß nie ein Isländer jenes*
*Geräusch vernommen habe, und erbot sich, jeden Be-*
*wohner von Reykjavík zum Zeugen aufzurufen.*

*Jósep Skaptasen, Districtsarzt in Hnausar (Húna-*
*vatnssýsla), hat niemals knistern gehört; der Apotheker*
*Oddur Thorarensen zu Akureyri am Eismeer, hat eben-*
*falls weder an diesem Orte, noch in Reykjavík, wo er frü-*
*her lebte, jemals das fragliche Geräusch bemerkt; gleich-*
*falls nicht der zu Akureyri wohnende Sveinn Skúlason,*
*Redacteur der Zeitung »Nordri«.*

*Aus diesen einander widersprechenden Beobachtungen*
*möchte sich schwerlich ein Schluß ziehen lassen; die Aus-*
*sagen derjenigen Personen aber, welche das Geräusch*
*wirklich gehört haben, fallen schwerer ins Gewicht, als*
*derjenigen, die es nicht bemerkt haben.*[1]

Über den aktuellen Stand zur Frage der Existenz des Nord-
lichtgeräusches äußert sich auf Anfrage des Autors Prof.
Dr. Kristian Schlegel vom Max-Planck-Institut für Son-
nensystemforschung im Oktober 2006 wie folgt:

*Hörbare Geräusche von Polarlichtern sind wissenschaft-*
*lich nicht bewiesen. Die Betonung liegt auf hörbar, denn*
*Infraschallemissionen von Polarlichtern sind nachgewie-*
*sen. Sie haben Frequenzen unter 10 Hz und sind damit*
*definitiv nicht hörbar. Es gibt aber noch eine andere*
*mögliche Deutung: Die von den Betroffenen wahrge-*
*nommenen Geräusche entstehen nicht im Ohr, sondern*
*direkt im Gehirn. Während Polarlichtaktivität ändert*

*sich das uns umgebende elektrische Feld. Diese schnellen Veränderungen können bei empfindlichen Menschen möglicherweise elektrische Prozesse im Gehirn auslösen, die der Betroffene als Knistern wahrnimmt. So etwas könnte möglich sein, ist aber ebenfalls nicht wissenschaftlich bewiesen. Das dürfte auch schwer sein, denn einerseits ist die Bandbreite menschlicher Empfindungen sehr groß, andererseits kann man derartige subjektive Empfindungen kaum einwandfrei wissenschaftlich beweisen.*

1 Preyer, William und Zirkel, Dr. Ferdinand, Reise nach Island im Sommer 1860; Leipzig 1862, S. 33 f.

# Natur = Kitsch + x

Úlfur Hróðólfsson, Trottellummeneisilberskulptur, 1996
Umfang 16 cm, Länge 8,5 cm, 80 Gramm, Silber,
Sammlung Andreas Schlüter, Neapel

*Denn die Licht- und Luftverhältnisse der isländischen
Landschaft sind derart, daß sie nur mit einer Farbentech-
nik, die zum mindesten auf den Erfahrungen der Impres-
sionisten fußt, künstlerisch wiedergegeben werden können.
Ein Maler, der dies nicht beachtet, verfällt, bei den merk-
würdig scharfen Konturen, bei Buntheit und Reichtum an
Kontrasten der hochnordischen Atmosphäre unfehlbar dem
Kitsch.*[1]

Das erste Kunstwerk Islands ist zugleich ein Bauwerk. Der
Öxará-Wasserfall im Þingvellir Nationalpark wurde von
den Þingmenn vor über tausend Jahren an ihren Versamm-

lungsort, die Almannagjá, umgeleitet – nicht nur des frischen Wassers, sondern dem Mythos nach auch seiner Schönheit wegen. Nach heutiger Kunstdefinition wäre er dann ein früher Vorläufer der in den 1960ern populär gewordenen »Land-Art«.

Ist es auf Island überhaupt möglich, bildende Kunst zu machen? Der Säulenbasalt am Snæfellsnes ruht so symmetrisch und perfekt komponiert in der Landschaft, daß ein Minimal-Art-Künstler große Mühe hätte, seine Werke davon abzusetzen. Land-Art scheint auf Island sowieso fast ausgeschlossen. Und selbst im einzelnen Objekt steckt hier die Tücke: Die Eier der an den Küsten brütenden Trottellumme etwa weisen eine so elegante, kegelförmige Gestalt auf, daß ein kunstsinniger Ornithologe glauben könnte, der junge Brancusi habe hier erste Gestaltungsversuche unternommen. Am Mývatnsee machen bizarre, aus dem dunklen Wasser ragende Felsen surrealistischen Gemälden von Max Ernst Konkurrenz. Die in allen Farben leuchtenden Häuser der »Altstadt« von Reykjavík[2] und das herrliche architektonische Chaos, die anarchistische, chaotische Stimmung am Wochenende vermitteln das Gefühl einer modernen Inszenierung, eines ausufernden Happenings. Überhaupt ähnelt die ganze Insel einem überdimensionalen Readymade, in dem sich wie in einer Matroschka unzählige weitere verbergen.

Daß auf Island schwer mit der Natur zu konkurrieren ist, wußte auch der amerikanische Bildhauer Richard Serra. Auf der kleinen Insel Viðey schuf er 1990 mit *Áfangar*, Stationen, statt wie sonst aus Stahl oder Eisen, ein Werk aus unbearbeitetem Naturmaterial, dem fast völlig symmetrischen grauschwarzen isländischen Säulenbasalt. Auf Höhenlinien von zehn Meter plaziert, verteilen sich neun Säulenpaare und ragen drei bis vier Meter hoch über die sattgrünen Wiesen im nordwestlichen Teil der Insel. »Die Osterinseln der Moderne«, kommentiert die Künstlerin Ásta Ólafsdóttir trocken den Anblick der Stelen. Oft fährt sie auf das mit einer Fähre leicht erreichbare Eiland, um mit ihrem Enkel Magnús den dort wild wachsenden Kümmel zu sammeln. Eine Prise davon wirft sie dann nach alter Tradition in den Kaffee.

Moderne Kunst zeigt das Hafnarhúsið, erbaut zwischen 1932 und 1939. Früher war es das Lagerhaus des Landes. Den Mittelgang passierten alle Menschen, die vom Hafen aus die Insel besuchen wollten. Die sechseckigen, rohen Säulen stützen tonnenschwere Waren: Importartikel aus aller Welt. Seit April 2000 werden hier auf drei Etagen die Schätze gezeigt, die die moderne Kunst Islands zu bieten hat. Die Böden wurden mit schwarzer Walnuß ausgelegt und das Innere mit mobilen Stahlwänden ausgestattet. So bleibt die ganze komplexe Architektur mitsamt ihrer ursprünglichen Funktionalität sichtbar.

Im Mokka, dem 1958 eröffneten und damit ältesten Künstlercafé des Landes, verspeist Magnús Pálsson, 1977 Teilnehmer der documenta 5, gern heiße Waffeln mit Sahne. Den Künstler, Jahrgang 1929, könnte man als den Meister des isländischen Hangs zur Grenzüberschreitung und Multi-Medialität bezeichnen. Wenn heute gelegentlich von der Interdisziplinarität als typischem Merkmal aktueller isländischer Kunst gesprochen wird, ist er in diesem Punkt der unumstrittene Vorreiter. Sein vielschichtiges Werk umfaßt von der Zeichnung über Hörspiel, Sprache, Medien und Objekt alle möglichen Genres. Als einer der ersten Künstler suchte er in den frühen 80ern die Zusammenarbeit mit Musikern der Punkszene.

»Hauptberuflich konnte hier früher kein Mensch von Kunst leben«, so Magnús, »und selbst heute ist das extrem schwer.« Die Künstler der vergangenen Jahrhunderte waren Outsider, Eigenbrötler oder geniale Dilettanten wie beispielsweise der Bauer Jón aus Möðrudalur. In dieser Tradition fühlt sich Magnús heimisch: »Jón liebte seine Frau so sehr, daß er alle Wände ihrer Küche mit sämtlichen großen Wasserfällen Islands bemalte.«[3]

Das von Magnús mit sechs weiteren Künstlern in den 70er Jahren gegründete Nýlistasafnið (Living Art Museum) befindet sich nach zwei Umzügen nun im zweiten Stock eines Neubaus am Laugavegur, der einspurigen Hauptstraße Reykjavíks. Seinerzeit bot es neuen Kunstformen wie Fluxus und Performance erstmals ein Forum. Der Wahlisländer Dieter Roth zeigte hier seine Arbeiten und schenkte der Sammlung eine große Anzahl seiner Werke, darunter einige sehr geruchsintensive Arbeiten. Im Stadtzentrum hat sich inzwischen so etwas wie eine kleine Galerienmeile gebildet. Sie beginnt mit der Galerie Kling & Bang, die in einem wellblechverkleideten, alten norwegischen Haus untergebracht ist.

In den letzten fünfzehn Jahren hat sich Reykjavík insgesamt zur Boomtown für die junge Musik- und Kunstszene entwickelt. Neue Galerien, Cafés, Restaurants, Konzertorte sind aus dem Boden geschossen wie die Birkenpilze in den Wäldern der Þórsmörk. Daß Island als kulturelles Markenzeichen funktioniert, ist auch an dem in Berlin lebenden Künstler Ólafur Elíasson zu erkennen. Als Sohn dänisch-isländischer Eltern in Dänemark geboren und ausgebildet an der Kopenhagener Kunstakademie, wird er in der Welt der Kunst fast ausnahmslos als Isländer verkauft.

Für Einar Örn Benediktsson, Chef des »Bad Taste«-Labels, einst Kopf der Sugarcubes, heute der Band Ghostigital, hat der Kulturboom mit dem Bier begonnen: »Die eigentliche Wende kam für die Isländer im Jahr 1989 – mit der Aufhebung des hundertjährigen Bierverbotes.«

Sein Großvater habe beispielsweise oft in den Weinkellern Wiens gesungen, wurde gehört und bekam anschließend einen Vertrag als Sänger in Hamburg. »Tatsächlich existierte seinerzeit so gut wie keine Kneipe und kein Restaurant in Reykjavík. Seit der Aufhebung des 100jährigen Bierverbotes konnte in den entstehenden Kneipen erstmals richtig gesungen und getanzt werden, Ideen wurden gemeinsam ausgeheckt und realisiert.«

Teil der erwähnten Galerienmeile ist auch die Galerie i8, die Island auf internationalen Kunstmessen repräsentiert, die Galerie Skuggi, Galerie 101 und – seit dem Jahr 2001 über drei Stockwerke verteilt – die »safn« (Sammlung). Hier stellt Pétur Arason internationale Kunst aus. Er ist der einzige Isländer, der über dreißig Jahre systematisch zeitgenössische Kunst gesammelt hat. Ausstellungen von Künstlern wie Ben Vautier, Ilya Kabakov und Roni Horn fanden seinerzeit inklusive der Eröffnungen in seinem Wohnzimmer statt. »Das Haus, in dem die Sammlung heute der Öffentlichkeit zugänglich ist, war ursprünglich mein Wohnhaus«, so der Sammler, »im Erdgeschoß befand sich mein Levis-Jeansladen.« Reich sei er aber nicht gewesen, betont er. Pétur Arason: »Die Künstler kamen mir sehr entgegen. Sie wollten, daß ihre Kunst auch in diesem kleinen Land zu sehen ist, und machten mir sehr großzügige Angebote.«

Wie sieht die Zukunft der isländischen Kunst und ihrer Vermittlung aus? Um isländische Künstler und ihre Kunst bekannter zu machen, gibt es verschiedene Möglichkeiten:

Entweder werden sie intensiv mit den Stereotypen, die von Island existieren, verbunden: Licht, Wasser, Feuer und Eis. Oder man fördert die Künstler, die in ihren Werken Stereotypen und Klischees hinterfragen, damit spielen und so zu interessanten Ergebnissen gelangen. Das könnte ein positives Image ergeben: globalisiert wie alle anderen und trotzdem ein bißchen anders, etwas eigensinniger als der Rest der Welt.

1  Gretor, Gregor, Islands Kultur und seine junge Malerei; Jena 1928, S. 26.
2  Dieter Roth hat im Laufe mehrerer Sommer ab 1978 sämtliche Häuser Reykjavíks für eine Dia-Installation fotografieren lassen.
3  »Was die Malerei anbelangt, so fällt sogleich auf, daß sie in dem Augenblick zum ersten Male auftritt, wo die wirtschaftliche Vorraussetzung für ihre Verbreitung auf der Heimatinsel vorhanden ist, das heißt der Erwerb von Bildern bei einer Anzahl einheimischer Kaufleute in Betracht kommt. Eine wirklich produktive Künstlerpersönlichkeit entsteht erst, als Asgrimur Jónsson auf die französischen Impressionisten in Berlin stößt.« Gretor, Gregor, Islands Kultur und seine junge Malerei; Jena 1928, S. 26.

# Augen auf beim Spinnen!

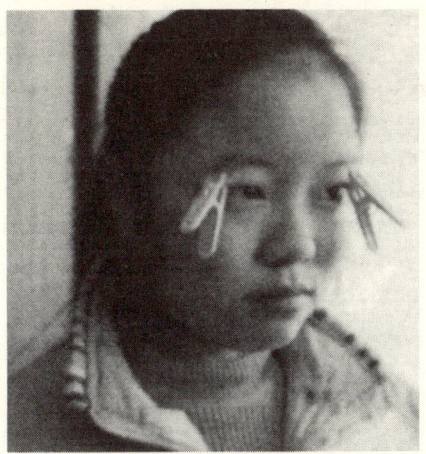

Wäscheklammern als Tepra, China 2007

Ein Wachstäbchen, genannt *Vökustaurar* oder *Tepra*, wurde in den vergangenen Jahrhunderten auf Island dazu eingesetzt, die Augen beim Spinnen von Wolle offenzuhalten. Seit 2002 ist das *Tepra* die Corporate Identity der deutsch-isländischen Walther von Goethe Foundation und wird von ihr als offizielles Logo eingesetzt.

Isländischer Augenaufhalter, 19. Jahrhundert

Laut Volkskundler Jónas Jónasson wurde in der Woche vor Weihnachten tagsüber viel Wolle gesponnen, nachts besonders viel gestrickt: Fäustlinge, Socken, Pullover.[1] Auf diese Weise sollten Schulden abgetragen werden, um das neue Jahr schuldenfrei zu beginnen. Der Streß war immens, und so wurden kleine Klemmen aus dem Mittelschädelknochen, den Knochen der Kiemenseite des Kabeljaus oder aus Holzsplittern angefertigt. Mit den Augenlidern wurde nun eine Hautfalte gebildet und die Klemme daran festgemacht. So blieben die Augen ständig offen. Eine überaus qualvolle Methode, nicht einzuschlafen. In China ersetzen heute Wäscheklammern die Funktion des in Island ausgestorbenen Tepras.

1 Jónas Jónasson, ÍSLENSZKIR ÞJÓÐHÆTTIR; Reykjavík 1945, S. 113.

# Elfenabwurf in Berlin Mitte

Elfenabwurf in Berlin,
Szene aus »Vardi goes Europe« von Grímur Hákonarson,
Island 2002

14. Juli 2001. Wir erinnern uns: Kürzlich ließ der österreichische Künstler Flatz in Berlin unter großer medialer Anteilnahme eine enthäutete Kuh aus einem Hubschrauber in vierzig Meter Höhe werfen. Beim Aufprall explodierten einige in deren Inneres gestopfte Knaller. Ein 13jähriges Mädchen prozessierte, so die Boulevardpresse, gegen die Kunstaktion, wegen seelischer Grausamkeit. Ohne Erfolg. Von dieser Aktion angeregt, wird nur kurze Zeit später, am 2. August 2001, der Berliner Künstler Wolfgang Müller eine Elfe aus einer unsichtbaren Mongolfière in doppelter Höhe (achtzig Meter!) abwerfen lassen. Wo prallt sie auf? Natürlich vor der Berliner Dependance der Reykjavíker

Walther von Goethe Foundation im FRISÖR BEIGE, Auguststraße 83, in 10117 Berlin.

Nach dem Abwurf wird der arbeitslose Experimental-Noisejazz-Musiker Varði aus Reykjavík – einer der aktuell unter 2,1 % Arbeitlosen in Island, die niedrigste Rate in Europa – ein Konzert geben. Der Eintritt wird dem derzeit als Straßenmusiker (Busker) durch Europa reisenden Varði (bürgerlicher Name: Hallvarður Ásgeirsson) zur weiteren Realisierung seiner Tournee zur Verfügung gestellt.[1]

---

1 Anmerkung: Der Elfenabwurf wird ein großer Erfolg. Über hundert interessierte Zuschauer versammeln sich am Ort, darunter auch zahlreiche Isländer. Das staatliche isländische Radio RÚV berichtet live, und das Ereignis wird für den Dokumentarfilm »Varði goes Europe« (Regie: Grímur Hákonarson, Island 2002) aufgezeichnet. Die Sängerin Björk äußerte sich nach der Kinopremiere in Reykjavík gegenüber Hauptdarsteller Hallvarður Ásgeirson hellauf begeistert über den Berliner Elfenabwurf.

# Es ist noch Finnwal da

Walflotte am Hafen, 1998

*Sitrónu-löguð ýsa* oder *Siglufjarðar síldarfiskur* heißen die
Fischgerichte, die Árni Siemsen in seinem Berliner Restaurant »Drei« anbietet. Seit über zehn Jahren wohnt der Isländer mit seinem Lebensgefährten in Berlin. Im Januar
2005 präsentiert er in seinem Restaurant am Savignyplatz
ein isländisches Menü. Der Anlaß: Zum erstenmal ist Island auf der »Grünen Woche«, der Berliner Messe für Nahrung und Landwirtschaft, vertreten: am Stand des Bun-
desmarktverbandes der deutschen Fischwirtschaft. Der
Fischereiminister Árni Mathiesen eilt herbei, um den Re-
staurantbesuchern zu versichern: »Die Fischpopulation
um Island ist konstant. Wir hören bereits seit über zwanzig
Jahren auf das, was die Wissenschaftler sagen. Überfi-
schung kennen wir nicht!« Doch Fische kennen – wie auch

Robben und Wale – keine Grenzen. So schwamm der in Island zur Auswilderung freigelassene Kinostar »Keiko«, der kinderliebe Killer- oder Schwertwal aus »Free Willy«, von den Westmännerinseln schließlich bis nach Norwegen. Der Grund für seinen Atlantiktrip wird sicher nicht der anonyme Anrufer gewesen sein, der den Mitarbeitern der Auswilderungsstation mit seiner Ermordung drohte: »Wir töten Keiko und verarbeiten sein Fleisch zu hunderttausend Fischbouletten für die Schulspeisung.« Keiko verstarb im hohen Alter von neunundzwanzig Jahren handzahm und friedlich in einem norwegischen Fjord an einer Lungenentzündung.

Werden hier in Berlin also tatsächlich nur Fische angeboten, die einst frei um Island herumschwammen, innerhalb der hart erkämpften Zweihundert-Meilen-Zone? »Hundertprozentig!« schwört Küchenchef Árni Siemsen. Zu seinen Worten wälzt der Künstler und Islandfreund Bernd Koberling hingebungsvoll einen Spieß Seelachs in Satésoße: »Köstlich! Und der galt mal als Mauerblümchen unter den Seefischen. Alle Isländer wollten früher nämlich nur Steinbutt, Heilbutt und Schellfisch essen.«

Auch das heiß diskutierte Thema Wal untersteht dem Geschäftsbereich des Ministers. Mit seinen deutschen Ansprechpartnern verstehe er sich wirklich gut, selbst bei diesem Thema.

Ob es denn wahr sei, daß das Walfleisch, das heute gelegentlich in Island angeboten wird, von einem Finnwal aus den 80ern stamme? »Ja. Das stimmt«, nickt der Minister. »Da Wal wenig Fett hat, kann das Fleisch durch eine besondere Gefriertechnik sehr lange gelagert werden.« Bis ins Jahr 2006 scheint das Fleisch dieses Tieres im Restaurant serviert worden zu sein. »Fünfundzwanzig Jahre altes

Fleisch?« murmelt eine Mitarbeiterin von der »Grünen Woche« pikiert und läßt das Holzstäbchen mit einer Fischprobe zurück ins Soßennäpfchen sinken. »Und bei uns in Deutschland machen sie Stimmung wegen ein paar abgelaufener Etiketten, von wegen Gammelfleisch und so.«

Mittlerweile ist der alte Finnwal aber offensichtlich aufgegessen. Denn seit der Aussetzung im Jahre 1985 betreibt Island zum ersten Mal wieder kommerziellen Walfang. Natürlich würden keine gefährdeten Arten gefangen, betont das Fischereiministerium. Alles sei streng limitiert. Der Nachfolger des Fischereiministers heißt Einar Kristinn Guðfinnsson und teilt mit, daß im Fischereijahr 2006/2007 dreißig Mink- und neun Finnwale erbeutet worden seien. Ob es da wohl mehr um den Walfang als Symbol nationaler Souveränität geht? Denn im Land selbst scheint der Appetit auf Wal nicht allzu groß zu sein. Im Lagerhaus der Firma Hvalur sammelten sich am Ende der Saison zweihundert Tonnen frisches Walfleisch an. Und da liegt es noch heute. Selbst in Japan war das Interesse an dem als »zäh« beschriebenen Fleisch mäßig. Vielleicht könnten Züchtungen den Mangel beheben? Auf die Frage, ob es Pläne gebe, Wale wie schon Hühnchen oder Lachs in Gehegen oder Käfigen zu züchten, hüllen sich Ministerium und der aktuelle Fischereiminister Einar Kristinn Guðfinnsson in tiefes Schweigen. Dabei könnten so zumindest Proteste gegen den Wildfang vermieden werden.

# Sonderzug nach Nirgendwo

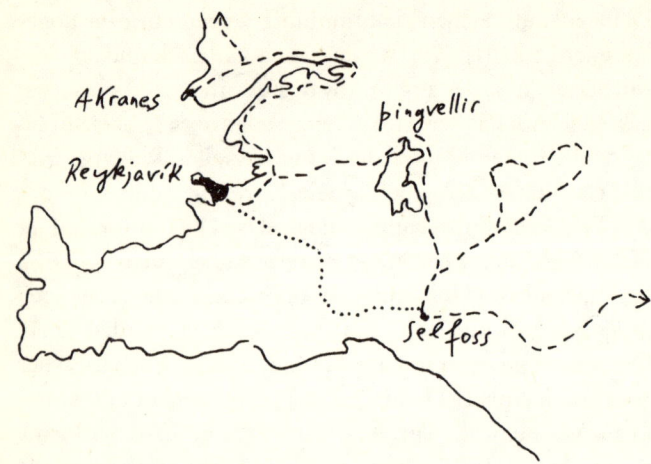

Das geplante Streckennetz der isländischen Eisenbahn

Das einzige Eisenbahnsystem, das je in Island in Betrieb ging, arbeitete von 1913 bis 1928. Zwei Loks transportierten Steine vom Öskjuhlíð zum Hafen von Reykjavík, wo sie zum Ausbau der Hafenanlagen benötigt wurden.
Anschließend sollten die existierenden Gleise für ein innerstädtisches Bahnsystem genutzt werden. Eine Art Ringlinie, parallel zur geplanten Ringstraße, die zu dieser Zeit nur teilweise fertiggestellt war. Mit der Endstation Hauptbahnhof. »Es war vermutlich der Architekt Guðjón Samúelsson, der den Hauptbahnhof von Reykjavík entwarf«, so Sigurlaugur Ingólfsson vom Stadtmuseum Reykjavík. Doch auch weitergehende Pläne wurden gemacht: Ausgehend von Reykjavík, um den Þingvallavatn herum, süd-

wärts Richtung Selfoss und zu anderen Orten im Südland sollte eine Strecke führen. Aber die seit 1906 geplante Streckenführung wurde nie realisiert. »Es stimmt. Diese Pläne wurden nie verwirklicht, doch es ist anzuerkennen, daß sie sehr weitsichtig waren«, meint Sigurlaugur Ingólfsson.

Spät erreichte das erste Auto Island, im Jahr 1904. Bis 1920 war die Zahl der Pkws im Lande nicht besonders hoch. Deshalb wurde das Thema Eisenbahn 1921 im Alþingi noch einmal ausführlich diskutiert. Ein dänischer Ingenieur schlug als beste und preiswerteste Strecke die von der Hauptstadt über Þrengsli Richtung Selfoss vor. Im Osten, an der heutigen Snorrabraut, sollte der Hauptbahnhof errichtet werden. Doch bereits wenige Jahre später, 1931, hatte der Autoverkehr im Land so zugenommen, daß der Straßenbau Vorrang bekam. Die Pläne zum Eisenbahnbau wurden abrupt zu den Akten gelegt.

Nun obliegt es dem Busbahnhof Hlemmur, die Aura eines Hauptbahnhofes zu verbreiten. Es gibt zwar auch das BSÍ-Terminal, den zentralen Omnibusbahnhof für die Überlandlinien, aber Hlemmur hat mehr von der typischen Bahnhofsatmosphäre, wie man sie lange Zeit auch vom Bahnhof Zoo in Westberlin kannte. Zwischen den Bürgern, die am Hlemmur auf ihren Bus warten, finden sich zudem Leute, die sogenannten Randgruppen zugeordnet werden: Alkoholiker, Drogensüchtige oder Menschen, die aufgrund geistiger Behinderung keinen Führerschein bekommen. Selbst semiprofessionelle Strichjungen fühlen sich, wenn auch sehr diskret und von der Allgemeinheit unbemerkt, von diesem Ort im Stadtzentrum Reykjavíks angezogen. In seinem Dokumentarfilm »Hlemmur«[1] porträtiert Filmemacher Ólafur Sveinsson einige dieser Menschen und demonstriert am Beispiel eines »trockenen« Busfahrers die fließenden Übergänge zwischen bürgerlicher Welt und sogenannter Randgruppe: vorher arbeitsunfähig, da extremer Alkoholiker, anschließend Alkoholentzug – jetzt berufstätig, bekehrter Christ und bekennender Nazi.

Nördlich von Reykjavík, in einer ihrer Ansicht nach besonders elfenreichen Region, liegt der imaginäre Hauptbahnhof der Künstlerin Inga Svala Thorsdóttir. Für ihn hat sie bereits Hinweisschilder aus Metall anfertigen lassen und einen Science-fiction-Roman über ein Rendezvous am Hauptbahnhof Reykjavík im Jahr 2020 geschrieben. Ihre Vorstellungen sind bisher allerdings nur in Museen und Galerien gedrungen.

Vor einigen Jahren entwickelte sich bei den Stadtplanern von Reykjavík erneut eine Diskussion darüber, ob ein Streckennetz zwischen Keflavík, Reykjavík, Selfoss und der zweitgrößten Stadt Islands, Akureyri, gelegt werden solle.

Sigurlaugur Ingólfsson glaubt nicht daran: »Angesichts der gegenwärtigen Optimierung der Straßenführung ist es unwahrscheinlich, daß ein solches System je gebaut wird.« So wird Island nach wie vor das Land ohne Eisenbahn[2] bleiben.

1 Ólafur Sveinsson, Hlemmur – Endstation, 86:00 Min.; Island/Deutschland 2002.
2 Müller, Wolfgang, Island – Land ohne Eisenbahn, Song auf der CD »Mit Wittgenstein in Krisuvík – 22 Elfensongs für Island«; Köln 2002.

# Island sucht den Superstar

jeg elska pig!

Liebesgruß eines unbekannten Fans an Kalli

Von Beruf ist er Seemann. Im Jahre 2003 wählte das isländische Fernsehvolk Kalli Bjarni zum ersten Gewinner des
Wettbewerbs »Idol Stjörnuleit«, der isländischen Entsprechung zu »Deutschland sucht den Superstar«.
Ähnlich wie bei den Teilnehmern in Deutschland hat der
plötzliche Ruhm dem Sieger nur kurze Zeit gewinkt – und
das, obwohl der Manager des neuen isländischen TV-Stars
ackerte, was das Zeug hielt, und Kalli unzählige Auftritte

im Land verschaffte. Darunter auch mehrere zur gleichen Zeit an verschiedenen Orten. »Es ist vorgekommen, daß Kallis Manager bis zu zwanzig Auftritte in einer Woche buchte!« so ein Arbeitskollege von Kalli, der lieber ungenannt bleiben möchte: »Der Rekord waren vier Auftritte zur gleichen Zeit. Das bedeutete allerdings auch, daß drei Veranstalter sauer waren!«

Doch kurzer Ruhm ist auf Island nicht weiter tragisch. In Deutschland tingeln die Gewinner der TV-Casting-Shows noch eine Weile hoffnungsvoll über die Dörfer und spielen in halbleeren Konzerthallen, bevor sie dann endgültig in der Anonymität von achtzig Millionen Einwohnern verschwinden. Ihr verzweifelter Glaube an die große Karriere kann sich so noch Monate, mitunter sogar Jahre halten. In Island dagegen ist die Möglichkeit, kurzfristig berühmt zu werden, schon immer viel größer gewesen als in Deutschland. Ein Mord oder ein Banküberfall genügt. Zudem arbeiten große Stars aus Film, Theater, Sport und Fernsehen oft halbtags oder sogar ganztags bei der Post, der Zollbehörde, in der Schule oder im Steueramt. Sie helfen Kindern beim Nachhilfeunterricht, geben Telefonnummern bei der Auskunft durch oder führen im Sommer ausländische Touristen durch das isländische Hochland – wie die Wahlisländerin Monika Abendroth, die gleichzeitig erste Harfenistin beim Isländischen Sinfonieorchester ist, dem *Sinfóníuhljómsveit Íslands*. Um die Rolle einer kühlen, unnahbaren, mysteriösen Diva zu kreieren, ist Island ein denkbar ungünstiger Ort. So etwas funktioniert nur im und mit dem Ausland.

Deshalb ist Kalli Bjarni auch überhaupt nicht unglücklich. Täglich fährt er nun aufs Meer, um als Superstar Kabeljau und Schellfisch einzuholen. Ein harter Job. In der Woche achtundvierzig volle Stunden bei einem Stundenlohn von etwa fünfundzwanzig Euro. Viel mehr, als ein mittelmäßig erfolgreicher vollberuflicher Schlagersänger in Island jemals verdienen könnte.

Kunst = GELD

Reykjavík im Januar. »Gierige Graugänse schlucken Auto-
schlüssel« – so lautet der Aufmacher der isländischen Tageszeitung *Morgunblaðið* am Freitag, dem 14. Januar 2005.
»Es war wie im Film«, sagt Sigrún, welche mit ihrem Baby
nur mit Mühe einer Horde hungriger Wildgänse entfliehen
konnte, die sie watschelnd verfolgten. »Sie wollten sogar
ins Auto einsteigen und fraßen mein Kaugummi, das mir
vor Schreck aus dem Mund fiel«, so die geschockte Mutter.
Nur hundert Meter vom Ort des Geschehens entfernt
wurde tags darauf eine Retrospektive des englischen Fotografen Brian Griffin eröffnet. Die Bürgermeisterin von
Reykjavík, Steinunn Óskarsdóttir, hielt die Eröffnungs-
rede. Daß die konservative Zeitung die linke Stadtregie-
rung durch die Story von den Monstergänsen in schlechtes
Licht rücken wollte, glaubt Steinunn nicht: »Wir wollen
schon weiter füttern, aber eben nicht mehr in der Stadt.
Und auch nur dann, wenn die Schneedecke so hart und un-

durchdringlich ist, daß die Vögel nicht mehr in der Lage sind, an das darunterliegende Gras zu gelangen.«

Auf jeden Fall ist das Kunstmuseum durch den Ankauf des isländischen Multikonzerns Baugur an eine hundertfünfzig Bilder umfassende Sammlung des englischen Fotografen Brian Griffin gekommen. Dessen Blick schärfte sich durch seine Kindheit im Arbeitermilieu von Birmingham, durch den kalten Krieg und die Helden der Neuzeit: Geschäftsleute, Manager, Popstars und Strategen. Griffin porträtierte die eiserne Lady Margaret Thatcher mit Blauhelm und Iggy Pop als Rockikone – letzteren ausnahmsweise farbig. Was bei Caspar David Friedrich der Blick des einsamen Mannes auf das Meer ist, wird bei Griffin zum kühlen Blick des Planers auf die Stadt. »Influences«, so lautet der Titel der Show. Es ist aber nicht etwa der Einfluß des extrem kontrastreichen nordischen Lichts, das ihn hierher geführt hat, sondern vor allem seine neue Frau Brynja Sverrisdóttir. Im Eingangsbereich des Museums hat das bildhübsche isländische Model ein von ihr entworfenes Schmuckstück auf dunkle Holzkästen plaziert. In ihnen verwahrte einst ihr Urgroßvater Heilpflanzen. Brynjas Goldarmband zeigt die Symbole aller großen Religionen vereint. Eine Idee, die vermutlich nur in einem Land entstehen kann, wo Engel und Elfen in Harmonie miteinander leben. Die Kostbarkeit wird von einem Sicherheitsbeamten streng bewacht. Es sind eben doch nicht alle Menschen gleich.

Das wird 240 Kilometer weiter nördlich ebenfalls deutlich, in Akureyri, knapp unterhalb des Polarkreises. Dort hat Ashkan Sahihi die größte Summe Bargeld zusammengetragen, die je in einer Kunstausstellung zu sehen waren: 100 000 000 isländische Kronen in bar, umgerechnet

1,6 Millionen Dollar, bewacht von drei Sicherheitsbeamten. Gebrauchte und frische Scheine formieren sich in dikken Bündeln zu Türmen, liegen angereiht wie Dominosteine oder ruhen im Block unter Glashauben auf Sockeln. Vermerkt sind jeweils die Summen: 12 Millionen, 11 Millionen. »Dafür könnte man sich ein schönes Haus bauen«, sagt ein junger Fußballfan mit rotem Schal und zeigt ungerührt auf den 20-Millionen-Stapel. Diese Anschaulichkeit liegt durchaus im Sinne Sahihis. »Das Bild von einer Million Dollar bar in Cash existiert, und ich wollte es sichtbar machen, materialisieren«, so der aus Deutschland stammende Künstler. Die Materialisierung der Idee entpuppte sich dennoch als extrem kompliziertes Unterfangen. Versuche in den USA, England und Deutschland scheiterten: »Keiner hatte soviel Bar-Cash oder wollte das Risiko auf sich nehmen, diese Summe öffentlich zu zeigen.« Warum es ausgerechnet hier klappte?

Entscheidenden Anteil daran hatte der ehrgeizige Kurator des Museums, Hannes Sigurðsson. Er startete seine Kuratorentätigkeit im winzigen Café Mokka in Reykjavík, dem 1958 gegründeten und damit ältesten Künstlercafé des Landes. Seitdem er das Kunstmuseum leitet, gilt eine Reise nach Akureyri der Kunst wegen – vorher undenkbar – als durchaus überlegenswert. Durch enge Kontakte zur Bank und den Verantwortlichen der Stadt konnte er die Geldmassen organisieren – in einem Land, wo 97 % aller Transaktionen virtuell vollzogen werden.

Die Anhäufung einer großen Menge Bargeld führte zu überraschenden Erkenntnissen: »Eine Riesensumme Banknoten riecht tatsächlich scheußlich, so als ob man jemandem den Kopf ins Klo steckt«, bemerkt Hannes Sigurðsson. Er versteht sich nicht nur als Kurator, sondern auch als Co-

Künstler des Projektes. Um das zu unterstreichen, hat er im Eingangsbereich eine eigene Installation, ein Lager mit Betten errichtet. Ob diese Zugabe tatsächlich nötig ist? Klar ist jedenfalls: Die Realisierung einer Kunstidee hängt mit Geld zusammen, so oder so. Und Geld hat natürlich mit Macht zu tun. Hannes Sigurdssons Einfluß auf örtliche Banken, Sicherheitsdienste und Bedenkenträger war offensichtlich groß genug, um das Geld für Sahihis Projekt ausleihen zu können. Oder war es doch mehr der nationale Mythos von der extremen Ehrlichkeit der Isländer, der die Realisierung möglich machte? Oder lag es etwa daran, daß Bargeld seit dem Siegeszug der Kreditkarte hier sowieso nicht mehr richtig ernst genommen wird? Früher sagten die Menschen, es stinke nach Geld, wenn gerade der Hering angelandet wurde (*peningalykt* = Geldgeruch). Noch heute sind auf allen isländischen Münzen ausschließlich Fische und Krebse zu finden. Will man nun beweisen, daß im modernen Island Geld auch ohne Hering übel riecht?

Auf jeden Fall möchten die Kuratoren derzeit alle Künstler sein. Nicht nur auf Island, sondern überall auf der Welt. Sie sammeln die Werke der Künstler wie Früchte ein, die dann von Kuratorenhand zum Gesamtkunstwerk, zum Früchtesalat oder Stilleben geformt werden. Mit dieser Geste wird der Kurator automatisch selbst zum Künstler. Die beste Möglichkeit, in dieser Situation als »Nur«-Künstler erfolgreich vermittelt, entdeckt und vermarktet zu werden, besteht darin, eine solche klar identifizierbare Frucht ohne allzu viel Geschmack und Inhaltsstoffe herzustellen. Nichts allzu Kompliziertes, nichts allzu Komplexes oder Eigenwilliges. Viele Künstler ahnen die ihnen zugewiesene Rolle, nehmen sie an und fühlen sich doch irgendwie gedemütigt. Um nicht völlig zu verzweifeln, treten sie ihrerseits gern als Kuratoren anderer Künstler oder als Discjockeys auf. So können sie im wahrsten Sinne des Wortes *Plattenspieler* werden, versammeln lediglich den ganzen Kosmos des Geschmacks und werden trotzdem als kreatives Subjekt, als Künstler wahrgenommen.

Im Kunstmuseum Akureyri entzündet derweil Askhan Sahihi ein Räucherstäbchen und leitet meditative Klänge von Komponist Hilmar Örn Hilmarsson in die Räume. Man könnte Sahihis Arbeit als Kommentar auf den zeitgenössischen Kunstbetrieb lesen, auf einflußreiche, wohlhabende Künstlermacher wie den Sammler Saatchie und entsprechende Künstler wie Damien Hirst, deren effekthaschende, doch auf Dauer unergiebige Kunst sich in der Pose des Widerstands gefällt – mit erstaunlichem Erfolg. Aber Sahihi wehrt ab: »Nein, die Arbeit soll keine Kritik am Kunstmarkt sein.« Und doch hat er sie hier alle getoppt – mit dieser Menge einer Droge, die alle Welt bewegt. Ob er das Werk schließlich verkauft? Askhan Sahihi hat im nördlichsten Museum für Moderne Kunst ein Meisterwerk geschaffen. Ganz im Ernst.

# Exportweltmeister Deutschland:
# Rammstein, Wespen und Touristen

Todesfalle für Paravespula germanica
vor Lebensmittelgeschäft, 2004

Im Spätsommer baumeln sie an den Zweigen des Berliner Terrassenlokals Ankerklause in Kreuzberg: mit Zuckerwasser gefüllte Plastikflaschen. Es sind dies Todesfallen für *Paravespula germanica*, die Deutsche Wespe. Im August gilt sie als besonders aggressiv. Auf Island erschien *Paravespula germanica* erst in den frühen 70er Jahren des letzten Jahrhunderts.[1] Doch statt mit billigem Zuckerwasser wird die Wespe dort gern mit echtem Honig angelockt. Setzt sie sich darauf nieder, bleibt sie kleben und verreckt jämmerlich.

Das erste Nest der germanischen Wespe wurde auf Island im Jahr 1973 gefunden. Da es im Land zuvor so gut wie keine stechenden, beißenden oder für den Menschen sonst irgendwie gefährlichen Insekten gab, galt der germanische Neuankömmling als extrem bösartiges Wesen. 1978 folgte die stechfreudige Gemeine Wespe, *Paravespula vulgaris*, 1982 die friedliche Norwegische Wespe *Dolichovespula norwegica* und 1997 schließlich *Paravespula rufa*, die Rote Wespe.

Insgesamt haben sich inzwischen also vier Arten von Wespen in Island niedergelassen. Über ihre Reisewege kursieren höchst unterschiedliche Ansichten. Manche Experten vermuten, sie seien durch Waren oder Container ins Land gekommen; andere mutmaßen, sie seien durch deutsche Touristen eingeschleppt worden oder eigenmächtig übers Meer geflogen. »Übers offene Meer geflogen? Das glaube ich nicht«, so Insektenspezialist Erlingur Ólafsson vom isländischen Naturkundemuseum, »und kann es mir auch kaum vorstellen.«

Von den Hummeln existiert dagegen ein isländisches »Original«: *Bombus jonellus*, die Heidehummel. Sie lebt seit Menschengedenken im Land. Kurz vor 1960 erschien die Gartenhummel *Bombus hortorum* und wurde zeitweise ziemlich häufig. Heute scheint die Art wieder völlig verschwunden zu sein, was mit ihrer Konkurrentin *Bombus lucorum*, der Hellen Erdhummel, zusammenhängen könnte, mutmaßt Erlingur. Sie wurde erstmals 1979 entdeckt und hat sich seitdem überall auf der Insel verbreitet.

---

1  »Kein Land auf der Welt ist wohl weniger von Insecten und allerhand Ungeziefers geplagt, wie Island!« Horrebow, N., Zuverläsige (sic!) Nachrichten von Island; Kopenhagen und Leipzig 1753, S. 276.

# Glíma, Sport für steife Hüften

Glíma

Spät fand die erste Reise eines isländischen Sportteams ins Ausland statt. Es war im Jahr 1908, und das Ziel der kleinen Delegation die Olympiade in London. Hier wollten die Männer außer Konkurrenz der internationalen Welt eine ganz spezielle isländische Form des Ringkampfes zeigen: Glíma. Die Kunst dieses Sports besteht darin, den Gegner mit der rechten Hand am Hosensaum und mit der linken am Schenkelteil der Hose zu greifen und durch unvermutete Schläge mit den Füßen zu Boden werfen. »Es sieht fast aus, als würden sie tanzen«, meint der Prokurist Eiríkur Magnússon (62), ein Fan des seltenen Sports: »Die Glíma-kämpfer müssen ständig in zirkelnder Bewegung sein, aufrecht stehen und dürfen dabei den gegnerischen Gürtel nicht loslassen!« Beim Glímakampf geht es um Geschicklichkeit und Ausdauer, weniger um reine Kraft. Acht bis zehn verschiedene Griffe sind erlaubt. Sieger ist derjenige, der den Gegner so umwirft, daß dieser den Boden berührt, allerdings nicht mit Armen oder Beinen, sondern mit den anderen Körperteilen. Seit 1906 wird bis heute alljährlich der Glímukóngur, der Glímakönig der atlantischen Inselrepublik, gekürt.

Entwickelt hat sich die isländische Sonderform aus dem mittelalterlichen norwegischen Ringkampf. Die Glíma-Sportgesellschaft gründete sich 1888. In den ersten Jahren des 20. Jahrhunderts konstruierte ein Schneider den eigenartigen Gürtel, das Glímubelti, welches seitdem einige Änderungen erfahren hat. Der große lederne Riemen wird um die Taille des Ringers geführt und ist mit zwei verlängerten kleinen Riemen versehen, die sich um die Schenkel wölben: Haltegriffe für den Gegner.

»Der Bruder meines Großvaters praktizierte diese Sportart. Die Sieger waren harte Männer, aber sie weinten vor

Freude, wenn sie gewonnen hatten«, so der Dolmetscher Veturliði Guðnason: »Glíma, das seinen Höhepunkt in der nationalen Jugendkultur der 20er bis 40er Jahre hatte, geriet später etwas in Vergessenheit. Es galt irgendwann als ziemlich altmodisch.« Im Jahr 1965 wurde ein Glímaverein schließlich als eigene Sektion in den isländischen Sportverband aufgenommen. »Es ist nicht so, daß Glíma in Island heutzutage eine populäre Sportart wäre«, wehrt Guðrún Eva Mínervudóttir (29) ab, »viel mehr Isländer sind in Karate-, Ji-Ju-tsu- oder Judovereinen aktiv.« Über das Entstehen dieses speziellen isländischen Ringkampfes hat sie eine ganz eigene Theorie: »Isländer sind ja Protestanten. Sie haben protestantische Hüften. Wir können beispielsweise kein Salsa tanzen. Glíma ist etwas ungelenk und steif. Das kommt uns sehr entgegen«, meint die Schriftstellerin, die einst als Wunderkind des isländischen Karate-Kampfes galt. Tatsächlich erreichte sie 1986 den 4. Platz bei der Landesmeisterschaft. Wegen einer Verletzung mußte sie später ihren geliebten Sport aufgeben. »Das wäre mit Glíma nicht passiert«, kommentiert die Künstlerin Ásta Ólafsdóttir (49) trocken. Sich bei dieser Sportart zu verletzen, sei extrem unwahrscheinlich. »So ein Kampf ist in zwei Minuten sowieso meist vorbei.« Die Ästhetik des Glíma-Kampfes erinnere sie am ehesten an das mongolische Ringen, das sie in Ulan-Bator mehrfach gesehen habe. Gewisse Ähnlichkeiten zu alten, archaischen Formen des Ringkampfs bestätigt auch Ólafur H. Óskarsson (72), Schulleiter aus Seltjarnarnes im Ruhestand und selbst ehemals aktiver Glímasportler. »Man könnte Glíma vielleicht mit dem Schweizer Schwingen vergleichen.« Er erinnert sich: »In der Grundschule praktizierten wir alle Glíma.« Und nach einer kleinen Pause setzt er nach: »Nun, vielleicht nicht ganz alle. Es war natürlich ein reiner Männersport.« Zwar habe es um 1914 den Versuch einiger Frauen gegeben, Glíma zu praktizieren, dieser sei jedoch nur von kurzer Dauer gewesen. »Heute gibt es vielleicht insgesamt zwei- bis dreihundert Glíma-Sportler im Land. Besonders aktive Vereine praktizieren am Mývatnsee, in Reykjavík und im Südland, so bei Selfoss«, ergänzt Ólafur in perfektem Deutsch und brummt: »Seit 1988 nehmen auch Frauen am Glíma teil.« Er persönlich halte diesen Sport aber letztlich eher für eine Männersache. In den letzten Jahren, so der Altmeister, besuchen die Mitglieder der Glímavereinigung vermehrt die Grundschulen, um das Interesse der Kinder an der alten Kampfkunst zu wecken. Sie sprechen darüber und zeigen praktische Beispiele. Die Mission vermeldet steigenden Erfolg – bei Jungen wie Mädchen. Es gilt als nicht mehr gänzlich unwahrscheinlich, daß eines Tages die erste Glímakönigin, eine *Glímudrottning* von Island gekürt wird.

# Trockenfisch auf dem Mount Everest

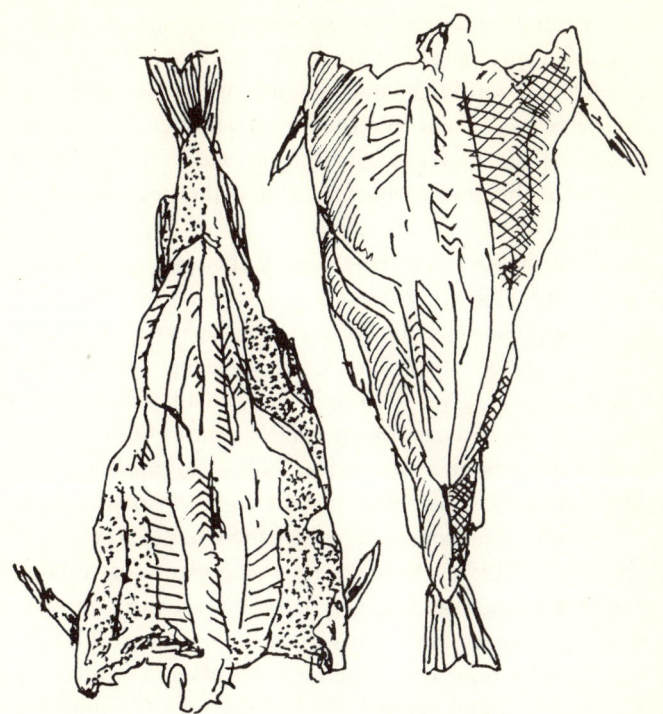

Fisch, ausgenommen und getrocknet

Zwar ist das Meer um Island reich an Fisch und anderen
Meeresfrüchten. Dennoch wird die traditionelle isländische
Küche oft als bescheiden und gewöhnungsbedürftig be-
schrieben. Vor allem Knechte und Bauernsöhne waren es,
die mit offenen Booten und primitiven Gerätschaften über
Jahrhunderte entlang der Küste den gefahrvollen Fischfang

betrieben. Erst Mitte des 19. Jahrhunderts entwickelte sich eine größere Fischerei. Im Zuge der Industrialisierung gab es, besonders in Großbritannien, einen gewachsenen Bedarf an billigen Lebensmitteln. Diese Nachfrage verschaffte Island Zugang zu größeren Absatzmärkten, ermöglichte den Aufbau von Hafenanlagen und förderte kollektiv organisierte Fang- und Verarbeitungsmethoden. Auf dieser Basis entstanden größere Siedlungen, was in Reykjavík zu einem bis heute ungebremsten Bevölkerungswachstum führte.

Spezielle Konservierungs- und Zubereitungsmethoden spielen in der bäuerlich geprägten Küche Islands eine wichtige Rolle. So können die Isländer selbst aus Fischgräten ein Gericht herstellen: In saure Molke eingelegt, werden Kabeljaugräten aufgelöst und so lange gekocht, bis ein dicker Brei entsteht. So zu finden im *Ný matreiðslubók*, dem Neuen Kochbuch von Andrea Nikólína Jónsdóttir aus dem Jahr 1858. Doch nicht nur die langen Winter und die früher schlechte Fangausrüstung haben diese karge Küche hervorgebracht. Auch ein gewisser Aberglaube hatte daran Anteil. Delikatessen wie den Seewolf warf man jahrhundertelang wieder zurück ins Meer. Niemand wollte häßliche Meeresmonster verspeisen. Irgendwann entdeckten die Isländer dann schließlich die Nouvelle Cuisine. Ein Tiefseefisch mit Riesenkopf und Glubschaugen, einst wertloser Beifang, bekam den schönen Namen Grenadier, wurde zur Delikatesse und zum Exportschlager. Der 1998 im Alter von 96 Jahren verstorbene isländische Nobelpreisträger Halldór Laxness hat diese Wandlung eines Monsters zur französischen Delikatesse in seinem Roman »Die Litanei von den Gottesgaben« mit ätzendem Humor beschrieben.

Immer schon stellten die Isländer Trockenfisch, *harðfiskur*, her. In der 1628 in Basel erschienenen »Cosmographia – die Beschreibung der ganzen Welt« spricht der Gelehrte Sebastian Münster davon, daß die Reichtümer der Insel Island aus gedörrten Fischen bestünden, von denen die Einwohner solche Haufen zusammentrügen, daß sie größer als Häuser seien: »Aus den dörren Fischen machen sie Mehl/ darauß sie ihr Brodt backen.«

Zwar wurde aus Trockenfisch in Island nie Brot gebacken, aber da Getreide auf der Polarinsel nicht gedieh, war Brot aus importiertem Getreide seinerzeit eine seltene Speise. Offensichtlich sahen Besucher vom Kontinent im luft- und windgetrockneten *harðfiskur* – zumal, da er vor dem Verzehr mit Butter bestrichen wurde – so etwas wie das Brot der Isländer.

Trockenfisch, auch Hart- oder Stockfisch genannt, gehört auch heute noch zu den Delikatessen, die auf den isländischen Tisch kommen. Zu seiner Herstellung werden vorwiegend ausgenommener und geköpfter Schellfisch und Kabeljau, in den letzten Jahrzehnten vermehrt auch Seewolf und Heilbutt genommen. Getrocknet wird während der beginnenden Wintermonate auf großen Holzstellagen. Diese stehen im Freien, oft auf flachen Lavafeldern, oder sind in speziellen offenen Gebäuden untergebracht, wo der Wind freien Durchzug hat und eine Abdeckung vor Regen schützt. In der keimfreien, sauberen Luft trocknen die Fische innerhalb von wenigen Wochen so weit aus, daß sie geräuschvoll im Wind klappern. Stockfisch wird so hart, daß er nach alter Tradition vor dem Genuß mit dem Hammer oder einer Keule weichgeklopft werden muß. Schon seit 1300 exportieren die Isländer ihre Spezialität nach Spanien und Italien. Heute reist isländischer *harðfiskur* bis nach Afrika: Algerien und Nigeria sind die größten Abnehmer.

Mittlerweile wird *harðfiskur* auch in Räumen getrocknet, die mit großen Ventilatoren ausgestattet sind. Nach vier bis sechs Wochen wird er abgehängt und ins Kühllager verbracht.

Als beste Sorte gilt *harðfiskur* aus Schellfisch, *ýsa* genannt. Einige Feinschmecker schwören auf *steinbítur*, Gefleckten Seewolf, der zum Trocknen mitsamt seiner Haut in vier Zentimeter große Stücke geschnitten wird. Seine Färbung geht ins Gelbe. Er ist fetter und würziger als der rein weiße Schellfisch. Ein Kilo frischer Fisch schrumpft im Laufe des Herstellung zu luftigen 150 Gramm *harðfiskur*. Nicht zuletzt deshalb ist der Snack ziemlich teuer.

Zum Essen werden Streifen des *harðfiskur* in Faserrichtung abgerissen und mit Butter bestrichen. Nachdem sich die trockenen Fasern im Mund langsam mit Butter und Speichel vermengen, ergibt sich allmählich eine sehr protein-, vitamin- und eisenreiche Mahlzeit. Der englische Schriftsteller Wystan Hugh Auden hatte nicht so viel Geduld bzw. Speichel und befand, daß die zähere Art wie Zehennägel, die weichere dagegen wie Hornhaut von den Fußsohlen schmecke.[1]

Wegen des hohen Nährwertes ist *harðfiskur* besonders beliebt als leichter Proviant für anstrengende Wanderungen. In nahezu jeder isländischen Küstensiedlung gibt es kleine Familienbetriebe, die die Kunst des Fischtrocknens pflegen. Als besonders wohlschmeckend gilt der *harðfiskur* von Halldór Mikkaelsson aus dem 400-Einwohner-Ort Flateyri an der Nordwestküste. Außerdem hält sein Trockenfisch einen speziellen Höhenrekord: Durch eine Himalaya-Expedition gelangte er bis auf den Gipfel des Mount

Everest: 8848 Meter über dem Meeresspiegel. »So hoch ist isländischer Trockenfisch noch nie gekommen!« stellt Halldórs Frau Guðrún Óskarsdóttir fest und fügt hinzu: »Jedenfalls nicht zu Fuß.« Der Bergsteiger, der Halldórs Snack auf den Mount Everest trug, heißt Hallgrímur Magnússon und lebt in Reykjavík: »Wir haben auf unserer Tour zum Gipfel zwanzig Kilo *harðfiskur* mitgenommen. Er schmeckt immer, selbst wenn man keinen Appetit hat. Außerdem hilft er bei Magenproblemen. Für mich ist *harðfiskur* so etwas wie eine Süßigkeit, ein Candy.«

Einzigartig und nur auf Island bekannt ist fermentierter Eishai, *kæstur hákarl*.

Die fingerdicken, milchigweißen Würfelchen aus dem Fleisch des Eishais werden in kleinen durchsichtigen Plastikbechern angeboten. Zu finden sind sie in den Vitrinen der Fischgeschäfte und mancher Supermärkte. Auf den ausländischen Besucher wirkt *hákarl* wegen des extrem strengen, durchdringenden Ammoniakgeruchs und der glitschigen, speckartigen Konsistenz eher gewöhnungsbedürftig.

Den bis zu 7 Meter langen Eishai, aus dessen zäher Haut früher Schuhe gemacht wurden, fangen Fischer im Sommer vornehmlich in den Ost- und Westfjorden. Als einer der ergiebigsten Fangplätze gilt der Nordosten um Vopnafjörður. Früher, als die Bauern mit ihren kleinen Booten in den stürmischen Nordatlantik ausfuhren, galt Haifang als eine der gefährlichsten Unternehmungen. Das kräftige Tier wurde mit großen Angeln gefangen. Als Köder dienten in Rum getränkte Seehundsköpfe. Heute wird der Eishai vermehrt mit Netzen aus dem Meer geholt.

Aus den Bauchseiten des Fisches werden 60 bis 70 Zentimeter lange faustdicke Stücke herausgeschnitten, die nach alter Tradition einige Monate gewässert, im feuchten Boden und in Flußbetten vergraben werden, bis sie in den Verwesungszustand übergehen. Da der Hai giftig ist, ist diese Prozedur nötig, um das Ammoniak aus seinem Fleisch herauszubekommen. Wie lange er vergraben bleibt, scheint das Geheimrezept jedes Fischers zu sein. Die Angaben schwanken zwischen vier Wochen und mehreren Monaten. Unvorsichtiger Genuß habe früher nicht wenige Menschen das Leben gekostet, berichtet der österreichische Regierungsrat Jos. Cal. Poestion in seinem 1885 erschienenen Werk »Island – Das Land und seine Bewohner nach den neuesten Quellen«.

Heute reifen die ausgegrabenen und auf das Maß von $30 \times 15 \times 15$ Zentimeter geschnittenen *hákarl*-Stücke in großen, geschlossenen Plastikboxen noch einige Zeit vor sich hin, bevor sie aufgehängt und getrocknet werden. Die *beita* genannten Stücke sollten dann innen eine weiße und außen eine braune Färbung haben. Einzelne Bauern, Fischer und Privatpersonen sind es, die die Konservierung und Herstellung des *hákarl* betreiben, als Nebenverdienst. Und nicht zuletzt, um eine alte Tradition zu erhalten. Ähnliche Behandlung wie der Eishai erfährt auch der Rochen, der edelgefault zu einer Spezialität namens *skata* heranreift.

Seit drei Jahrhunderten wird *hákarl* mit dem traditionellen isländischen Kümmelschnaps *brennivín*, dem »schwarzen Tod«, als Snack verzehrt. Als ausgesprochener *hákarl*-Liebhaber bezeichnet sich der Lehrer Sigurður Hjartarson aus Húsavík: »Bis Anfang dieses Jahrhunderts wurde auch Öl aus der Haileber gewonnen. Das Haiöl, *lýsi* genannt, ist sehr gesund für die Augen und das Herz und wurde zudem als Lampenöl verwendet.«

Einzig *saltfiskur* wird in Island industriell und in großem

Umfang hergestellt. Gepökelter Kabeljau wird nach Portugal, Spanien, Italien und Griechenland exportiert. In den Mittelmeerländern ist er als *bacalao* Grundlage für unzählige Gerichte und eine beliebte Fastenspeise. Róbert Agnarsson, Generalsekretär von Sif, einem der größten Exportunternehmen für Salzfisch: »Unser *saltfiskur* liegt hier 14 Tage im Salz und wird nach der Verschiffung am Ankunftsort nachgetrocknet.« In den kühlschranklosen Jahrhunderten war der in der Hälfte gespaltene, gesalzene und zum Trocknen auf Steine gelegte Klippfisch der isländische Exportschlager. Als Gegengabe erhielten sie den hochgeschätzten spanischen Rotwein. Róbert Agnarsson: »Hierzulande wird wenig *saltfiskur* gegessen. Es gibt aber ein traditionelles Gericht mit Kartoffeln und Salzfisch, der dann in reichlich Lammfett schwimmt. Eine schwere Winterspeise... vielleicht etwa so schwer wie Eisbein mit Kartoffeln und Sauerkraut.«

1  Auden, W. H., Letters from Iceland; New York 1936, S. 42.

# Kleine Rassenkunde: Langer Rücken oder lange Jacke?

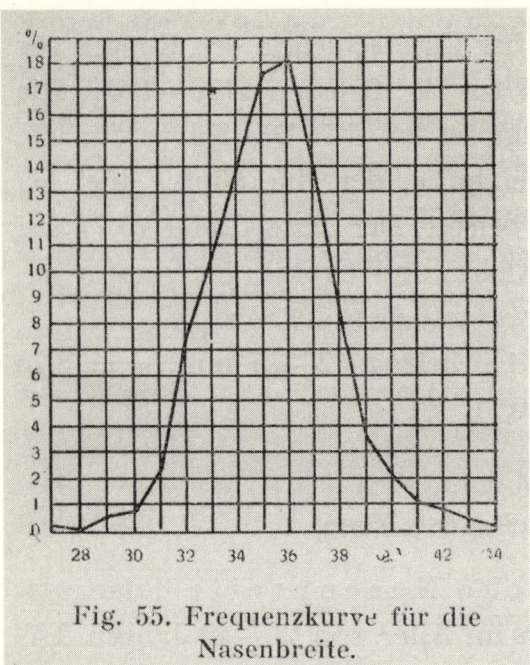

Fig. 55. Frequenzkurve für die Nasenbreite.

Die Nasenbreite der Isländer,
nach Guðmundur Hannesson (1925)

*Thorleifr selbst war ein Mann von großem starken Körper und sehr wohlgebildet. Schwarzes, schlichtes Haar, muntere Gesichtsfarbe und viel Gutmüthigkeit in den Zügen. Da die Schultern der (isländischen) Männer gewöhnlich sehr breit, die Hüften sehr schmal sind, und sie lange Jacken mit besonders langer Taille tragen, so mag dies wohl der Grund seyn, welcher den englischen Reisenden Mackenzie (Travels in the Island of Iceland, 2. edition, Edinburgh 1812) veranlaßte, zu glauben, daß ihr Rücken außer Verhältnis lang sey. Ich fand ihn immer proportioniert.*[1]

*Als etwas Merkwürdiges führt man die oft vorkommende stärkere Konvexität des Weißen im Auge an, gegenüber den Verhältnissen bei anderen Völkern. Was in Bezug auf die Körpergestalt den Isländer auszeichnet, ist seine auffallend starke Untersetztheit, der lange Rumpf und die kurzen Beine. Ich nehme an, daß die Ursache der Untersetztheit darin zu suchen ist, daß die nordischen Vorväter der Isländer denselben Körperbau besessen haben, den die Isländer dann unvermischt bewahrt haben. C. W. Pajkull: En sommer i Island, Kopenhagen 1867.*[2]

*Die Größe der Isländer beträgt etwa 170 cm. John Beddoe in »On the stature and bulk of man«, London 1870.*[3]

*Die modernen Isländer sind große, blonde Männer. Der einzige Totenschädel, den ich finden konnte, existiert in Göttingen mit den Maßen 72,3 und 72,9 cm. »The anthropological history of Europe«, London 1912.*[4]

*Mitunter waren die Leute etwas verblüfft, wenn ich sie auf der Straße anredete und fragte, ob sie schon gemessen wären, aber sobald ich ihnen den Zusammenhang und den Zweck, den ich mit meiner Untersuchung verfolgte, erklärt hatte, waren sie sofort bereit, mir zu folgen, wenn ihre Zeit es erlaubte. Immerhin waren Einzelne nicht frei von dem Argwohn, daß ich an einer absonderlichen Geistesverwirrung litte, einer »Meszsucht« oder »Meszschrulle«, wie sie es nannten.[5]*

*Die durchschnittliche Körpergrösze erwachsener Isländer beträgt nach meinen Messungen 173,55 cm und bei Leuten im Rekrutenalter 173,05 cm.[6]*

*Vergleicht man diese Zusammensetzung (meint: romanischer, ostischer oder westischer Art) mit der anthropologischen Beschaffenheit der Isländer, die ebenfalls wie in Süddeutschland territorial verschieden, dabei inselförmig oder strichartig ist, so tritt eine ganz auffallende Ähnlichkeit der Isländer mit den Bewohnern dieses südwestlichen Teils von Deutschland hervor. Da ich über 40 Jahre am Nordrand dieses Gebietes von Deutschland lebe und infolge meines Berufes und vieler Reisen mit Menschen aus den verschiedensten sozialen Schichten in Berührung gekommen bin, so glaube ich hieraus die merkwürdige Erscheinung erklären zu können, daß ich noch nie in einem Lande, in dem eine mir fremde Sprache gesprochen wird, so sehr das Gefühl des Zuhauseseins und der Zugehörigkeit gehabt habe wie bei dieser Reise in Island. Vor allem ist mir die künstlerische Begabung der Isländer, die unbestreitbar in einer Reihe von Formen jetzt noch hervortritt, am leichtesten verständlich, wenn ich sie mit der anthropologischen Beschaffenheit von Goethe vom Standpunkt der Familienforschung und Vererbungslehre in Beziehung setze. So gewinnt die Edda eine tiefere Bedeutung zu den Werken, die aus dem Geiste Goethes entsprungen sind.[7]*

# ICELAND IS GERMAN
*›Für uns ist Island das Land‹ – An unknown Nazi.*[8]

*I caught the nine o'clock bus to Myvatn, full of Nazis who talked incessantly about Die Schönheit des Islands, and the Aryan qualities of the stock ›Die Kinder sind so reizend: schöne blonde Haare und blaue Augen. Ein echt Germanischer Typus‹. I expect this isn't grammatical, but that's what it sounded like. I'm glad to say that as they made this last remark we passed a pair of kids on the road who were as black as night.*[9]

*On the whole the men seem better looking than the women.*[10]

*Die Isländer sind wohlgewachsen und von mittelmäßiger Statur, allein sie besitzen keine besondere Stärke, so wie man dann auch unter dem weiblichen Geschlecht sehr selten ein hübsches Gesicht sieht.*[11]

*Die »Queen of the World 2002« kommt in diesem Jahr aus Island – und das nicht zum ersten Mal. Auch früher waren es schon oft junge Isländerinnen, die den Ruf der »Insel der schönsten Frauen« in die Welt hinaustrugen und sich den Titel der Miss Skandinavien, der Miss Europa oder der Miss Universum holten. Die Schöne heißt Íris Árnadóttir, ist 20 Jahre jung, blond, 1,73 m groß und Studentin.*[12]

1  Thienemann, F. A. L., Reise im Norden Europas vorzüglich in Island in den Jahren 1820 bis 1821; Leipzig 1824, S. 71.

2  Guðmundur Hannesson, Körpermasze und Körperproportionen der Isländer; Reykjavík 1925, S. 32f.

3  Ebd., S. 33.

4  Ebd., S. 33.

5  Ebd., S. 40.

6  Ebd., S. 214.

7  Sommer, Prof. Dr. R., Thule und die Heimat der Edda, Veröffentlichungen aus dem Gebiete des Volksgesundheitsdienstes, XLVIII. Band – 2. Heft; Berlin 1937, S. (143) 35.

8  Auden, W. H., Letters from Iceland; New York 1936, S. 61.

9  Ebd., S. 136.

10  Ebd., S. 215.

11  von Troil, Uno, Briefe welche eine von Herrn Dr. Uno Troil im Jahr 1772 nach Island angestellte Reise betreffen; Uppsala und Leipzig 1779, S. 62.

12  Hanno Rheineck, Island Ausgabe 1/2002, S. 76 (Miss World: 1985 Hofi Karlsdóttir, 1988 Linda Pétursdóttir, 2005 Unnar Birna Vilhjálmsdóttir).

# Isländische Straße

Stefán Garðarsson besucht am 18. März 1996 erstmals
die Isländische Straße in Berlin

Während der isländische Staatsbürger Stefán Garðarsson,
geboren 21. 1. 1969 in Reykjavík, seit 15. 3. 1995 in Berlin
wohnhaft ist, trägt die Isländische Straße im Berliner Bezirk Prenzlauer Berg den Namen der Inselrepublik schon
seit dem 28. Juni 1907. Im Jahr 2002 wurden insgesamt drei
Wohnungen in der Straße von Isländern gemietet, was auf
Berlin bezogen bei rund hundert in der Stadt lebenden Isländern eine sehr hohe Dichte darstellt. Nach Auskunft des
monatlich einmal in Berlin zusammentreffenden »Isländischen Stammtisches« scheint zur Zeit kein Isländer mehr in
der Isländischen Straße zu wohnen. Ab und zu fährt Stefán
Garðarsson in die Isländische Straße, um ein Foto unter
dem Straßenschild zu machen: »Nur so. Als kleinen Gruß,
an Freunde und Bekannte!«

# STATISTIK

## GLAUBEN SIE AN ELFEN? a

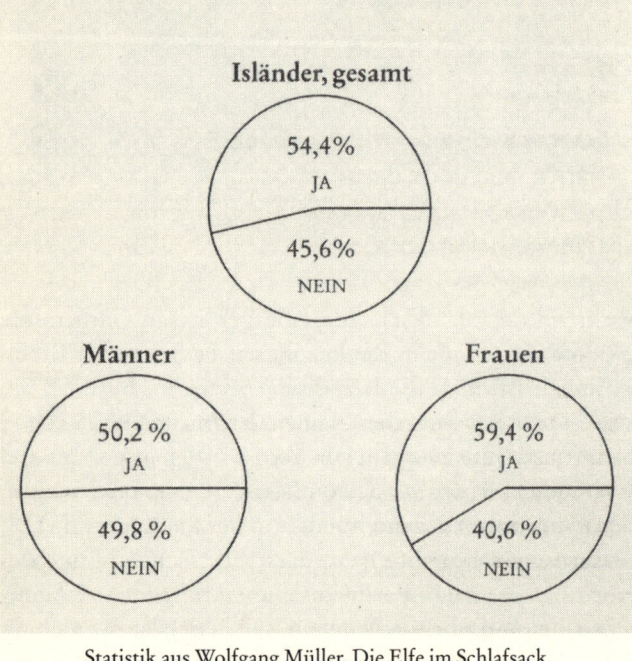

**Isländer, gesamt**

54,4%
JA

45,6%
NEIN

**Männer**

50,2 %
JA

49,8 %
NEIN

**Frauen**

59,4 %
JA

40,6 %
NEIN

Statistik aus Wolfgang Müller, Die Elfe im Schlafsack,
3. erweiterte Auflage, Berlin 2005

Zu den Triumphen der öffentlichen Meinungsmache durch sogenannte Forschungsinstitute in Deutschland zählt die regelmäßige Bekanntmachung des Politbarometers im deutschen Fernsehen. Vergleicht man die Prognosen mit den tatsächlichen Ergebnissen, so scheinen erstere ein absurdes Paralleluniversum zu bilden. Sie differieren fast immer extrem vom tatsächlichen Ergebnis einer Wahl. Die anschließenden Erklärungsbemühungen der Meinungsforscher sind in der Regel ein viel interessanteres, da aussagekräftigeres Forschungsfeld als die Prognosen selbst. Hier könnte beispielsweise analysiert werden, wie sich ein Bereich seiner eigenen Unersetzbarkeit, seiner Bedeutung und seines Einflusses versichert. Tatsächlich aber sind die Prognosen derart durch die politische Positionierung und Intentionen der Fragesteller belastet, daß durchaus von einer umfassenden Manipulation des Wählers gesprochen werden kann. So prognostizierten alle Institute bei der Bundestagswahl 2005 den sicheren Wahlsieg für eine Koalition aus Konservativen und Liberalen und die eindeutige Abwahl der rotgrünen Koalition. Tatsächlich aber blieben die Sozialdemokraten knapp stärkste Partei und die Ergebnisse der CDU weit unter den Prognosen. Geht man also davon aus, daß – wie von den Meinungsforschern stets betont – ein Teil der Wähler in der Wahlkabine in ihrer Entscheidung zum prognostizierten »Sieger« tendiert, dann hätten die Forscher mit ihrer Fehlprognose die Stimmung so manipuliert, daß sie damit einen Sieg der rot-grünen Koalition verhindert und letztlich die große Koalition aus Konservativen und Sozialdemokraten befördert haben, die seitdem das Land regiert.

Wesentlich alltagstauglicher gehen dagegen die Isländer vor, die ihre politischen Meinungsforschungen schon vor einigen Jahren mit den Wirkungskräften der Metaphysik, mit dem Glauben an Elfen und Zwerge verbunden haben. Im Jahr 1998 brachte es eine große repräsentative Umfrage der isländischen Tageszeitung DV an den Tag: Der Glaube an die Existenz von Elfen ist unter den Isländern nach wie vor mehrheitlich sehr präsent, hat allerdings, besonders unter der Landbevölkerung, im letzten Jahrzehnt leicht abgenommen. Die Umfrage wurde per Telefon durchgeführt – das fast hundert Prozent der Einwohner besitzen. Nach dem Zufallsprinzip wurden nun je 300 Personen aus Reykjavík und 300 aus ländlichen Bezirken ausgewählt, Männer und Frauen zu gleichen Anteilen. Die gestellte Frage: »Glauben Sie an die Existenz von Elfen und Zwergen?« bejahten 54,4 % aller Angerufenen. Mit »Nein!« antworten 45,6 %. Interessant sind die deutlichen Differenzen zwischen den Geschlechtern. Während bei den Frauen eine satte Mehrheit (59,4 %) die Existenz von Elfen und Zwergen bejaht, gibt es bei den Männern nur eine knappe Mehrheit (50,2 %). Das Ergebnis überrasche nicht, meint die Tageszeitung DV, da es jedes Jahr wieder neue Beispiele gebe, wo Verkehrsvorhaben oder Hausbau und Straßenbau nicht durchgeführt werden könnten, weil Medien Elfenwohnorte an den geplanten Baustellen geortet hätten. Angst vor der »Rache« der durch Bauvorhaben gestörten Elfen und Zwerge, so DV weiter, sei nach wie vor weit verbreitet – etwas stärker unter Frauen, die medial stärker sensibilisiert seien. Die Umfrage wurde auf Island auch deshalb mit besonderer Aufmerksamkeit verfolgt, weil die Elfenfrage hier erstmals mit der nach der politischen Orientierung gekoppelt wurde. Auf diese Weise erhoffte man sich eine genauere Prognose. Fünf Parteien mit insgesamt 63 Abgeordneten waren zur Zeit der Umfrage im Althing, dem isländischen Parlament, vertreten: die in der Mitte angesiedelte Fortschrittspartei (entstanden aus der Bauernpartei), die Sozialdemokratische Partei, die rechtskonservative Partei, die Sozialistische Partei und die Frauenpartei. Es zeigte sich, daß nur 18,8 % der weiblichen Anhänger des Framsóknarflokkurinn (Fortschrittspartei) die Existenz von Elfen und Zwergen abstritten. Mit über 80 % Elfenbejahender halten die Anhängerinnen dieser Partei eindeutig den Spitzenwert. Der damalige Generalsekretär der isländischen sozialistischen Partei, Heimir Már Pétursson, kommentierte dieses Ergebnis wie folgt: »Der enge Kontakt zur Natur schafft Verbundenheit mit den Elfen. In den Dienstleistungsberufen ist diese Beziehung dagegen viel seltener anzutreffen.«

Der Kvennalistinn, die einzige weltweit in einem Parlament vertretene feministische Partei, bildet unter ihren männlichen Anhängern mit 33,3 % das Schlußlicht der Elfengläubigen. Vollkommen anders dagegen beantwortete die weibliche Wählerschaft des Kvennalistinn die gestellte Frage: 54,5 % dieser Wählergruppe bejahen die Elfen- und Zwergenexistenz. Während bei den Anhängern des Alþýðubandalagið, der Sozialistischen Partei, eine Pattsituation herrscht, die Männer zu je 50 % die Existenz von Elfen und Zwergen bejahen beziehungsweise verneinen, zeigt sich bei den Wählerinnen der Sozialisten ein eindeutiges Übergewicht zuungunsten der Elfen. Es bleibt festzustellen, daß damit die Sozialisten die einzige Partei sind, in der die weiblichen Anhänger mehrheitlich den Elfenglauben ablehnen. Darauf angesprochen kontert Generalsekretär Heimir Már Pétursson (35): »Unsere weiblichen Wähler sind linksorientierte Frauen mit guter Bildung, die weniger an Mythen als an Fakten interessiert sind. Sie wohnen eher in der Stadt als auf dem Lande. Allerdings wäre es falsch zu glauben, sie lehnten deshalb den Elfen- und Zwergenglauben anderer Menschen ab. Das Gegenteil ist der Fall!«

In der konservativen Partei, der Sjálfstæðisflokkurinn, gibt es unter den weiblichen Anhängern eine deutliche Mehrheit, die die Existenz von Elfen bejaht (57,7 %), während unter ihrer männlichen Wählerschaft eine knappe Mehrheit mit eher ablehnender Position zu finden ist (51 %). Die größte Zustimmung findet sich aber bei den weiblichen Wählern der Fortschrittspartei mit 64,2 % (Männer 57,8 %). Laut Aussage der Elfenbeauftragten Erla Stefánsdóttir leben Elfen ungefähr in einer Zeit, die der des Menschen vor hundert bis hundertfünfzig Jahren entspreche: »Die Elfenwelt steht gerade davor, sich für die Eisenbahn oder den Individualverkehr, also Autos zu entscheiden.« Bevorzugte Staatsform der Elfen war – im Gegensatz zur republikanischen der Isländer – immer schon die Monarchie. Elfen- und Zwergenköniginnen herrschen über das feinstoffliche Geisterreich. Nach Aussage der Elfenbeauftragten könnte die konstitutionelle Elfenmonarchie also vor ihrer Verwandlung in eine parlamentarische stehen. Diesbezügliche Umfragen müßten in diesem Parallelreich durch Medien wie die Elfenbeauftragte selbst vorgenommen werden. Für die Menschen böten solche Untersuchungen interessantes Vergleichsmaterial. Da diese Untersuchungen bisher noch nicht stattgefunden haben, ist auch weiterhin größte Zurückhaltung bei der Deutung derartiger Prognosen angesagt.

# Beruf und Karriere: Als Seewolf
# im diplomatischen Dienst

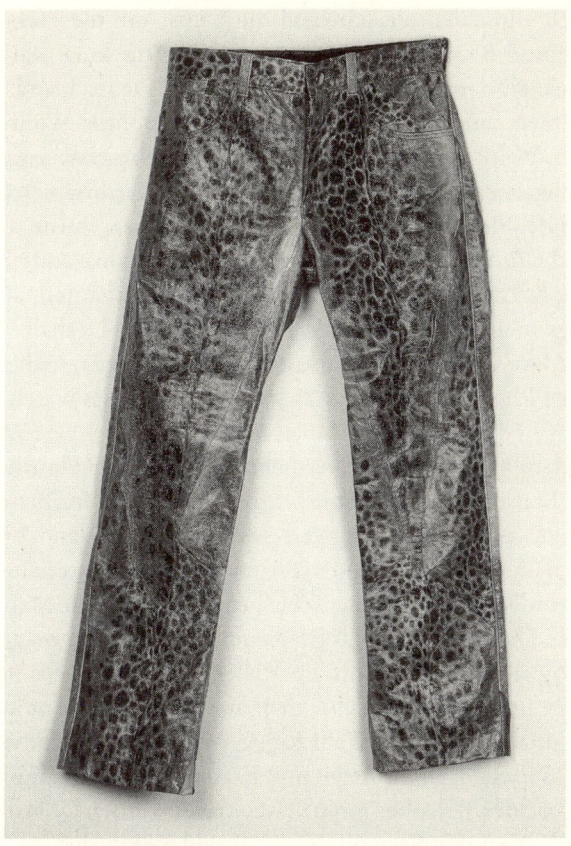

Úlfur Hróðólfsson, Nixengeschenk (geschneidert nach
Modell Lee 501), Fischleder (gefleckter isländischer Seewolf),
Nessel, Viskose, Velvet, Polyestergarn, Reißverschluß
und Knopf, 2001, Sammlung Krause, Hamburg

Geschenkschatullen aus Rochenleder, zumal die aus dem Besitz von Marie Antoinette, gehörten zu den bekanntesten Kunstgewerbsobjekten ihrer Zeit. In der Periode des Jugendstils wurden Möbel mit Fischlederintarsien verziert. Doch allmählich verschwand die Kunst um die Herstellung und Bearbeitung dieses Materials. Nur kurz war die Hochzeit der letzten Fischlederfabriken Deutschlands im Rahmen nationalsozialistischer Autarkiepolitik. Während des 2. Weltkriegs gab es in Bremerhaven beispielsweise eine Fischgerberei, die Fischleder zu Schuhen, Treibriemen und Brandsohlen verarbeitete. In den 50er Jahren wurde dann auf Handtaschen umgestellt, bevor die Firma endgültig schloß. In Island schneiderte man aus Fischhäuten, allerdings ungegerbten, in alten Zeiten Schuhe. »Deshalb war das Material nicht sehr stark, es hielt nicht lange«, so die gelernte Pferdesattlerin Arndís Jóhannsdóttir: »Es waren sozusagen die Schuhe des armen Mannes.«

Nach dem Krieg kamen vermehrt Produkte aus Plastik auf den Markt. Die Fischhäute wurden nach der Verarbeitung weggeworfen. Fischleder verschwand auch in Island, bis in den frühen 1980ern Arndís Jóhannsdóttir das Material wiederentdeckte. »Zu dieser Zeit benutzte das kein Mensch mehr. Das Fischleder, das ich dann fand, stammte von 1946. Es lag über vierzig Jahre im Keller und war immer noch schön und stabil.« Seit einigen Jahren wird Fischhaut in einer nordisländischen Fabrik gegerbt und von Arndís zu Handtaschen, Briefbörsen und Kissen verarbeitet. Im Designerladen Kirsuberjatréð in Reykjavík werden Utensilien aus Geflecktem Seewolf, Karpfen und Wildlachs angeboten. Auch die isländische Botschaft in Berlin hat zugegriffen. Auf den Sofas im Empfangsbereich ruhen Besucher auf Kissen aus Geflecktem Seewolf.

# Wer patentiert das Island-Gen?

Wolfgang Müller spricht über die Ausrottung der letzten
Riesenalken in Island, Szene aus Jörg Buttgereits Horrorfilm
Nekromantik II, Deutschland 1991

Grell brennt die Sonne vom wolkenlosen Himmel herunter auf den grauen Asphalt vor Islands Genforschungslabor am Lyngháls. Sommer überall: Gelbe Trollblumen, roter Storchschnabel und blaues Männertreu. Etwa zwanzig Menschen, vorwiegend Frauen, sitzen auf der Bordsteinkante vor dem Eingang. Sie essen Pausensandwich, trinken Apfelsaft im Tetrapak, unterhalten sich, rauchen und genießen die Sonnenstrahlen.

Das also ist der Eingang von deCODE Genetics, dem Projekt des isländischen Professors Kári Stefánsson, von seinen Gegnern manchmal auch als »Dr. Frankenstein von Island« tituliert. Vormals Mediziner an der Harvard-Universität, gründete er Ende 1996 eine Unternehmung, die heftigste Diskussionen im In- und Ausland entfachte. Die Institution des als wortkarg und überaus ehrgeizig geschilderten Professors sammelt die genetischen Codes der Isländer, um anhand von DNA-Vergleichen genetisch vererbbaren Krankheiten auf die Spur zu kommen.

Besonders interessant für dieses Projekt seien die Isländer deshalb, weil sie wie kein anderes Volk ihren Stammbaum, Aufzeichnungen über Geburt, Tod und verwandtschaftliche Beziehungen fast tausend Jahre zurückverfolgen könnten. So jedenfalls wurde die frohe Botschaft in die Welt gesandt, um gute Stimmung zu machen. Bei deCODE handelt sich um die US-Muttergesellschaft der isländischen Firma Íslensk erfðagreining, eines privaten Pharmakonzerns. Dieser konnte in Gestalt von Kári Stefánsson die isländische Regierung überzeugen, ihr den direkten Zugriff auf sämtliche Krankenhausakten aller Isländer zu ermöglichen. Darunter befindet sich eine kostbare, vierzig Jahre umfassende Sammlung von Gewebeproben und eine medizinische Datensammlung, in der alle seit

1915 verfaßten ärztlichen Untersuchungsprotokolle erfaßt sind.

Schwierig gestaltete sich indes die erste Kontaktaufnahme zu Íslensk erfðagreining. »Was genau wollen Sie wissen?« fragt eine weibliche Stimme barsch am Telefon. »Rufen Sie morgen noch einmal an.« Tags darauf erwidert eine andere auf die Bitte um ein Interview: »Wie heißt die Zeitung, für die Sie schreiben, und welche politische Richtung vertritt sie?« Nach einer kleinen Pause fügt sie hinzu: »Wir haben nämlich schlechte Erfahrungen mit bestimmten Medien aus Deutschland gemacht.« Auch hier also vorerst kein freier Termin: »Rufen Sie morgen noch einmal an«, grummelt schließlich eine dritte, die natürlich auch die erste und zweite gewesen sein könnte. Und dann gibt es endlich einen Termin.

Der Zugang zur Anmeldung gestaltet sich dagegen überraschend unkompliziert. Sie ist ebenso ungesichert wie die Residenz des isländischen Präsidenten in Bessastaðir. Knallrote Tulpen auf schwarzem Grund zieren das Kostüm der Empfangschefin. Im blonden, streng gescheitelten Haar trägt sie eine kleine goldene Spange. »Hier, Ihr Besucherausweis«, lächelt sie fröhlich, »heften Sie den gut sichtbar an Ihr T-Shirt.« Dann wendet sie sich wieder dem Computer zu. Nach kurzer Zeit erscheint Sugirn.[61] Die Pressereferentin wird mich durch die Labore führen. »Sie dürfen fotografieren, wenn die Mitarbeiter damit einverstanden sind«, beantwortet sie meine erste Frage. Sie selbst allerdings möchte weder fotografiert noch namentlich erwähnt werden. »Wir arbeiten mit öffentlich zugänglichen Informationen«, klärt mich Sugirn über den Charakter der Datensammlung auf. Der Familiengeschichte und den in ihr auftretenden Krankheiten komme dabei besondere Bedeutung zu. Die DNA werde isoliert und in Verbindung mit dem Familienstammbaum gesetzt. »Fälschlich hat die Presse behauptet, wir betrieben eine DNA-Bank.« Dieser Mythos geistere noch immer herum. Tatsächlich habe deCODE Genetics keinen direkten Draht zu den Patienten und erhalte nur verschlüsselte Informationen, betont Sugirn, während sie eine Zahlenkombination betätigt, die uns den Weg in die Laboratorien öffnet.

Innerhalb des Projektes arbeiten fünf bis fünfzehn Wissenschaftler an einer der fünfunddreißig untersuchten Krankheiten. Dreihundert Mitarbeiter mit akademischem Status sind in den Labors des Unternehmens beschäftigt, darunter sechzig Ärzte. »Das Durchschnittsalter unserer Mitarbeiter liegt bei fünfunddreißig«, so Sugirn. Offensichtlich sind deutlich mehr Frauen als Männer in den Laboren zugange. »So ist es«, nickt sie, »darunter allerdings auch viele Assistentinnen.« In den Laboren werden Krankheiten auf ihre genetischen Ursachen hin untersucht, von der Parkinsonschen bis zu Nerven- und rheumatischen Krankheiten. Das geschehe durch Vergleiche auf Ähnlichkeiten des Genmaterials. Vor einem Jahr schloß deCODE Genetics einen auf fünf Jahre befristeten 200-Millionen-Dollar-Vertrag mit dem Schweizer Pharmaziegiganten Hoffmann-La Roche ab. Die zusammen entwickelten Medikamente sollen dem isländischen Gesundheitssystem kostenlos zur Verfügung gestellt werden. Dafür ist deCODE von La Roche in die Pflicht genommen worden, den Pharmakonzern mit Blutproben zu beliefern – für fünfzig Dollar pro Einheit.

Kritiker des Unternehmens wie der Wissenschaftshistoriker Skúli Magnússon sprechen von mageren wissenschaftlichen Leistungen und der unangemessen hohen Bürgschaft, die der Staat für diese bereitstelle. »Die Proben von 60 000 Isländern sind bereits geerntet«, so Skúli trocken: »Die Spender haben ernsthaft geglaubt, sie leisteten einen Beitrag zum wissenschaftlichen Fortschritt. Aber wie der Kabeljau und der Hering, die vor der Küste in den eisigen Wässern des Nordatlantiks schwimmen, sind die Isländer bloß zu einer neuen Art Rohstoff geworden.«

Sugirn sieht das natürlich völlig anders und betont, daß bereits große Erfolge erzielt seien: »Dr. Bragi Guðmundsson hat bedeutende Fortschritte bei der Lokalisierung eines Genareals gemacht, welches für Osteoarthritis, eine Knochenkrankheit, verantwortlich ist.« Und auch bei einer zweiten Krankheit sei man eventuell fündig geworden. »Wollen Sie mal sehen, wie die DNA aussieht?« fragt Sugirn und geht in Richtung eines Kühlschranks. »Eigentlich ist das streng geheim…« Sie öffnet die Tür und nimmt vorsichtig ein kleines Fläschchen mit rotem Stöpsel und wasserklarer Flüssigkeit heraus: »Hier unten, da ist es!«

Nicht zu fassen, winzig kleine transparente Fädchen, wie leicht Gefrorenes, schweben im unteren Teil des Glases herum. Irgendwie hatte ich mir das anders vorgestellt, viel winziger, eigentlich eher unsichtbar. Höchstens über ein Elektronenmikroskop zu erkennen. Wem diese schwebenden Dinger wohl gehörten? »Zwölf Jahre können wir mit den Daten arbeiten. Es ist ein befristetes Abkommen, das wir mit dem Gesundheitsministerium abgeschlossen haben – und, wie gesagt, die klinischen Daten sind durch Nummern und Codes verschlüsselt«, betont Sugirn. »Decodiert wird nur in eine Richtung!«

Und wieder öffnet sich eine Tür: Keine Menschen sind hier zu sehen, nur Reihen von weißen Kästen mit Glasfront, Mikrowellenherden gleich, in denen eine Maschinenhand unentwegt dünne Stäbchen in irgend etwas hineinsteckt. »Roboter, ich nenne sie biologische Fotokopiermaschinen«, schmunzelt Sugirn, die mich nun in die Betriebskantine führt. Hier stellt sie mir einen Mann im weißen Kittel vor: »Das ist Þorlákur Jónsson, der Chef des Laboratoriums.« Dieser rät mir, lieber den Filterkaffee aus der Kanne zu nehmen: »Der ist besser als der aus der Maschine.« Nach der Kaffeepause führt er mich in sein Büro, das hinter dem Empfangsraum liegt. Dieses Projekt bedeute für Island natürlich eine große Veränderung, sagt Þorlákur und schaut mich gedankenverloren an. Viele isländische Wissenschaftler, die ins Ausland, vornehmlich in die USA gegangen seien, seien nun zurückgekehrt. Ob denn die alten Aufzeichnungen und Familienchroniken aus dem Mittelalter für die Genforschung überhaupt verwertbar seien, möchte ich wissen. »Nun, die Sprache ist sicher anders als die, die wir heute verwenden. Aber es gibt diese Berichte. Die Isländer beschrieben alles ganz genau, auch Krankheiten und das Aussehen ihrer Vorfahren.« So hätte Snorri, der Skalde, mit dem Bein gehinkt oder Egill, der Rächer, eine große Nase gehabt, beispielsweise. »Aber eigentlich benutzen wir das Material nicht, obwohl in diesen Aufzeichnungen natürlich gewisse Hinweise stecken.« Þorlákur schnäuzt sich in ein Taschentuch. Ich wage eine Frage, die mich persönlich besonders beschäftigt: ob der Riesenalk, der flugunfähige Alkenvogel, dessen letzte zwei Exemplare 1844 von Seemännern aus Hafnir für die Vogelbalgsammlung eines dänischen Grafen erschlagen wurden, in den Labors von deCODE Genetics vielleicht in ferner Zukunft irgendwie rekonstruiert werden könnte? Immerhin lägen die beiden letzten ihrer Art mitsamt Innereien heute in einem mit Formalin gefüllten Gefäß im Naturkundemuseum von

Kopenhagen. »Nein, leider nicht«, bedauert Þorlákur und lächelt, »ich wünschte mir, wir könnten das.« Dann zupft er an seiner leicht geröteten Nase und schnieft kurz. »Suchen Sie auch nach einem Mittel gegen Schnupfenviren?« möchte ich wissen. Doch Þorlákur schüttelt den Kopf. »Nein, nein, ich habe eine Pollenallergie.«

Entschiedene Gegner findet das Unternehmen vor allem bei der linken Grünen Partei. Fraktionsmitglied Kolbrún Halldórsdóttir mißtraut deCODE Genetics zutiefst: »Ich möchte nicht, daß mein Kind später benachteiligt wird, beispielsweise keinen Job bekommt, weil sein Großvater irgendeine Krankheit gehabt hat.« An die Sicherheit der Daten glaubt sie nicht. »Wo gibt es denn diese absolute Sicherheit? Nirgends!« Auch der ehemalige Generalsekretär der Linkssozialisten, Heimir Már, heute im Computerwesen beschäftigt, äußert sich skeptisch: »Die Regierung hat den Schlüssel zu den Daten. Regierungen kommen und gehen. Ich gebe mein Vertrauen keiner Regierung, die ich noch nicht kenne.« Besonders eigenartig findet er, daß er selbst aktiv werden mußte, um nicht erfaßt zu werden. In der Tat müssen die Isländer, die nicht in die Untersuchung einbezogen werden wollen, selbst tätig werden und Einspruch erheben. Bisher haben das rund zwanzigtausend Einwohner gemacht.

In der Freyjugata sortiert Veturliði Guðnason sein Manuskript. »Die Beisetzung der Urne findet am Mittwoch statt«, sagt der Fernsehdolmetscher. Er legt die Papiere aus den Händen und schüttelt den Kopf. »Ist das nicht dumm? Eine Urne kann man doch nicht beisetzen, oder geht das doch?« Er ist gerade dabei, eine Derrick-Folge ins Isländische zu übersetzen und trägt ein T-Shirt von deCODE mit schematisierten Genstrukturen. Auf schwarzem Grund befinden sich mehrere miteinander verbundene Vierecke, von denen einige schwarz ausgefüllt sind. Ein Geschenk der Forschungsanstalt an die Teilnehmer ihrer Untersuchungen.

Die Bedenken um die Sicherheit der persönlichen Daten teilt Veturliði nicht: »Siehst du diesen blonden Mann?« Soeben kommt ein drahtiger Typ im roten Trainingsanzug mit einer Adidas-Tasche aus dem Schwimmbad und steigt in seinen Volvo. »Du möchtest etwas über ihn wissen?« fragt er. »Nichts leichter als das: Notiere zuerst sein Autokennzeichen. Du rufst bei Upplýsingar an, der Autoregistrierung. Sie geben dir ohne Umschweife den Namen und die Adresse des Autoinhabers. Mit dieser Information rufst du im Nationalregister, dem Þjóðskrá, an und erhältst die Personennummer. Du erfährst nun, woher der Blonde kommt, wie alt er ist, ob er verheiratet ist oder ledig, wie seine Eltern heißen und welcher Glaubensgemeinschaft er angehört. Das alles gibt es aber auch bereits auf CD-ROM. Und wenn dich schließlich interessiert, wie es um ihn finanziell bestellt ist, informiert dich das Fasteignamat, das Grundbuchamt. Sie erzählen dir gerne, ob er eine Wohnung besitzt und wieviel sie wert ist. Und das Schöne ist: Niemand hat überhaupt gemerkt, daß du danach gefragt hast!«

1 Name auf persönlichen Wunsch der Pressereferentin hin anonymisiert.

# Dreizehn Weihnachtsmännchen

Erfolgreicher als der Weihnachtsmann von Coca-Cola: American
Graffiti in Island, davor Übersetzer Veturliði Guðnason

Die Isländer kennen nicht nur den rotgekleideten Weihnachtsmann, den Coca-Cola durch eine Werbekampagne
ab 1931 populär machte, sondern haben viele Weihnachtsmännchen. Über sechzig verschiedene Arten sind landes-
weit bekannt und benannt. Dreizehn davon wurden durch
die Volkssagensammlung von Jón Árnason aus dem Jahr
1862 besonders beliebt. Sie laufen in abgetragenen Schuhen
und braunen, schwarzen oder grauen Mänteln mit Löchern
und Flicken herum. Die Weihnachtsmännchen wohnen
immer noch bei ihren Eltern, der gewalttätigen Trollfrau
Grýla und ihrem verhärmten Gatten Leppalúði. Vor Weihnachten kommt jeden Tag ein Weihnachtsmännchen aus
dem Familienwohnsitz in den Bergen zu den Menschen.

Als erster erscheint am 12. Dezember der Schafenschreck. Er kehrt am ersten Weihnachtstag zurück. Der letzte, der Kerzenschnorrer, kommt an Heiligabend und geht am 6. Januar wieder zu seinen Eltern in die Berge.

Ein Kenner der Materie ist Veturliði Guðnason. Er hat für eine Broschüre des isländischen Nationalmuseums die Charaktere der einzelnen Männchen ins Deutsche übersetzt:[1] »Die Weihnachtsmännchen sind ein merkwürdiger Volksglaube. Sogar eine Weihnachtskatze hat dort ein Zuhause gefunden. Wir sagen, wenn jemand kein neues Kleidungsstück zu Weihnachten bekommen hat, frißt ihn die Weihnachtskatze. Das klingt etwas brutal, aber insgesamt wurden aus den bösen Weihnachtsgeistern im Laufe der Jahrhunderte eher gute.« Und vor allen Dingen: »Unsere Weihnachtsmänner bestrafen Kinder nicht oder ermahnen sie nicht zu gutem Benehmen.« Dafür bringen sie allerdings auch keine Geschenke.

> Er ist bekannt als Weihnachtsmann,
> ein Typ mit rotem Mantel.
> Mit Bart und Schlitten kommt er an,
> schenkt Kindern Buch und Hantel.

> Doch hast Du je davon gehört,
> daß hoch in Islands Norden,
> man arg geschockt wird und gestört
> von Weihnachtsmännerhorden?

> Es sind wohl dreizehn an der Zahl,
> die dort die Menschen schrecken.
> In braunen Loden kommt die Qual,
> ins Tal, um sie zu necken.

*Sie heißen*:
Schafenschreck
Klammenkerl
Stöpsel
Kellenlecker
Töpfekratzer
Suppenschlürfer
Türenknaller
Quarkfresser
Würstchenklauer
Fenstergucker
Türenschnüffler
Fleischangler
Kerzenschnorrer.

Ja, Weihnachtsmännchen stören gern,
doch läßt sich sicher sagen:
den Kindern wird zwar nichts geschenkt,
dafür entfällt das Schlagen.

Sie klauen, sie schlürfen und knallen,
sie saufen, sie raufen und lallen.
Ihr Schabernack ist recht naiv
und zeigt uns zum Gefallen:

Der Schnee ist kalt, die Eule rief:
Der Weihnachtsmann ist relativ.

1  Íslensku jólasveinarnir; Reykjavík 1997.

# Das erste Designobjekt Islands...

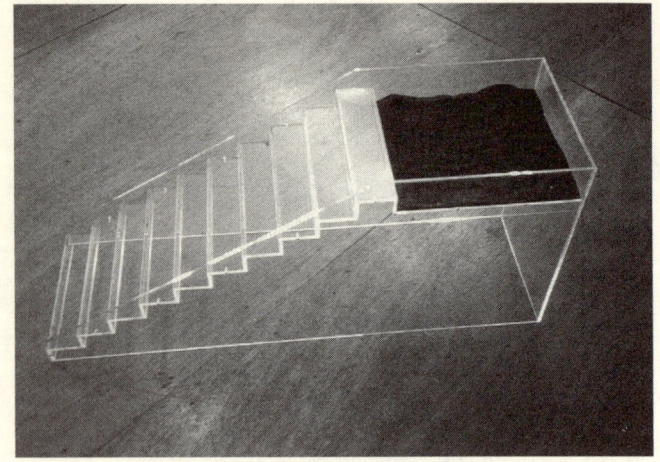

Úlfur Hróðólfsson, Elfenkindersandkasten,
(angefertigt nach den Beschreibungen der Reykjavíker
Elfenbeauftragten Erla Stefánsdóttir),
Acrylglas, isländischer Küstensand,
105 × 32,5 × 47,5 cm, 1996

... erreichte das Land auf dem Seeweg. Es war die Hoch-
sitzsäule des aus Südwestnorwegen stammenden Wikin-
gers Ingólfur Arnarson. In religiösen Angelegenheiten
wird er als treuer Anhänger des alten Glaubens geschildert.
Die Götter, bittet er, sollten ihm den Wohnort im neuen
Land anweisen. So warf er die Hochsitzsäulen seines norwegischen Hauses ins Meer vor Island über Bord und ver-
sprach ihnen, sich dort niederzulassen, wo sie nach ihrem
Willen angespült würden. Zunächst aber siedelte Ingólfur

an der Südküste nahe der heutigen Stadt Vík. Erst vier Jahre später wurden die ins Meer geworfenen Säulen aufgefunden. Hjörleifur zog in die »Rauchende Bucht«. Dort befindet sich heute Reykjavík.

Wie hat dieser Hochsitz ausgesehen? Mit Sicherheit bestand er aus zwei Holzsäulen, auf denen sich wahrscheinlich geschnitzte Bildnisse der nordischen Götter befanden. Zwischen den Säulen war ein Sitzbrett eingefügt. Mehr ist darüber leider nicht in Erfahrung zu bringen.[1] Der Hochsitz ist nicht erhalten, wie überhaupt keine der in den alten Schriften vorkommenden Sitzsäulen je aufgefunden wurde. Und doch ist es möglich, anhand dieses ersten isländischen Möbels etwas zu den möglichen Eigenschaften eines sich später entwickelnden isländischen Designs zu sagen.

Ingólfur lädt das Objekt mit seiner Geste auf: Vision, Schicksal, Zufall, Ahnung, die Zeit und die Verbundenheit mit den Elementen schwimmen mit den Säulen ans Land. Unsichtbare Komponenten der gestalteten Säulen. Der Designtheoretiker Lucius Burckhardt hat einmal geschrieben: Design ist unsichtbar. Seinerzeit ging es um die optimale Gestaltung der Straßenbahn in Kassel. Während sich die berufenen Designer noch darum stritten, ob grüne, blaue oder orangefarbene Sitze die Lebensqualität der Straßenbahnbenutzer erhöhten, stellte Burckhardt klar, daß das beste Design für die Straßenbahn wäre, wenn sie endlich auch nachts fahren würde – bis an die Vororte.

Design ist unsichtbar. Wir treffen diesen Gedanken in den alten isländischen Märchen und Sagen wieder. Die schönsten und zugleich nützlichsten Geschenke werden den Menschen durch unsichtbare Wesen, Elfen und Zwerge, überbracht: Töpfe, Krüge und anderes Geschirr. Unsichtbar sind auch die Haushaltsgegenstände selbst. Sie erscheinen bei Bedarf. Das ist sehr praktisch. Denn in den kleinen isländischen Häusern gab es seinerzeit nur wenig Raum. Geplant wurde also immer platzsparend. So ersetzte eine einfache Sitzrundung im Holzbrett des Bettes den Stuhl. Fast können wir in diesem Bettstuhl oder Stuhlbett einen uralten Vorläufer des Bauhauses sehen: praktisch wie stapelbare, industriell gefertigte Kaffeetassen. Sachlich, elegant und dabei formschön. Und multifunktional!

Ein attraktives Designobjekt schuf der Designer Hrafnkell Birgisson mit einer vertikal halbierten Milchkanne aus weißem Polyethyleneterephtahlateglycol, die an der Schnittseite mit Solarzellen versehen ans Fenster gestellt wird. Dort tankt *Sólskin* Sonne.

Sobald man die Kanne an ihrem Henkel aufhängt, wird sie zur Lampe. Hrafnkell ließ sich zu seiner Lampe durch das alte isländische Märchen von den Bakkabrüdern, eine klassische Schildbürgergeschichte, anregen:

## BAKKABRÆÐUR

*Vor langer Zeit wohnte auf dem Hof »Bakki« in Svarfa-Dartal ein Bauer. Er hatte drei Söhne: Gísli, Eiríkur und Helgi, die alle für ihre Dummheit bekannt waren. Die Bakkabrüder stellten fest, daß es im Winter um einiges kälter war als im Sommer. Und je größer die Fenster waren, desto kälter wurde es. Der bitterkalte Frost müsse also von den vielen Fenstern herkommen, dachten sie. Die Brüder bauten jetzt ein sehr eigenartiges Haus, ganz ohne Fenster. In seinem Innern war es stockdunkel. Zwar waren sie sich darüber einig, daß dies ein Nachteil war, aber gleichzeitig freu-*

*ten sie sich doch sehr auf den Winter, denn das Haus müßte dann schön warm sein. Der Mangel an Licht ließe sich sicher auch dann beseitigen.*

*An einem sonnigen Morgen im Hochsommer nahmen die Brüder ihre Mützen und verschiedene Fässer, sammelten die Dunkelheit ein und schütteten sie aus dem Haus. Gleichzeitig sammelten sie das Sonnenlicht ein und trugen es ins Haus. Am Abend hörten sie mit ihrer Arbeit auf und freuten sich auf die Helligkeit. Doch mußten sie leider feststellen, das es genauso dunkel war wie zuvor.*

In einem anderen Märchen, dem von den drei Königssöhnen, suchen die Protagonisten nach einem unverwechselbaren und einzigartigen Kleinod, um die Gunst einer geliebten Königin zu erringen. Nach langer Suche findet der eine ein Fernglas, durch das man jeden Menschen, jedes Tier und jede Tätigkeit eines lebenden Geschöpfes sehen kann. Der andere kauft das mit Runen versehene Kleid eines Zwergs. Mit diesem kann man die Erde blitzschnell durchwandern, sich in der Luft fortbewegen, wie auch auf dem Meer. Der dritte Bruder entdeckt schließlich einen Apfel, der, in die Hand gelegt, selbst einen todkranken Menschen wieder zum Leben erweckt. Ein Blick durch das Fernglas zeigt nun den Brüdern, daß die Königin sterbenskrank ist. Schnell wird das Kleid angezogen und ihr in letzter Sekunde der Apfel in die Hand gedrückt. Die Königin gesundet im Nu. Allein mit Fernrohr, Kleid oder Apfel wäre die Wirkung nicht zu erzielen gewesen. Hier entfaltet sich die Kraft der Objekte durch ihr Zusammenspiel. Der Sieger und damit der gesuchte Gatte der Königin muß schließlich durch Pfeilschießen ermittelt werden.[2] Der Hamburger Bürgermeister Johann Anderson erwähnt in seinem Buch über Island, daß König Friedrich IV. aus isländischem Achat[3] eine Schale samt Deckel anfertigen ließ.[4] Da das Material so spröde gewesen sei, habe der Künstler bis ins vierte Jahr daran gearbeitet. Hier zeigt sich ein anderes Merkmal isländischer Gestaltungskraft, nämlich Geduld und Ausdauer. Mit diesen Eigenschaften können in einem rohstoffarmen Land auch schwierige, eigenwillige Materialien gestaltet und geformt werden. Noch heute bewundern Besucher diese Eigenschaft im Reðursafn, dem Säugetierpenismuseum von Húsavík: Museumsdirektor Sigurður Hjartarson verkauft im Souvenirshop allerlei geschnitzte Phalli, sämtlich aus isländischem Birkenholz: Aufgrund der kurzen Vegetationsperiode wächst die Birke nur sehr langsam, ihr Holz ist daher entsprechend dichter und fester in seiner Konsistenz und schwerer zu bearbeiten. Sigurður führt so die alte Tradition der beliebten isländischen Holzschnitzkunst weiter. Natürlich stehen seine archaisch anmutenden Holzphalli der Volkskunst näher als dem modernen Design. Und doch haben auch diese Objekte multifunktionale, nützliche Eigenschaften. Es gibt Salz- und Pfefferstreuer, Haltegriffe für Springseile, Flaschenaufbewahrungshüllen, Feuerzeuge, Spazierstöcke und viele andere praktische Gerätschaften mehr.

Im Heimatmuseum von Eyrarbakki findet sich ein weiterer Hinweis auf die Kreativität und Phantasie isländischer Gestalter angesichts der Materialknappheit früherer Zeiten: In einer Vitrine liegen ein brauner, gefranster Schulterüberwurf, eine gekrempelte Mütze und ein Schal. Vor hundert Jahren hat eine dort ansässige Bäuerin diese Kleidungsstücke nach der damaligen Mode aus ihrem eigenen Haar gestrickt. Reisende aus dem Europa des 19. Jahrhundert waren oft überrascht zu sehen, daß sich die Mode in Island kaum von der ihrer Heimatländer unterschied. Der deutsche Geologe Gustav Georg Winkler etwa bemerkt in seinem Kapitel über Reykjavík: »Zwei mächtige Crinolinen mit jungen isländischen Damen bewegten sich uns entgegen und füllten fast die gesamte Straße aus, kaum blieb Raum, an denselben vorbeizukommen. Ich hatte zwar, bevor ich nach Island gekommen, auch nicht geglaubt, daß die Eisbären hier auf der Straße spazieren, doch keineswegs so hoch im Norden das Vorkommen des Reifrockes erwartet.«[5] Tatsächlich könnte man behaupten, daß neueste Entwicklungen aus dem Aus- und Inland in Island auch heute oft schneller auf fruchtbaren Boden fallen als in Regionen, die den bekannten großen Zentren der Designs und der Mode wesentlich näher liegen.

Gleichzeitig entstehen eigenartig geformte Objekte im Elfenuniversum. Sie können durch Medien vermittelt auch in unserer Menschenwelt empfangen und konstruiert werden. So entstand beispielsweise der Elfenkindersandkasten. Er geht auf eine Beschreibung der Elfenbeauftragten Erla Stefánsdóttir zurück. Über Stufen aus Bleikristall hüpfen die Elfenkinder in den Kasten, der mit schwarzem Küstensand aus dem südisländischen Ort Höfn gefüllt ist.

Dieser Sandkasten ist natürlich nur ein Anschauungsmodell aus Acrylglas, kein Gebrauchsgegenstand, denn das Original ist in der Regel unsichtbar. Wir kennen den ursprünglichen Designer oder die Designerin nicht, der oder die ihn für die Welt der Elfen kreiert hat. Wir wissen nur, daß es in der Elfenwelt auch so etwas geben muß wie Designer oder Gestalter. Die Elfenbeauftragte Erla Stefánsdóttir bestätigte mir das im Gespräch: In der Elfenwelt gibt es all das, was es in unserer Welt auch gibt: Frisöre, Bäcker, Bauern, Künstler und somit selbstverständlich auch Designer. Vermutlich läuft der Beruf aber in der Parallelwelt unter anderem Namen. Unter welchem, ist nicht bekannt. Aber eines wissen wir, daß nämlich in allen Ursprüngen, den Keimen, den Cotyledonen bereits die ganze vollständig entwickelte, spätere Gestalt ruht. Johann Wolfgang von Goethe hat diesen Gedanken in seinem wunderbaren Buch »Der Versuch die Metamorphose der Pflanzen zu erklären«[6] beschrieben. Er wußte: »Alle Gestalten sind ähnlich, und keine gleichet der anderen.« Könnte es also beispielsweise sein, daß sich der eingangs erwähnte Wikinger Ingólfur mit den über Bord geworfenen Hochsitzsäulen als früher Visionär des schwedischen Ikea-Stecksystems erwies? Hat er intuitiv vorweggenommen, was Jahrhunderte später neu erfunden werden sollte? Jedenfalls hat niemand bislang die Frage gestellt, geschweige denn beantwortet, ob seine Säulen nach ihrem Auffinden wieder zu einem Ganzen, zu einem Hochsitz zusammengesetzt wurden.

1 »Wir finden z. B. Thors Bild nicht nur auf dem Hochsitzpfeiler eines Tempels eingeschnitzt, sondern auch auf die Rückenlehne eines Stuhles aus einem Privathause.« Herrmann, P., Island – Land und Leute, 1. Teil; Leipzig 1907, S. 164 f.
»Besonders beliebt war Schnitzwerk an den Stühlen; wir lesen z. B. von einem großen Armsessel, an dessen Lehnen Thor mit dem Hammer in Lebensgröße ausgemeißelt war; er gehörte einer Grönländerin namens Grima (Grima lebte um 1025).« Weinhold, Karl, Altnordisches Leben; Berlin 1856, S. 423.
2 Poestion, Jos. Cal., Isländische Märchen, XIV. Das Märchen von den drei Königssöhnen; Wien 1884, S. 104 ff.
3 = schwarzer Obsidian.
4 Anderson, Johann, Nachrichten von Island, Grönland und der Straße Davis zum wahren Nutzen der Wissenschaften und der Handlung; Frankfurt und Leipzig 1747, S. 22 f.

5 Winkler, Gustav Georg, Island, seine Bewohner, Landesbildung und vulcanische Natur; Braunschweig 1861, S. 27.
6 (Hrsg.) Müller, Wolfgang, Tilraun til að skýra myndbreytingu plantna (J. W. Goethe: Der Versuch die Metamorphose der Pflanzen zu erklären in isländischer Erstübersetzung), erschienen 2002 in der Reihe Schriften der Walther von Goethe Foundation, Deutsch-Isländische Ausgabe, übersetzt von Jón B. Atlason; Berlin 2002.

# Etwas über Elefantenpinsel

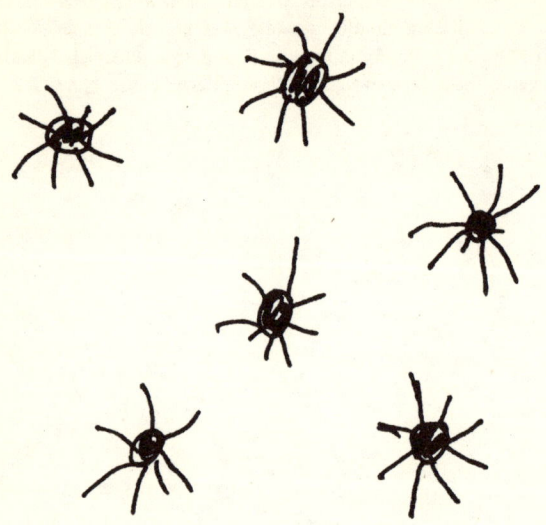

Úlfur Hróðólfsson, Skizze zu fílapensill –
großes Pickelbild, 2007

Ein großer weißer Mitesser wird auf isländisch bóla (f) genannt. Für den schwarzen Pickel existiert, im Gegensatz
zur deutschen Sprache, sogar ein eigenes Wort: fílapensill
(m). Wörtlich übersetzt ist es der »Elefanten-Pinsel«. »In
letzter Zeit habe ich viel mit der Renovierung meiner Wohnung in der Berliner Melchiorstraße zu tun gehabt. Da bekam ich schon ab und zu einen sogenannten fílapensill«,
sagt der nach eigenen Angaben fünfundzwanzigjährige
Hrafnkell Brynjarsson. Er ist einer von drei isländischen
Queer Punks, die es auf der Welt gibt: »Die anderen beiden,

Boggi und Rósi, wohnen in Dänemark, im Freistaat Christiana.«

Warum der schwarze Pickel ausgerechnet »Elefantenpinsel« heißt, bleibt Hrafnkell ein Rätsel. Das Wort »Elefant« in der Kombination könne er sich allerdings so erklären: »Der Elefant lebt ja in Afrika. Der Kontinent Afrika wird in Island mit ›schwarz‹ assoziiert. Und die Sprache der Weißen transportiert immer auch Elemente von Rassismus mit. Ein Pickel gilt als häßlich.« Trotzdem höre man das Wort für einen schwarzen Mitesser in Island nicht so häufig, denn Pickel sind auch in Island ein Tabu. Besonders der fílapensill.

# Die Entstehung der Elfengebärde

Úlfur Hróðólfsson, Elfengebärde/Álfalátbragð,
isländischer Riesenkiesel mit Gravur des Wortes »Elfe«
in isländischer Gebärdensprache, 2000

Der Elfenkongreß tagte. Über mehrere Monate im Jahr
1997 jeweils einmal pro Woche in der Berliner Volksbühne.
Um Elfen und den möglichen Erscheinungsformen von
Unsichtbarem und Unausgesprochenem innerhalb und
außerhalb der Gesellschaft ein Forum zu geben, hatte ich
die Reihe im Roten Salon des Hauses initiiert. Zu meinen
Bühnengästen zählten lokale Politiker, internationale Popstars, Geisterheiler und interessierte Laien aus Island und
Deutschland.
Der Elfenkongreß kontrastierte und verband kulturelle
und gesellschaftliche Stimmungen in beiden Ländern. So

sang das Medium Hermoine Zittlau aus Berlin von düsterer Atmosphäre im deutschen Wald, während der damalige isländische Vertreter des Eurovision Song Contests Páll Óskar Hjálmtýsson dazu Background-Vocals beisteuerte: Meeresrauschen über Kehle und Mund.

Auch die deutsch-isländische Gebärdensprachkultur sollte eine Rolle spielen. Gebärdensprache galt seinerzeit weder in Deutschland noch in Island als vollwertige, eigene Sprache. Erst zwei Jahre darauf, 1999, erkannte das isländische Bildungsministerium die isländische Gebärdensprache, Íslenskt táknmál, als offizielle Erstsprache der gehörlosen Isländer an. Im Jahr 2003 wurde mit Sigurlín Margrét Sigurðardóttir von der Liberalen Partei eine gehörlose Abgeordnete ins isländische Parlament gewählt. Damit tauchte die isländische Gebärdensprache erstmals am Rednerpult des Alþingi auf. Für die Anerkennung ihrer Sprache hatte die Gehörlosenorganisation Félag Heyrnarlausra lange engagiert gekämpft. In Deutschland sollte der Kampf noch etwas länger dauern. Erst 2002 wurde Deutsche Gebärdensprache, abgekürzt: DGS, als eigene Sprache offiziell durch den deutschen Bundestag anerkannt.

Eine Vorstellung der Kongreßreihe war mit »Die Elfengebärde« überschrieben. Übersetzt wurde die Veranstaltung simultan in DGS von der Dolmetscherin Dina Tabbert. Ein vorwiegend gehörloses Publikum besuchte die Volksbühne, um Näheres über die Elfengebärde zu erfahren. Mein Stargast war der gehörlose Berliner Künstler Gunther Puttrich-Reignard, tätig vor allem im Bereich Performance und Gebärdensprachkultur. In einer Projektion waren die Gebärden für »Elfe« und »Troll« in isländischer Gebärdensprache als Zeichnung zu sehen. Wir diskutierten nun, simultan übersetzt, über die Möglichkeit, daß sich auch eine Gebärde für das Wort »Elfe« in der deutschen Gebärdensprache entwickeln könnte und spekulierten über entsprechende Möglichkeiten.

Während das Thema hier allen klar schien, entwickelte sich in der nächsten Veranstaltung des »Elfenkongreß« ein folgenschweres Mißverständnis. Mein kanadischer Talkgast, die Künstlerin Laura Kikauka, hatte ich zuvor zufällig auf der Straße getroffen und gefragt, ob sie Interesse hätte, mit mir in der Volksbühne öffentlich über Elfen zu diskutieren. »Yes«, antwortete sie, »this sounds very interesting.« Laura Kikauka erschien zum verabredeten Termin in einem giftgrünen Kostüm. An ihren Ohren baumelten zwei riesige weiße Ohrringe in Form von Elektrogitarren. Unser Gespräch begann stockend und zäh. Schon bald wurde klar, worin die Ursache bestand. Als ich sie nämlich die Woche zuvor gefragt hatte: »Would you like to talk about elves in my show?« hatte sie statt »elves« »Elvis« verstanden. Sie ging also davon aus, daß wir über den Rockstar Elvis Presley sprechen wollten.

Wenige Monate später fand im Hamburger b-movie eine weitere, in DGS gedolmetschte Vorstellung mit dem Titel »Die Elfengebärde« statt. Vor der Veranstaltung, so die Dolmetscherin Nicole Ostrycharczyk, habe sie sich mit einem gehörlosen Zuschauer unterhalten. Er habe sie gefragt, um welches Thema es heute gehen würde. In Ermanglung einer existierenden DGS-Gebärde habe sie, statt das Fingeralphabet einzusetzen, das isländische Zeichen für »Elfe« gebärdet. Diese Gebärde wird ausgeführt, indem die geöffnete rechte Hand mit der Innenseite vom Kopf vertikal nach oben hin bewegt wird, sich dabei der Daumen den Mittelfingern nähert und diese schließlich trifft. Ähnlich sieht auch die Gebärde für »Elvis Presley« aus: Der

Unterschied ist lediglich, daß die Hand bei ihrer Bewegung aufwärts statt in vertikaler Richtung nach rechts wandert und sich dort schließt. Der Ursprung der Elvis-Gebärde ist vermutlich in der Haartolle des Popmusikers zu sehen, die hier zu Sprache geworden ist. Der gehörlose Zuschauer ging jedenfalls in der Folge davon aus, daß es sich um eine Veranstaltung zum Thema »Elvis« und »Island« handeln würde. Aufgrund der Ähnlichkeit der Gebärden für »Elfe« und »Elvis« in der Kombination mit der Gebärde für »Island« vermutete er, daß es um Island und Elvis ginge. Also beispielsweise um die These, daß Elvis noch lebt, irgendwo in Island. Angesichts der großen Bedeutung des »Widergängers« in der isländischen Volksmythologie ein gar nicht mal so abwegiger Gedanke.

Die Diskussion um die Elfengebärde in der Volksbühne im Jahr 1997 trug auf jeden Fall Früchte. Heute existiert auch in Deutscher Gebärdensprache eine Gebärde für »Elfe«: Mit der rechten Hand werden Daumen und Zeigefinger am linken Ohr angesetzt und bis über den Kopf vertikal langgezogen, bis sich die Finger schließlich treffen. Auf keinen Fall darf die Gebärde unterhalb des Kopfes enden, nahe des Ohres. Diese Gebärde ist bereits »Mr. Spock« vorbehalten, dem telepathischen Vulkanier aus der Science-fiction-Serie »Raumschiff Enterprise«.

# Kleine Kulturgeschichte der isländischen Draggs

Drag Queen of Iceland 1999: Venus
(Örn Jákup Dam Washington)

Für Männer, die in Frauenkleidung, und für Frauen, die in Männerkleidung umhergehen, fordert die *Grágás*, das in der Mitte des 13. Jahrhunderts verfaßte isländische Gesetzbuch »Lebensringzaun«. Diese mildere Form der Verbannung bedeutet: örtlich eingeschränkter Aufenthalt an bestimmten Orten für die Dauer von drei Jahren.

*»Schlagen Weiber so aus der Art, daß sie in Männerkleidern gehen, – oder welchen Männerbrauch sie nun aus Äfferei annehmen, und ebenso Mannsbilder, die Weiberbrauch annehmen, so oder so: darauf steht Lebensringzaun diesen wie jene.«*

Und fast hundert Kapitel weiter, in den Nachträgen, wird wiederholt:

> *Kleidet sich ein Weib in Männerkleider oder schneidet sich das Haar oder trägt Waffen aus Äfferei: darauf steht Lebensringzaun. (...) Gleiches ist verordnet über Manns-bilder, wenn sie sich in Weibertracht kleiden.«*[1]

Eine grundsätzliche Schwierigkeit, Männer und Frauen in Island anhand ihrer Kleidung zu unterscheiden, konsta-tiert dagegen der Pastor Diethmar Blefken. In seinem Rei-sebericht über Island, dem ersten nach angeblich eigener Anschauung, spinnt Blefken ein barockes Panoptikum zu-sammen, welches mitsamt den darin geschilderten Absur-ditäten und Übertreibungen lange Zeit das Bild Islands auf dem europäischen Kontinent prägte. Im 5. Kapitel der er-sten deutschen Übersetzung des Blefken-Textes aus Hie-ronymus Megisers »Newe NortWelt« (1613)[2] heißt es, daß es nicht leicht sei, in Island Männer von Frauen zu unter-scheiden, da beide Geschlechter nur über eine Tracht ver-fügten. Damit möchte Blefken die besondere Unkultiviert-heit und Unzivilisiertheit der Bevölkerung unterstreichen. Es ist daher nicht verwunderlich, daß der isländische Hu-manist Arngrímur Jónsson in einer Gegenschrift Diethmar Blefken als Affenmutter mit Kind abbildet. Der Affe und die Äfferei als Bild der Primitivität und Gegenstück zur Zi-vilisation.

Allmählich unterscheiden sich die Geschlechter durch ihre Kleidung. Lediglich die Schuhe bleiben unisex. Der fran-zösische Seefahrer Yves Joseph de Kerguelen de Tremarec stellt 1772 fest:

> *Die Mannspersonen sind beynahe wie unsre Matrosen gekleidet. (...) Die Frauenzimmer tragen Röcke, Wäm-ser und Schürzen von einem wollenen Zeuge, welcher*

*Wadmal genennet und in Island selbst verfertigt wird.*
*(...) So wohl Männer als Weiber tragen Schuhe von*
*Rindsleder oder von Schaffellen.*[3]

Sechzig Jahre später taucht vor dem britischen Staatsbeamten und Geschichtsschreiber John Barrows in Island ein Wesen auf, dessen Geschlecht ihm so unbestimmbar erscheint, daß er es in die Nähe eines »Hottentotten« und des hybriden, im Wasser und auf dem Land lebenden Amphibiums rückt:

*Das einzige menschliche Wesen, welches außer dem*
*Geistlichen und seiner Frau noch zum Vorscheine kam,*
*war zweifelhaften Geschlechts, ein Geschöpf amphibi-*
*scher Natur. Anfänglich hielt ich es für einen Mann, doch*
*bald wurde mir aus dem Bau der oberen Hälfte des Kör-*
*pers klar, daß ich ein Weib vor mir habe. Der untere Teil*
*ihres Anzuges bestand aus einem Paar knapp anliegen-*
*den Beinkleidern von ganz lichtbrauner, der Menschen-*
*haut fast ähnlicher Farbe. Dieses vierschrötige Wesen*
*von ganz hottentottischen Formen, in solcher Kleidung,*
*entlockte mir den fast unwillkürlichen Ausruf: Mon-*
*strum horrendum, informe, ingens – ein lumen ademp-*
*tum war jedoch nicht vorhanden. Dieß war das einzige*
*behoste weibliche Geschöpf, welches ich sah, und ich will*
*gern glauben, daß sie in der Eil den Unterrock überzu-*
*werfen vergaß.*[4]

Auf dem Höhepunkt der Kolonialzeit dürfen auch Frauen dabei sein, wenn in Island der aktuelle Stand der Zivilisation begutachtet wird. Die österreichische Reiseschriftstellerin Ida Pfeiffer besteigt im Jahr 1845 in Hafnarfjörður ein Pferd, um mit einer »merkwürdigen Antiquität«, ihrer Pferdeführerin, nach Reykjavík zu reiten. Diese sei es wohl wert, ihrer mit einigen Worten zu gedenken:

*Sie zählt über 70 Jahre, sieht aber aus, als hätte sie deren kaum 50, auch umgibt dunkelblondes, reiches, halbgelocktes Haar ihren Kopf. Sie ist als Mann gekleidet, verrichtet die größten und beschwerlichsten Botengänge, rudert ein Boot so kräftig und sicher wie der gewandteste Fischer und besorgt alles schneller und genauer wie ein Mann, weil sie sich auf ihren Wanderungen in nicht so häufige Vertraulichkeit mit der Branntweinflasche setzt.*[5]*

Was früher streng bestraft wurde, bei John Barrows Entsetzen hervorruft und bei Ida Pfeifer noch als Kuriosität auftaucht, wird seit 1998 schließlich mit einer Flugreise für zwei Personen nach Paris belohnt. Im Sommer 1998 reisen zwei junge isländische Männer um das Land: Águst Bonmot und Eyvindur Eggertsson. Sie nennen sich selbst »Icequeens«. In den kleinen, um die Küste gelegenen Ortschaften veranstalten sie Wettbewerbe: Die Eisköniginnen sind auf der Suche nach der »Drag Queen of Iceland«.

Der 17jährige Eyvindur Eggertsson, Sohn einer Ärztin und eines Malers, tritt als Drag Queen Susan auf. »Wir haben unseren Contest in sieben verschiedenen Orten veranstaltet«, sagt er und fährt mit dem Zeigefinger hurtig über die sorgfältig gezupften Augenbrauen. »In Neskaupstaður, Hveravellir, in Akranes, Ísafjörður, Sauðárkrókur, Hveragerði und schließlich in Reykjavík.« Und wie spürt man eine Drag-Königin beispielsweise im 1700-Einwohner-Ort Neskaupstaður auf? Eyvindur: »Ach, das ist gar nicht so schwer. Zuerst suchten wir über Email Freiwillige. Und dann haben wir ein paar Tage vorher die Orte gecheckt. Sind also da hingefahren, haben mit Leuten getrunken, ziemlich viel sogar, und schließlich gefragt, ob sie nicht Lust hätten, als Drag Queen aufzutreten.« Die Angeworbenen fanden sich nun unversehens auf den Ankündigungsplakaten wieder. »Kneifen ging dann nicht mehr«, weiß er: »Ein Isländer hält sein Versprechen – selbst wenn er sich anschließend nicht mehr daran erinnern kann.« Endlich sind es so im Schnitt zwischen sechs und zehn junge Männer, die sich in den Fischerorten und Kleinstädten als Drag Queens auf der Bühne wiederfinden. »Für die Jungs war es natürlich sehr aufregend, wenn sie – meist von ihren Freundinnen – eingekleidet, geschminkt und frisiert wurden.«

Die Show sei sehr professionell gewesen, betont Eyvindur: »Die Icequeens haben alle internationalen Standards im Programm, von Diana Ross bis Judy Garland – aber auch landestypische wie Björk.« Konnten da die neuangeworbenen Damenimitatoren überhaupt mithalten? »Tja, gute Frage«, murmelt Eyvindur: »Wir haben sie so gut es nur ging eintrainiert. Aber es gab natürlich unheimlich schlechte Akteure. Typen, die sich nicht bewegen konnten und total verspannt und steif herumliefen.« Vielleicht hatten sie ein bißchen Angst davor, für schwul gehalten zu werden? Eyvindur winkt ab: »Überhaupt nicht! Die Orte liegen ja alle in der Provinz. Und die dortigen Schwulen ziehen sowieso alle nach Reykjavík.«

Beim Contest 1998 nimmt auch ein Junge von den Westmännerinseln teil, der unbedingt eine Josephine-Baker-Nummer vorstellen will. Weil die Vorentscheidung auf der Insel nicht stattfinden kann, reist der 19jährige Ársæll extra mit dem Schiff nach Þorlákshöfn. Von dort fährt er dann weiter in die Gewächshausstadt Hveragerði, um den berühmten Bananentanz aufzuführen. Bekanntlich wachsen in dieser Ortschaft in unzähligen Gewächshäusern Tomaten, Gurken, Paprika für die ganzjährige Versorgung der Inselbewohner – und eben auch die weltberühmten isländischen Bananen. Natürlich sind diese mehr als lebendes Anschauungsmaterial für Schulklassen und Touristen bestimmt. Leider muß Ásæll bei seinem Auftritt in der Gewächshausstadt deshalb auf isländische Bananen verzichten und mit Importware aus dem örtlichen Supermarkt vorlieb nehmen.

Die Show auf den Westmännerinseln platzte übrigens, weil ein bekannter christlicher Fundamentalist, genannt Snorri in Betel (Snorri í Betel), alles in Bewegung setzte, um die seiner Ansicht nach unsittliche Transvestitenshow und damit die erstmalige Kürung einer »Drag Queen Vestmannaeyjar« zu verhindern. Schließlich kam sogar das Gerücht auf, daß Exemplare der auf Island ausgesprochen seltenen Ratten in der Küche des veranstaltenden Restaurants gefunden worden seien. Die Inhaber hielten dem Druck nicht stand und sagten die Veranstaltung entnervt ab.

Die Reise über das Meer brachte dem Insulaner Ársæll immerhin den zweiten Platz in Hveragerði ein. »Die Drag Drottning, die Drag-Königin, wird von einer Jury gewählt, die aus Bewohnern der Gemeinde besteht«, erläutert Eyvindur. In den Jurys seien überwiegend Leute vom Fach, also der örtliche Friseur, Make-up-Spezialisten und Inhaberinnen von Fingernagelstudios, soweit diese am Ort existierten. Unter den Drags selbst seien oft Bauern- oder Fischerjungs, stramme, kräftige Matrosen mit großen Tattoos: »Sie fahren anschließend für drei Wochen aufs Meer, um Kabeljau, Rotbarsch und Schellfisch zu fangen.«

Die Veranstaltungen in der Provinz waren stets ausverkauft: An die tausend Zuschauer drängten sich schließlich auf dem Finale in Reykjavík, während eine Drag Queen namens Gústi im überdimensionalen Hochzeitskleid einen furchterregenden Hochzeitsmarsch sang. Zum Finale ver-

sammelten sich die jeweiligen Sieger aus den kleinen Ge-
meinden, um in der Endausscheidung zur »Drag Queen of
Iceland« gekürt zu werden. Der Sieger wird, wie erwähnt,
mit einer Reise nach Paris belohnt. Zur Drag Queen of Iceland 1998 wurde »Keiko« gewählt, benannt nach dem zah-
men Schwertwal aus »Free Willy«.

Während »Willy« eigentlich der Künstlername von Keiko
ist, ist Keiko wiederum der Künstlername des Gymnasia-
sten Georg Erlingsson (19) aus Reykjavík. Er balancierte
eine getürmte Lockenperücke auf dem Kopf und trug ein
enges, langes bordeauxrotes Abendkleid. Es schillerte wie
die Bauchseite eines geräucherten Herings. Leider hatten
die Veranstalter nicht an Unterkünfte für die Gewinner aus
der Provinz gedacht. Während einige privat bei Freunden
und Bekannten unterkommen konnten, schliefen Queen
Neskaupstaður, Queen Hveragerði und Queen Sauðárkrókur im geheizten Treppenhaus einer Möbelfirma. Ihre de-
molierten Kostüme konnten sie anschließend auf den Müll
werfen.

Drag Queen Of Island/
Draggkeppni Íslands und Krönungsorte

1997  Bjartmar – Lolita – Nellys Café
1998  Georg – Keiko – Ingólfscafé
1999  Örn – Venus – Nellys Café
2000  Skjöldur – Mio – Spotlight
2001  Ásgeir – Sister Maya Klarens – Spotlight
2002  Skjöldur – Mio – Spotlight/Hafnarstræti
2003  Óli – Starina – Nasa
2004  – ausgefallen –

2005  Halla Himintungl – Tinó the Tangó Lover
      (Drag king) – Gaukur á Stöng
2006  Ársæll – Arora Boriales (draggqueen) and Sólveig
      (draggking) – Dóri Maack – Þjóðleikhúskjallarinn

Der Gewinner von 1998 Keiko alias Georg Erlingsson engagierte sich später für die Umbenennung des »Drag
Queen of Island«-Wettbewerbs in »Draggkeppni Íslands«
(Dragkonkurrenz) und registrierte die Begriffe beim Pa-
tentamt. Georg: »Mit der Teilnahme von Halla Himintungl
hat 2005 erstmals ein Drag King gewonnen. Es gibt jetzt
also nicht nur Drag Queens, sondern auch Drag Kings. Außerdem hat sich für die isländische Sprache ein eigenes
Wort für ›Drag‹ entwickelt, und zwar ›dragg‹ mit zwei g.«

dragg

Mörður Árnason, Herausgeber des isländischen Wörter-
buchs *Íslensk orðabók*, hatte das umgangssprachliche Wörterbuch von 1983 *Slanguroðabókin* nach Wörtern durch-
sucht, die seiner Ansicht nach in das große allgemeine
Wörterbuch Einzug halten sollten. Dabei fand er das Wort
»drag« und diskutierte darüber mit Þorvaldur Kristinsson,
ebenfalls einer der Herausgeber im Edda Publishing
House. Dieser schlug vor, das Wort drag nun mit zwei g zu
schreiben, um es der isländischen Aussprache anzupassen.
Der Dolmetscher Veturliði Guðnason hatte dies bereits
Jahre zuvor in der Zeitung Sjónarhorn und der Broschüre
zum Gay Pride praktiziert.

**Dragg (drag)** *-s HK? það að karl klæðist, máli sig, búi hár sitt og komi fram á kvennavísu, sér og öðrum til skemmtunar (stundum sérstakt skemmtiatriði)* → *draggdrottning, sbr. klæðskiptingur.*

Im isländischen Wörterbuch markiert nun ein Fragezeichen das Wort als Slang und bezieht sich in seiner Definition ausschließlich auf männliche Drags, was nach Ansicht von Þorvaldur Kristinsson damit zusammenhängt, daß es zur Zeit des Eintrags so gut wie keine weiblichen Drags in Island gab. Dennoch würde »dragg«, wie der Schwulenbewegungsaktivist betont, im allgemeinen Gebrauch heute Frauen und Männer einschließen.

1  Isländisches Recht, Die Graugans, übersetzt von Heusler, Andreas; Weimar 1937, Kap. 155, S. 277: Womit man sich an einem Weibe strafbar macht. Und ähnlich: Kapitel 254, S. 427: Von der Äfferei der Weiber.

2  Megiser, Hieronymus, Newe NortWelt Leipzig 1613, Reprint (Hrsg.) Müller, Wolfgang; Berlin 2005, S. 36. Nach Blefken, Diethmar, Islandia, sive Populorum & mirabilium quae in ea Insula reperiuntur accuratior descriptio (Island, oder genaue Beschreibung des Volkes und der Wunder, die dort zu finden sind); Leyden 1607.

3  Des Herrn de Kerguelen-Tremarec Beschreibung seiner Reise nach der Nordsee, die er in den Jahren 1767 und 1768 an die Küsten von Island, Grönland, Färöer, Shetland, der Orkneys und Norwegen gethan; Leipzig 1772, S. 89f.

4  Barrows, John, Ein Besuch auf der Insel Island über Tronyem im Sommer 1834; Stuttgart/Tübingen 1836, S. 124f.

5  Pfeiffer, Ida, Nordlandfahrt, Eine Reise nach Skandinavien und Island im Jahre 1845; Pest 1846, S. 90f.

# Scheißland oder:
# Alles grün durch Wasserkraft?

'A Lónsöræfum sá eg

fallega bláa „Steindepli"
jökulsöley
Burnirot
Fjalldalafífíl

Protest: Hildur Rúna Hauksdóttir, Mutter von Popstar Björk,
Originalzeichnung

Schlagartig rückt Island an die Weltspitze der Länder mit
der besten Umwelt- und Energiebilanz: Durch den Bau eines Wasserkraftwerkes im unbewohnten Kárahnjúkar-
Hochland nördlich des Vatnajökull. Es liefert Strom für ein
Aluminiumwerk in Reyðarfjörður an der Ostküste.
Die Herstellung von Aluminium zählt zu den energieauf-
wendigsten Prozeduren. Deshalb könnte man behaupten,
daß dank der Aufopferung des isländischen Hochlandes

die gesamte übrige Welt Schadstoffe spart. Angesichts der globalen Aufgabe, die Island damit übernommen hat, können nun auch isländische Autoabgase grün gerechnet werden.

Während in Deutschland das Entstehen einer Grünen Partei mit dem Protest gegen Atomenergie einherging, entstand eine Grüne Partei in Island erst durch Wasserkraft. Aus dem Stand erreichte die Neugründung *Vinstrihreyfingin – Grænt framboð* im Jahr 1999 über neun Prozent der Stimmen und vier der insgesamt 63 Sitze im Parlament.

»Die Grünen gab es hier deshalb nicht, weil sowieso jeder Isländer fest davon überzeugt war, ein Freund der Natur zu sein«, meint die Künstlerin Ásta Ólafsdóttir, die sich wie viele Künstler des Landes gegen den Bau des Staudamms engagierte. Das seit der Romantik in Deutschland tief verwurzelte Bild Islands als Naturidylle erhält durch das Projekt, das dem Land Schwerindustrie beschert, ein paar heftige Kratzer. Befürworter argumentieren, daß sich das Land der globalen Entwicklung nicht verschließen könne. Während der Ausstellung des Islandfestivals 2005 in Köln malte die Künstlerin Ósk Vilhjálmsdóttir ihren Protest als Kunstwerk auf ein großes Transparent:

*In Scheißland wird Scheiße gebaut. Die Scheißdeutschen lieben Scheißland. Sie glauben, daß die Scheißländer in Einklang mit der Scheißnatur leben. Die Scheißdeutschen sehen in jedem Scheißländer einen Scheißelfen oder Scheißtroll. Im scheißländischen Hochland wird ein riesengroßer Scheißstausee gebaut, damit eine amerikanische Scheißfirma billige Scheißelektrizität kaufen kann, um eine große Scheißaluminiumschmelze zu betreiben. Die Scheißländer glauben, daß sie viel*

*Scheißgeld verdienen werden. Jetzt haben die Scheiß-*
*deutschen Kuratoren Scheißkunst aus Scheißland aus-*
*gestellt.*

Als Gründungspate der linksgrünen Partei könnte sich gewissermaßen der US-amerikanische Alcoa Konzern bezeichnen. Durch die Flutung des Staudamms wurden im
Herbst 2006 siebzig km² des unbewohnten Hochlands unter Wasser gesetzt. Umweltschützer sind der Ansicht, daß
insgesamt weitere 3 000 km² längerfristig von den Nach-
wirkungen des Jahrhundertprojekts beeinflußt würden.
Die geflutete, von Menschen selten besuchte Region war
zuvor Heimat von Rentieren, Mauserstätte von Kurzschnabelgänsen und wies eine artenreiche Flora auf. Was-
serfälle, Schluchten und einzigartige geologische Forma-
tionen durchzogen die Landschaft. Die Befürworter
sprachen dagegen von Naturschutzgebieten, die man um
den Stausee einrichten könne und von einer wirtschaftlichen Belebung der Ostküste, die nun zu erwarten sei. Auch
unter den deutschen Touristen finden sich Befürworter.
»Den Kurzschnabelgänsen ist doch egal, ob der Stausee
künstlich oder natürlich ist«, meint Manfred Thiem aus
Dortmund, und eifrig setzt er nach: »Vielleicht könnte man
dort auch Forellen und Saiblinge züchten?«
Für die Grünen ist der Kampf jedenfalls verloren. »Unsere
Träume erfüllten sich nicht. Vielleicht waren sie von Anfang an unrealistisch«, so die grüne Parlamentsabgeordnete
Kolbrún Halldórsdóttir: »Wir haben so lange an sie geglaubt, bis die Wildnis geflutet wurde.« Nach ihrem Eindruck würde heute das Großprojekt von der Mehrheit der
Bevölkerung allerdings unterstützt werden. »Mehr Befürworter finden sich mit zweiundsechzig Prozent bei den

Männern. Bei den Frauen sind neunundvierzig Prozent nach wie vor gegen das Projekt.«

Für die Zukunft der Grünen scheint die Flutung des Kárahnjúkar-Staudamms jedenfalls eher förderlich zu sein. Im Umfragen verdoppelten sie sich danach auf über zwanzig Prozent.

# Das Odinshühnchen

الطيطوى حمراء الرقبة

Arabischer Name von Phalaropus lobatus.
Umschrift: Titawa hamra al-raqaba, wörtlich:
Rothalsstrandläufer (nach Günther Orth)

Liegt es an der Körpergröße oder an seiner großen Verbreitung? Eigentlich sollte jeder Mensch das Odinshühnchen kennen. Doch irgendwie hat es der zierliche Vogel nie geschafft, größeres Interesse auf sich zu ziehen.[1] Er ist weder berühmt noch zum Symbol einer Bewegung geworden. Dabei ist das Hühnchen, dessen Brutstätten in den nördlichen Polarregionen liegen, gar nicht mal selten und in vielerlei Hinsicht höchst ungewöhnlich. Auf mehrere Millionen, so der isländische Ornithologe Yann Kolbeinsson, wird der weltweite Bestand geschätzt: »In Island gehen wir von fünfzigtausend Paaren aus.« Immerhin schmückte das Óðinshani *Phalaropus lobatus* dort eine 19-Kronen-Briefmarke.

In den warmen Quellen von Landmannalaugar, im Herzen Islands, machte ich Bekanntschaft mit dem furchtlosen, zauberhaften Tier. Einem Korken gleich tanzte das Hühnchen auf dem Wasser – nur wenige Zentimeter entfernt von meinem Kopf. Biologen nennen solch Verhalten pseudozahm. Mangels Feinden habe sich das Odinshühnchen die Angst ab- beziehungsweise gar nicht erst angewöhnt, so erklären sie sich die Furchtlosigkeit. Sehr praktisch ist diese jedenfalls für Gerfalken, Wanderfalken, Schnee-Eulen und Raubmöwen. Hin und wieder verspeisen sie das spatzengroße Vögelchen mit dem Namen des einäugigen germanischen Rabengottes.

Bewegtes Wasser übe offensichtlich eine große Anziehungskraft auf das Odinshühnchen aus, mutmaßte dagegen ein amerikanischer Forscher namens R. C. Ross: Einem Mann, der watend in einem Sumpf Wasserpflanzen vernichtete, seien sie gar futterpickend zwischen den Beinen herumgeschwommen. Verlassen hätten sie ihn erst, sobald er seine Arbeit einstellte.

Auffällig glänzte das rostrote Brustschild, das alle fünf Vögelchen in der warmen Quelle trugen. Dazu piepten sie unentwegt: *Witt witt pripp pripp pripp* und drehten aufgeregt ihre Beinchen im lauwarmen Wasser. »Auf diese Weise wirbeln sie kleine Krebschen nach oben«, erklärt Yann Kolbeinsson. Das sogenannte Kreiselschwimmen, auch Dreh- oder Karussellschwimmen genannt, sei vermutlich eine effektive Jagdmethode. Laut dem dänischen Vogelexperten Finn Salomonsen ist es übrigens immer linksdrehend. Andere, wie der deutsche Odinshühnchenspezialist Otto Höhn, äußern dagegen den Eindruck, jeder einzelne Vogel sei entweder ein Rechts- oder Linksdreher: »Etwa wie es bei uns Rechts- und Linkshänder gibt.« Als höchst unwahrscheinlich, ja absurd gilt dagegen ein Zusammenhang mit der Corioliskraft. (Zur Erinnerung: Das Phänomen des Wasserabflusses in einer Badewanne, wobei sich ein linksdrehender Strudel einstellt, sofern die Wanne auf der Nordhälfte der Erde steht. Auf der Südseite dreht sich der Strudel nach rechts.)

Im warmen Quellwasser des isländischen Hochlandes waren seinerzeit jedenfalls nur weibliche Odinshühnchen zugange. Unverkennbar, denn die Weibchen dieser Spezies sind farbenprächtig, tragen ein leuchtendrotes Schild auf der Brust. Das hutzelige, etwas kleinere Männchen dagegen ist unscheinbar gefärbt.

Zur Brutzeit sichern sich die Weibchen ein Territorium und wehren jedes andere Weibchen ab, das es wagt, sich diesem auch nur zu nähern. Tritt ein Männchen in Erscheinung, erhebt sich das Weibchen zu einem speziellen Zeremoniellflug, bei dem es mit den Flügeln ein schwirrendes Geräusch erzeugt und harsch »Wit wit wit!«-Laute von sich gibt. Trocken stellt der Odinshühnchenexperte Höhn in den prüden 1950er Jahren fest, daß bei allen Begattungsversuchen das Weibchen »den Anfang machte«. Ja, ein vom Männchen eingeleiteter Versuch sei gar brüsk vom Weibchen abgewiesen worden.

Nach erfolgter Paarung drehen die Vögel aus der Familie der Wassertreter gemeinsam mehrere Nestmulden aus. In eine davon legt das Weibchen dann ein Ei und fliegt davon – zu den erwähnten warmen Quellen beispielsweise –, während der Odinshahn die Eier allein bebrütet und gleichzeitig mit dem eigentlichen Nestbau beginnt. Ab und zu erscheint das Weibchen, um ein weiteres Ei zu legen. Vier werden es schließlich, blaßgrün mit braunen Flecken. Auch die Kinderpflege obliegt allein dem Männchen. Ein Odinshühnchen, dem vier Junge folgen, ist also immer ein Papa. Der Marburger Maler Adolf Schröter schildert in seinem unveröffentlichten Manuskript »Islandfahrt eines deutschen Malers« 1929 eine solche Begegnung:

*»Ein kleiner Kerl stapste durchs Binsengras wie durch einen Urwald, kleiner als der Däumling mit nadeldünnen Beinchen – ein junges Odinshühnchen. Ich wollte es aufnehmen, aber schnell war der Alte heran, ängstlich kla-*

gend breitete er die Flügel über das Junge. Schließlich
war der ganze ›Urwald‹ bevölkert von so kleinen Bur-
schen. Ich zog mich diskret zurück.«

Entzückt über die große Zärtlichkeit und Treue des Odins-
hahnes äußert sich der Naturwissenschaftler William
Preyer, der den Vogel 1860 in Island beobachtete:

»Die Gattenliebe dieses allerliebsten Thierchens, welches
in uneingeschränkter Monogamie lebt, ist wahrhaft erstaunlich. War ein Weibchen geschossen, so schwamm das
Männchen herbei und suchte durch allerlei oft possier-
liche Manöver die todte Gemahlin wieder zum Leben zu
erwecken. Erst wenn der Hund ins Wasser schwamm, um
die Beute zu holen, verließ das verwitwete Männchen
die Leiche. Aber im Leben bestätigt sich diese eheliche
Liebe noch weit auffallender. Wir haben den Odinshahn
gewiß fünfzigmal beobachtet und nie allein gefunden,
oft hingegen mehrere Paare zusammen. Die Männchen
liebkosen das Weibchen mit ihrem Schnabel, erzeigen
ihnen allerlei Artigkeiten und suchen sich möglichst lie-
benswürdig zu machen. Mitunter kann da selbst das ab-
gehärteste Jägerherz sich nicht entschließen, einen Schuß
unter diese sorglos spielenden Thierchen zu tun, die vor
dem Menschen durchaus keine Scheu haben.«

Heute geht die Wissenschaft davon aus, daß manche Weibchen während der Brutzeit gern auch mal mit anderen
Männchen pimpern – übrigens ähnlich wie Blaumeisen-
weibchen. Beim Männchen wurde auch schon Polygamie
beobachtet. »Allerdings nur dann«, schränkt Yann Kolbeinsson beschwichtigend ein, »wenn dem Männchen das
Nest verlustig geht. Durch Raub zum Beispiel.« Aber das
sei sehr selten. Zumindest glaubt der deutsche Ornithologe
Günter Timmermann in den 1930er Jahren in Island auch

»gewisse Männchen« beobachtet zu haben, die Versuche
zur Begattung mit »mehr als einem Weibchen machten«.
Auf jeden Fall wird das Rollenverhalten des Odinshühnchens von Wissenschaftlern im allgemeinen gern mit den
»äußerst kurzen Vegetationsperioden des Nordens« erklärt. Auf diese Weise stünden bei »Gelegeverlust« ständig
»legebereite Weibchen« zur Verfügung. Wenn das Rollenverhalten des Vogels und seine Furchtlosigkeit sich offenbar evolutionstechnisch als großer Vorteil erwiesen hat,
liegt die Frage nahe, warum nicht alle Vögel – zumindest
die im Norden – sich den Wassertreter und sein vorteilhaf-
tes Verhalten zum Vorbild genommen haben: Darwins
»Survival of the Fittest« läßt grüßen. »Eine schwierige
Frage«, meint Yann Kolbeinsson, »darüber muß ich erst
nachdenken. Lassen Sie mir etwas Zeit.«
Gewisse Forschungen, bei denen die Weibchen und Männchen des Vogels mit Hormonen behandelt wurden, führ-
ten, nach der erfolgten »Vermännlichung« des Weibchens,
laut Otto Höhn zu eher überraschenden Ergebnissen: »Es
fragt sich nun, warum die Weibchen nicht auch Brutflecke
entwickelten«, rätselt der Wissenschaftler. Immerhin sei es
ausgiebig mit dem Hormon Prolaktin behandelt worden.
Wurden Vögel beider Geschlechter dagegen mit »männlichen« Hormonen behandelt, wuchsen neue bunte Fe-
dern. Höhn verfaßte die einzige größere deutsche Odins-
hühnchen-Monographie, die 1965 in der Brehm-Bücherei
in Wittenberg/DDR erschien. Seine Ausführungen schließt
er damit, daß das buntere Gefieder des Weibchens jedenfalls »ohne Nachteil« sei. Deshalb habe sich eine stärkere
Bildung des männlichen Sexualhormons entwickeln können, welches »die Basis für das buntere Gefieder und ag-
gressivere Verhalten« geworden sei. Es stellt sich die alte,

ungelöste Frage: wer wohl zuerst da war, das Ei oder die Henne?

Immer wieder führt das Rollenverhalten dieses verkannten Tieres zu Verwirrung. So sind in Bob Humes' aktuellem Nachschlagewerk »Vögel entdecken und bestimmen«, erschienen bei Bertelsmann, prompt die Abbildungen von männlichem und weiblichem Vogel vertauscht.

Schon der dänische Forscher Friedrich Faber, der 1826 mit »Über das Leben der hochnordischen Vögel« das erste Buch zum Thema veröffentlichte, wußte, daß das Weibchen des Odinshühnchens »größer und schöner« sei als das Männchen. Die Frage, warum und wieso das so ist, stellte er allerdings nicht. Aber ist das Tier, wie er meinte, überhaupt ein »hochnordischer Vogel« oder ein »subarktischer«, wie es heute heißt? Nur kurze Zeit, nämlich wenige Wochen ab Anfang Juni bis August, lebt das Vögelchen auf Island. In der gleichen Saison, die auch den Touristen für eine Reise durch das Land empfohlen wird. Danach streift es über die Meere und Küsten Europas in den Süden und verbleibt am Zielort bis Ende Mai des nächsten Jahres.[2]

Am eigentlichen Hauptwohnsitz, dort, wo sie die meiste Zeit ihres Lebens verbringen, könnten die Geschlechter von Phalaropus lobatus zu Recht verwechselt werden. An den Küsten der arabischen Halbinsel tragen Odinshahn und Odinshenne nämlich dann beide das graubraune, sogenannte Schlicht- oder Ruhekleid – und das ist eindeutig unisex.

1 Das Odinshühnchen wird in isländischen Volkssagen auch »skrifari«
   (Schreiber) genannt, erinnert sein ständig nickender Kopf mit dem
   spitzen Schnabel doch an die Bewegung einer Schreibfeder, die unentwegt in ein Tintenfaß getunkt wird.
2 Gewöhnlich an der Mittelmeerküste zu sehen, passiert das Odinshühnchen im Frühling als שחינית תרץ מקור (nach Aviad Eilam) wörtlich:
   »dünnschnäbeliger Schwimmer« gelegentlich Israel.

# Die Saga von der Elfenbeauftragten

Úlfur Hróðólfsson, Hringur, Silberring mit Gravur Vogelwarte
Helgoland Germania und Nummer, Durchmesser 16 mm, 1997.
Das Institut für Vogelforschung Wilhelmshaven, Vogelwarte Helgoland,
stellte die Nummern 252 451 bis 252 473 (Ringgröße 2) für das Werk
»Hringur« zur Verfügung. Mit den fortlaufend numerierten Ringen
der Größe 2 werden von Ornithologen Rallenreiher (Ardeola ralloides),
Krähenscharbe (Phalacrocorax aristotelis), Auerhuhn (Tetrao urugallus)
und Zwerggans (Anser erythropus) beringt. Ringgröße 2 ist auch für den
menschlichen Finger geeignet. Die entsprechenden Originale aus
Aluminium wurden vernichtet. Die originalgetreuen Kopien aus Sterling
Silber werden in limitierter Auflage angeboten. Die Namen der
Ringbesitzer werden bei der Vogelwarte Helgoland registriert. Im
Falle des Todes wird darum gebeten, den Ring mit genauen Angaben
zu Ort und Datum des Ablebens, einer kurzen Vita und einer
Auflistung sämtlicher Reisen des Ringträgers an die Vogelwarte
Helgoland zu senden.

Es war nicht vorauszusehen, daß das Interview mit der Klavierlehrerin Erla Stefánsdóttir solch weitreichende Folgen haben würde. Seit 1989 sammelte ich Material über Island, um den beliebtesten Motiven – fröhliches blondes Mädchen im Pullover auf Pferd, einsamer Mann mit rotem Bart starrt auf das Meer – einige andere, noch unbekannte Facetten hinzuzufügen. Mein Interview mit Erla schwirrte unveröffentlicht herum und gelangte durch allerlei Zufälle in die Hände einer Zeitungsredakteurin. Diese zeigte großes Interesse daran, es mitsamt Erlas äußerst detailreicher Beschreibungen der Elfenwelt zu veröffentlichen. Unbedingt ungekürzt. »Die Jahresendausgabe ist dafür am besten geeignet!« meinte sie und bat um etwas Geduld. Tatsächlich erschien das Interview in der Frankfurter Rundschau ganzseitig zur Jahreswende, am 30. Dezember 1995.

Ein Jahr zuvor, im Winter 1994, hatte ich in Reykjavík Elísa kennengelernt – ein fröhliches Mädchen mit langen blonden Haaren. Sie sah genauso aus, wie sich ein Reiseprospekt die Isländerin wünscht. Am Tjörnin, dem Stadtteich, fütterte sie oft die Eisenten, Singschwäne und Graugänse. Elísa hieß ursprünglich Björgvin Elís Örlygsson. Dem Vornamen eines imaginären Vaters namens Alfreð hatte sie das Suffix -dóttir, Tochter, angehängt und nannte sich nun also Elísa Alfreðsdóttir: »Weißt du, die Menschen kommen nach Island, um Natur pur zu sehen: Geysire, Vulkane und Gletscher. Und dann schob sie ihre Haare hinter die Ohren und flüsterte: »Aber ein Transvestit ist auch ein Teil der Natur. So wie die seltene Schnee-Eule oder eine nordische Orchidee.«

Kürzlich hatte Elísa den Klæðskiptingaklúbbur Íslands gegründet, die erste Transvestitenorganisation des Landes.

Und nun war Elísa erste Vorsitzende und einziges Mitglied des – wörtlich übersetzt: Kleiderwechsler-Klubs. In der populärsten isländischen TV-Talkshow, die immer nur einen einzigen Gast vorstellt, hatte sie bereits einen Auftritt absolviert. Der Talkmaster Eiríkur Jónsson fragte: »Warum ziehst du Frauenkleider an?« Elísa: »Ich fühle mich darin wohl.« Eiríkur: »Und wie geht es dir?« Elísa: »Sehr gut.« Eiríkur: »Und gibt es für dich irgendwelche Probleme damit?« Elísa: »Nein.«

In der Aufzeichnung, die sie mir vorspielte, ist deutlich die Verzweiflung des Talkmasters zu spüren, dem angesichts der kargen Antworten die Fragen auszugehen drohen.

Auf Elísas Zeitungsanzeige zur Gründung der Transvestitenvereinigung hatte sich seinerzeit niemand gemeldet. Das schien ihr aber nicht der Rede wert. Später wurde mir zugetragen, daß es wohl eher Elísas eigenwillige Vorstellungen und ihre dominante Art gewesen seien, die verhindert hätten, daß der Transvestiten-Verein weitere Mitglieder begrüßen konnte. Ob dem tatsächlich so ist, möchte ich nicht beurteilen. Egal, Elísa nahm den Mißerfolg ihrer Mission nicht persönlich. Was sie wirklich ärgerte, war, daß ausländische Besucher und Touristen ihre Existenz einfach nicht wahrnehmen wollten. Dabei halfen ihr die Elfen: »Manche Menschen behaupten ja, daß es Elfen gar nicht gibt…«, sagte Elísa: »Aber daß Transvestiten auf Island existieren, hat doch auch lange Zeit niemand für möglich gehalten!«

Und so war es schließlich Elísa, die mich inspirierte, ein Auge auf ein berühmtes Phänomen zu werfen, das immer gern im Munde geführt wird, wenn das Wort Island fällt. Die Existenz der Elfen – nebst verwandter Wesen wie Zwerge, Trolle, Kobolde, Lichtfeen, Wassermännlein und vieler anderer mehr. Wie und wo finde ich diese feinstofflichen Wesen, die sich uns sichtbar machen können und zumeist im verborgenen wirken? Wie kann ein Kontakt zu Elfen und Zwergen hergestellt werden? Welche Möglichkeiten gibt es, mehr über deren Lebensweise und Sozialstruktur zu erfahren? Ein langjähriger Freund, der Müllmann Stefán Garðarsson, wies mich auf Erla Stefánsdóttir hin: »Das Haus, in dem sie wohnt, liegt auf meiner Tour in der Weststadt.« Es stammt, wie die meisten Häuser des Areals, aus den 1930ern und ist mit Muschelkalk verputzt. »Jeder hier weiß: Diese Klavierlehrerin kommuniziert mit Elfen und Zwergen und gilt als skyggn, hellsichtig«, sagte Stefán. »Sie sieht etwas, was wir nicht sehen.«

Ein bißchen Vorbereitung wäre allerdings nicht schlecht, meinte er. Und so stapften wir am 7. Januar 1994 durch den Schneematsch zum »Álfabrenna«, dem Elfenfeuer. »Nur an diesem einzigen Tag«, so Stefán, »können die Elfen und Zwerge ihre Wohnungen verlassen und in neue Steine oder Felsen umziehen.«

Beim Álfabrenna, dem alljährlich stattfindenden Ritual an Reykjavíks Küste, werden große Kabeltrommeln aus Holz, ausrangierte Weihnachtsbäume und Holzreste aufgetürmt. Der Holzhaufen wird dann entzündet. Irgendwann tauchten zwischen den Schneeflocken eine Elfenkönigin und ein Elfenkönig auf, die aber in Wirklichkeit verkleidete Menschen waren. Sie sangen schöne isländische Elfenlieder in die winterliche Nacht. Je heftiger der Wind an den Menschen zerrte und je wilder die Schneeflocken um den kleinen Chor und die etwa zweihundert Zuschauer tanzten, desto mehr verwandelten sich die Darsteller in echte Elfen. Diese sind bekannt für ihre überaus zauberhaften Stimmen.

Doch wie und was singen sie? Ich sollte es tags darauf bei Erla Stefánsdóttir persönlich erfahren. Nein, ihr Englisch sei nicht so gut. Sie wolle doch lieber auf Isländisch mit mir über Elfen sprechen, sagte das Medium und stellte ihre Freundin, die Landschaftsarchitektin Kolbrún, vor. Diese bot freundlich an, das Gespräch zu übersetzen. »Wir haben schon des öfteren zusammengearbeitet«, lächelte Kolbrún. Gemeinsam hätten sie kürzlich eine Elfenkarte im offiziellen Auftrag der Stadt Hafnarfjörður gestaltet, genauer gesagt: für die Tourismusbehörde.

»Schauen Sie«, sagte Erla und hob eine Architekturskizze von Kolbrún in die Höhe: »Wenn hier, in diesem Garten ein Stein liegt, in dem eine Elfe haust, dann muß da eben etwas vorsichtiger umgegraben werden.« Respekt vor der Natur und den Wesen, die in ihr leben, sei sehr wichtig, ergänzte Kolbrún. Obwohl sich Erla Stefánsdóttir am Telefon recht wortkarg, fast scheu gegeben hatte, sprudelte es nun nur so aus ihr heraus. Das Gespräch zog sich lange hin. Ein ungeheurer Wust detaillierter Beschreibungen über den Elfenkosmos lagerte sich auf meinem Tonband ab. Wer weiß denn schon, daß die langen, dünnen Elfen grüne Gewänder mit Stickereien tragen, die schmalen, kleinen Elfen aber rötliches Haar und einen Bürstenhaarschnitt haben? Daß die Häuser, ja die gesamte Architektur der Elfen mit unserer eigentlich nicht zu vergleichen ist. Weder ist sie stilistisch einzuordnen noch statisch zu nennen. Gleichzeitig aber gebe es, so Erla, in dieser Welt alles das, was es auch bei uns gibt. Nur irgendwie anders, schöner und langsamer.

Schließlich stellte ich die Frage: Existieren Elfen nur auf Island? »Aber nein!« erwiderte Erla und lachte. »Elfen gibt es auf der ganzen Welt.« Und so wollte ich von ihr wissen:

»Sprechen sie überall verschiedene Sprachen?« Amüsiert zupfte Erla eine Wollmaus von ihrem roten Pullover, schnipste ihn in die Luft, schüttelte den Kopf und sagte: »Elfen sprechen nicht – sie singen!« Ihre Antwort sollte die Überschrift des Elfen-Kapitels von BLUE TIT[1] – des deutsch-isländischen Blaumeisenbuchs werden. Und, einige Jahre später – nun allerdings bereits ohne Quellenangabe – die fette Überschrift einer Reportage über isländische Elfen in der Frauenzeitung BRIGITTE. Mitte der 1990er Jahre war die hellsichtige Klavierlehrerin noch extrem fotoscheu. Als ich um ein Foto bat, wehrte Erla rigoros ab. »Lieber nicht. Bitte nicht. Nein!« Dabei deutete sie über meinen Kopf: »Diese Aura, das ist mir wirklich zuviel im Moment, extremes Rot und Lila, Aurea borealis.« Nach energischem Drängen lenkte sie widerwillig ein. Zweimal drückte ich auf den Auslöser. Einige Tage später ging ich daran, das Interview niederzuschreiben. Das Filmfenster zeigte inzwischen Foto Nummer 36 an. Noch einmal drückte ich ab, das Gerät surrte, der Film spulte zurück. Doch beim Öffnen der Verriegelung die große Überraschung! Es gab überhaupt keinen Film im Gerät, da war nur absolute Leere. Kein Elfenfeuer, keine Hallgrímskirche im Schneesturm und keine Erla Stefánsdóttir! »Aber wir haben doch gemeinsam den Film in meinen Apparat eingelegt!« murmelte Stefán, der, nebenbei gesagt, eigentlich nicht an Elfen glaubt. Tatsächlich, der Film war spurlos verschwunden. »Ob Erla...?« raunte Stefán. »Unmöglich. Ich habe die Kamera die ganze Zeit bei mir gehabt. Außerdem zeigt das kleine Fenster oben in der Kamera ja die Nummern der Fotos an. Das funktioniert nur, wenn auch ein Film eingelegt ist.«
Vermutlich wird das Rätsel ungeklärt bleiben, doch ein an-

deres gilt es bei dieser Gelegenheit aufzulösen. Im Auftrag der Tourismusbehörde hatte Erla Elfenkarten von Ísafjörður und Hafnarfjörður hergestellt. Besonders viele Elfen und Zwerge tummeln sich demnach um eine nicht sehr attraktive Neubausiedlung in Hafnarfjörður. Hier bieten lediglich ein paar bizarre Lavaformationen in den Gärten und an Parkbuchten etwas Abwechslung. Heute sind oft Touristen in der Siedlung unterwegs, die mit Erlas Karte in der Hand auf der Suche nach Elfen sind. Das sieht die Stadtverwaltung nicht ungern. Zwar soll es gelegentlich Klagen von Anwohnern gegeben haben, die sich darüber beschwerten, daß Touristen mit Erlas Elfenkarte in der Hand achtlos ihre Tulpen im Vorgarten zertrampelt hätten. Aber der Imagewinn ist unbezahlbar. Da die lokale Tourismusbehörde Teil der städtischen Verwaltung ist bzw. eng mit ihr zusammenarbeitet, kann mit Recht behauptet werden, Erla würde im städtischen Auftrag Elfenkarten zeichnen.

Doch wie sollte ich Erla in meinem Interview vorstellen? Wie sollte ich ihre spirituelle Tätigkeit in deutscher Sprache zureichend beschreiben? »Elfenmedium« klingt etwas zu schrullig, »hellsichtig« zu abgedroschen und »skyggn«, das isländische Wort für ihre Gabe, ist in Deutschland noch völlig unbekannt.

Bekanntlich werden in Deutschland Menschen, die sich für die Belange von Minderheiten, für unterrepräsentierte Bevölkerungsteile oder Naturschutz einsetzen, gewöhnlich als »Beauftragte« bezeichnet. Es gibt Naturschutzbeauftragte, Frauenbeauftragte und Beauftragte für gleichgeschlechtliche Lebensweisen. Es lag auf der Hand, Erla Stefánsdóttir dem deutschen Publikum als Islands »Elfenbeauftragte« vorzustellen. Nach der Veröffentlichung in

der Frankfurter Rundschau pflanzte sich das Wort »Elfenbeauftragte« in rasanter Geschwindigkeit in Print-, Bild-
und Tonmedien fort. Ständig riefen Redakteure und freie
Journalisten an, um mehr über meine Begegnung mit der
Elfenbeauftragten und den Elfen selbst zu erfahren. Mitarbeiter von Talkshows eilten herbei, um mich als Kenner der
isländischen Elfenkultur und Vermittler der Elfenbeauftragten im Fernsehen zu befragen. Die Talkmaster Jürgen
von der Lippe, Vera Int-Veen, Jörg Pilawa und Bärbel Schäfer wollten alles über Elfen in Deutschland und Island wissen. Nachdem für »Vera am Mittag« gar eine einstündige
Sondersendung mit dem Titel »Zwerge, Feen und Elfen –
ich habe sie gesehen!« unter Beteiligung meiner isländischen und deutschen Freunde aufgezeichnet wurde, über-
nahm ich den Titel der Show und veränderte ihn so, daß die
Feen nun *nach* den Elfen erschienen. So entstand der Song:
»Elfen, Zwerge und Feen – ich habe sie gesehen!«[2] Den
Mitschnitt aller Elfen-Talkshows inklusive der Werbepau-
sen verkaufte ich als limitiertes Video[3] über eine Galerie an
die Filmkollektion der Hamburger Kunsthalle: ein Dokument der Gesprächskultur des ausgehenden 20. Jahrhunderts. Schon jetzt ist die dort sichtbare Kultur im allmäh-
lichen, spurlosen Verschwinden begriffen.
»Du hast einer halbtags beschäftigten Klavierlehrerin zu
einem Fulltimejob als Elfenbeauftragte verholfen«, sagte
Stefán. »Und vermutlich weiß sie nicht einmal, daß sie das
dir verdankt.«
Daß durch deutsche Medien aus einer spirituell veranlag-
ten Klavierlehrerin und ihrem Auftrag, eine Elfenkarte zu
zeichnen, inzwischen eine staatlich vereidigte Elfenbeauftragte wurde, die in einem eigenen, im Laufe der Jahre von
Medium zu Medium ständig größer werdenden Ministe-

rium residiert; ja daß aus Erla Stefánsdóttir eine vom Präsidenten inzwischen gar zur Elfenministerin beförderte Über-Mutter wurde, die mit strenger Hand über alle Bauvorhaben der Insel wacht, lag nicht mehr in meiner Hand. Es beweist jedoch, daß Island Menschen und Medien sowohl im Land selbst als auch außerhalb zu großer Kreativität anregt. Auf unvergleichliche Weise können in Island Ideen und Gedanken unmittelbar Wirklichkeit werden. Unsichtbares wird sichtbar und Sichtbares unsichtbar. Die Wirklichkeit hat die Chance, Bestandteil eines Kunstwerks zu werden. Und andersherum.

Einsam und still lebte im vorigen Jahrhundert der Genremaler Heinrich Gädtke auf der deutschen Nordseeinsel Helgoland. Gädtkes Vogelbilder sind heute nur einem kleinen Kreis von Spezialisten bekannt. Seine Wortschöpfung »Vogelwarte« jedoch, die er aus dem Wort »Sternwarte« ableitete, ist noch heute allgemein geläufig. In meinem Werkverzeichnis trägt die »Elfenbeauftragte« deshalb zur Sicherheit die Nummer 599.

1  Müller, Wolfgang, BLUE TIT – das deutsch-isländische Blaumeisenbuch; Berlin 1996, S. 62 ff.
2  Müller, Wolfgang, Ich hab sie gesehen, CD, Berlin 2000.
3  Wolfgang Müller zu Gast bei Pastor Fliege (1996), Vera am Mittag (1997), Jörg Pilawa (1998), Jürgen von der Lippe (1998), Bärbel Schäfer (1999); Videoedition Dörrie * Priess, Hamburg 1997.

Útför

**AGNARS W. AGNARSSONAR**

verður gerð mánudaginn 26. júlí og hefst
kl. 10.00 í Fosvogskapellu.
Jarðsett verður i grafreit Ásatrúarmanna í
Gufunesi.
Fyrir hönd vina og vandamanna,

**Kristjana Kristjánsdóttir**

Elskuleg móðir mín,
**ÓLÍNA ÓLAFSDÓTTIR,**
**Hrafnistu,**
**Reykjavík,**
**áður til heimilis í Efstasundi 11,**

sem lést laugardaginn 17. júlí, verður jarðsungin
frá Áskirkju þriðjudaginn 27. júlí kl. 13.30.

**Baldvin B. Sigurðsson.**

*Morgunblaðið* mit doppelt gedrucktem Radkreuz

Im Café Paris, gegenüber dem Parlament, blätterte ich die
aktuelle Ausgabe des *Morgunblaðið* durch. Manche Reisende vom Kontinent vermuten, daß eine isländische Tageszeitung keinen großen Umfang habe. Tatsächlich aber
ist das *Morgunblaðið* ziemlich voluminös. Ein Haupt-
grund dafür sind die Seiten mit den Todesanzeigen. Dabei

ist es nicht so, daß von den seit Januar 2007 dreihunderttausend Einwohnern ständig viele stürben. Im Gegenteil soll die Lebenserwartung mit zweiundachtzig Jahren für Frauen und achtundsiebzig für Männer sogar die höchste Europas sein. Eher sind es die langen Texte und Abbildungen, die die Hommagen an die Verstorbenen, die *minningar*-Seiten, so umfangreich machen.

Die Isländer sind sich ihrer Einzigartigkeit und Unersetzlichkeit bewußt. Spätestens in den Todesanzeigen wird die Bedeutung des einzelnen Individuums manifest. Jeder verstorbene Mensch bekommt einen ausführlichen Nachruf, geschrieben oft von mehreren Hinterbliebenen und Freunden. Er wird nebst Foto in der Tageszeitung veröffentlicht. Egal ob Bauer, Lehrerin, Kneipenwirt oder Ministerin. Natürlich fällt der Nachruf bei einigen etwas länger und größer aus als bei anderen, doch niemand wird mit nur einer einzigen Zeile abgespeist. Oft sind es kleine Erzählungen und liebevoll verfaßte Gedichte, die vom Leben der Verstorbenen erzählen.

Natürlich kursieren auch gemeine Witze über diese Hommagen: »Was soll man bloß über Jón Jónsson schreiben? Der hat doch in den letzten zwanzig Jahren nichts gemacht außer in den Fernseher geguckt.« Trotzdem bleibt es ein sehr sympathischer Gedanke, jedem Menschen einen persönlichen Nachruf zu widmen. Vor einigen Jahren gab es sogar einmal den Versuch, eine eigene isländische Zeitung nur mit Todesanzeigen und Nachrufen herauszugeben. Sie wurde allerdings schon nach wenigen Nummern wegen mangelnder Nachfrage eingestellt. Offensichtlich läßt sich der Tod dann doch nicht vom Tagesgeschehen abkoppeln. Jedenfalls fiel mein Blick in der *Morgunblaðið*-Ausgabe vom 25. Juli 1999 plötzlich auf eine Todesanzeige, die sich von den anderen in zweierlei Hinsicht deutlich abhob: In ihr befand sich kein Passionskreuz. Statt dessen bestand das obligatorische Kreuz aus zwei gleichlangen Balken, die von einem Kreis umgeben waren. Ein Radkreuz! Darin war, wenn auch nur bei genauerem Hinsehen erkennbar, rote Druckfarbe vorhanden. Nun wird die *minningar*-Seite üblicherweise nur einfarbig, schwarz gedruckt. Tatsächlich war das Radkreuzmotiv offenbar zuerst in Rot gedruckt worden, und anschließend, in einem zweiten Vorgang, in Schwarz an die gleiche Stelle. Das Radkreuz zeigte sich an den Rändern leicht gerötet, weil die Klischees nicht hundertprozentig übereinanderlagen. Durch den zweimaligen Druckvorgang wirkte es viel dunkler, wies eine tiefere, sattere Schwärze auf als die anderen Kreuze.

»Das ist der Typ, der vor ein paar Tagen ermordet wurde: Agnar Agnarsson«, wußte Curver, der Elektronikmusiker, als er die Anzeige sah. Persönlich kenne er ihn zwar nicht, aber er wisse, daß Agnar Mitglied des Ásatrúarfélagið, der heidnischen Glaubensgemeinschaft, gewesen sei.

Einige Jahre später verbannte die Kirche ein Radkreuz aus ihrer unmittelbaren Umgebung. Es befand sich jahrelang im Pflaster direkt vor dem Eingang der Reykjavíker Domkirche. Wer dafür verantwortlich war? Es findet sich niemand, der darüber Auskunft geben könnte. Es bleibt jedoch eine Tatsache, daß das Ásatrúarfélagið sich in der Öffentlichkeit immer bei der Kirche für diese »Verneigung« gegenüber der alten Religion bedankt hat. Und es gilt nicht mehr als unwahrscheinlich, daß genau hierin der Grund besteht, daß im Sommer 2001 plötzlich Bauarbeiter das Kreuz vor der Domkirche entfernten – im kirchlichen Auftrag. Mühsam klopften sie Stein um Stein aus dem Pflaster. Übrig blieb ein Kreis.

Fingertip Moistener (Anfeuchter/glycerine)
zum Geld- und Papierzählen

Der Altnordist Friedrichs Rühs (1781-1820), heute vor allem als erbitterter Gegner der Grimmbrüder und Antisemit bekannt, berichtet in seiner Edda-Ausgabe (1812) von einer »Prophezeiung über die Veränderung der Religion und andre künftige Ereignisse, Krucksspá, die ein gewisser Jonas Kruck im 15ten Jahrhundert von den Elfen erhalten haben soll«. Diese sei aber erst um das Jahr 1660 verfertigt worden. Die Krucksspá soll 1478 in Kopenhagen erschienen sein. Ebensowenig in Bibliotheken auffindbar wie diese Prophezeiung scheinen auch Sigurður Stefánssons Werk

»cujos prior pars agit de geniis, umbris, spectris larnis &
monstris montanis« (Kopenhagen 1591) und Gísli Vigfús-
sons »De geniis et spectris haud raro in Islandia sese offe-
rentibus« (Kopenhagen 1667). Die Mitarbeiter der isländischen Nationalbibliothek gehen davon aus, daß es sich
hierbei um sogenannte Phantombücher handelt.

# Ein Ständchen für den Präsidenten

Die Goersch'sche Chorgemeinschaft Baruth
singt isländisch, 2002

Vor einigen Jahren reiste der isländische Präsident Ólafur
Ragnar Grímsson nach Berlin, um die Humboldt -Univer-
sität zu besuchen. Matthias Mergl, Bibliothekar der Skan-
dinavistik-Abteilung, regte an, den Präsidenten mit einem
Ständchen zu beglücken. Einige Mitarbeiter der Bibliothek
probten bereits das Lied »Ólafur Liljurós«. Es handelt von
einem verliebten Mann, der einer Elfe mit dem Pferd hin-
terhereilt, vom Rücken des Tieres fällt und sich dabei den
Arm bricht. Kurz vor dem Besuch des Präsidenten Ólafur
gab dieser in Island die Verlobung mit seiner neuen Frau
Dorrit Mussaieff bekannt, fiel beim Ausritt vom Pferd und
brach sich den Arm. Der verantwortliche Isländischlektor
Andreas Vollmer empfahl daraufhin den Studenten, auf das
Begrüßungsständchen zu verzichten. So erfuhr der Präsident nie von dem geplanten Begrüßungschor.

Problemlos gestaltete sich dagegen im Jahr 2002 ein Gesangsvortrag der Goersch'schen Chorgemeinschaft Baruth aus Brandenburg mit dem isländischen Lied »Sálmur yfir víni« im Rahmen eines Kunstfestivals. Der spätere Isländischlektor an der Universität Wien, Jón Bjarni Atlason, reiste nach Baruth, um den Chormitgliedern die korrekte Phonetik des Isländischen beizubringen.[1]

Die Melodie von »Sálmur yfir víni« entstammt Joseph Haydns 1797 als Kaiserhymne komponiertem Lied: »*Gott erhalte Franz, den Kaiser, unsern guten Kaiser Franz*«. Gern wurde Haydns Melodie weiterverwendet. Hoffmann von Fallersleben vertonte mit ihr sein »*Lied der Deutschen*«, ein Lied gegen die Kleinstaaterei, vom Autor durchaus als Trinklied verstanden. Eine isländische Vertextung der Haydnmelodie stammt von dem Dichter Hannes Hafstein. Ab 1904 war er der erste Minister für die Belange Islands. Seine Variante »*Sálmur yfir víni*«,[2] interpretiert von der Goersch'schen Chorgemeinschaft Baruth, handelt davon, daß Rotwein ein Geschenk Gottes sei. Der Dichter preist die Freuden des Rotweintrinkens. Alle Menschen, so Hannes Hafstein liebten den Wein – nur Alkoholiker und Abstinenzler haßten ihn.

1 Projekt von Wolfgang Müller im Rahmen der Ausstellung »Vor Ort« im Kunst- und Kulturverein Alte Schule Baruth, 2002.
2 Müller, Wolfgang: Mit Wittgenstein in Krisuvík – 22 Elfensongs für Island, CD; Köln 2002.

# Skrimsl

Vor einigen Jahren erwarb ich bei einem Antiquar in Reykjavík das recht seltene Buch »Iceland: Its Scenes and Sagas« von Mister Sabine Baring-Gould, erschienen in London 1863. In den Deckel befand sich der Name eines der Vorbesitzer eingetragen, in dunkelbrauner Tinte: »Herbert C. Chermside, 1866.« Darunter folgende Bleistiftnotiz: »Sir Herbert C. Chermside (1850-1925) was Govenor of Queensland, Australia.«

Der Autor des Buches, Baring-Gould (1834-1924), gilt als einer der brillantesten Universalisten des viktorianischen England. Er ging in Deutschland und Frankreich zur Schule und später auf das Clare College in Cambridge. Das Werk des Theologen und Mitglieds der nordischen literarischen Gesellschaft umfaßt über hundert Bücher, darunter befinden sich auch dreißig Novellen. Seine Themen erstrecken sich von Theologie über Folklore, Geschichte und Sozialgeschichte bis zu Reiseberichten. Außerdem betätigte er sich als Archäologe, Architekt, Künstler, Lehrer und Sammler englischer Volkslieder. Auf seiner Islandreise bereiste Sabine Baring-Gould auch eine Region, in der ein bekanntes isländisches Seemonster, das Skrimsl, anzutreffen war. Hier Sabine Baring-Goulds Schilderung, erstmals in deutscher Übersetzung:

» (...) Zu unserer großen Freude trafen wir in Skogkottur Martin und den Nordstaatler, die von Skorradalsvatn gekommen waren, wo sie eine Woche beim Angeln verbracht hatten.

Sie waren noch sehr beeindruckt von der Erscheinung des Skrimsl, eines halb sagenhaften Monsters, von dem gesagt wird, daß es in einigen isländischen Seen leben soll, was aber im allgemeinen als der Phantasie entsprungene Einbildung angesehen wird.

Es war so, daß meine beiden Freunde am folgenden Tag angekommen waren, nachdem das Monster beobachtet worden war, wie es sich an der Wasseroberfläche vergnügte. Sie hatten so einige interessante Informationen erhalten, die einer näheren Betrachtung wert sind. So beobachteten eines Morgens der Bauer und sein Gesinde etwas Ungewöhnliches im See. Sie erspähten einen großen Kopf, der ähnlich aussah wie der eines Seehundes, welcher seinen Kopf über das Wasser erhebt. Dahinter tauchte ein Rücken oder Buckel auf, dahinter schloß sich das Wasser und danach erhob sich ein zweiter Buckel. Die Kreatur bewegte sich langsam und schien sichtlich die Sonne zu genießen.

Der folgende Hinweis auf das Skrimsl wurde mir von einem aus der Gruppe geschickt, die mich am Skoradalsvatn besucht hatten: ›Das Skrimsl mißt insgesamt 46 Fuß; Kopf und Hals umfassen sechs Fuß und der Schwanz mißt nach den Schätzungen der Bauern an den Ufern des Sees etwa 18 Fuß. Das Monster wurde vom Bauern des Ortes gesehen, einen Tag bevor wir selbst in Grund ankamen. Seine Erzählung und Beschreibung des Wassertieres waren so bemerkenswert und präzise, daß wir Nachforschungen anstellten. Diese ergaben, daß auch mehrere andere Personen das Monster gesehen hatten. Bei einer Gelegenheit wurde es von drei Bauern entdeckt, die direkt an den Ufern des Sees wohnten. Zwei von ihnen suchte ich persönlich auf und befragte sie über das Subjekt. Einer dieser Männer fertigte eine Skizze von der Kreatur an, als sie sich auf der Oberfläche des Sees eine halbe Stunde lang vergnügte.‹

Ich sollte geneigt sein, die ganze Geschichte als ein Märchen zu betrachten, wäre es nicht so, daß die Berichte aller Zeugen mit großer Genauigkeit vorgetragen wurden, und daß das Monster nicht nur in einem Teil des Sees, sondern auch an anderen Stellen gesehen wurde. Diese Zeichnung zeigt die erwähnte Skizze:

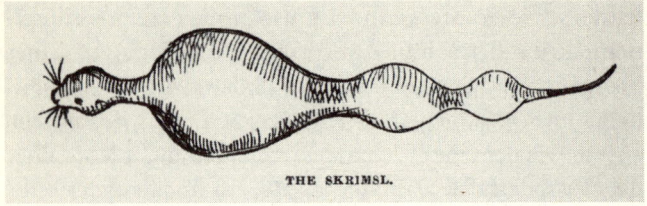

THE SKRIMSL.

skrimsl

Ich möchte den Leser bitten, seine Aufmerksamkeit auf die merkwürdigen Koinzidenzen zu richten, die zwischen den Beschreibungen der Kreatur bestehen, die im Skoradals- vatn gesichtet wurde, und denjenigen, die im Lagarfljót, auf der entgegengesetzten Seite der Insel, gemacht wurden. In den ›Icelandic Annals‹ gibt es eine Erwähnung vom Er- scheinen eines ähnlichen Monsters während des Sommers 1345, das in folgenden Worten beschrieben wurde: ›Da er- schien etwas höchst Wunderliches im Lagarfljót, von dem angenommen wird, es sei ein lebendes Tier. Manchmal sieht es wie eine große Insel aus und bei anderen dieser Wesen er- scheinen Buckel, mehrere hundert Faden lang, unterbro- chen von Wasser. Niemand kennt die Ausmaße dieser Kreatur, weil niemand seinen Kopf oder Schwanz sah, des- halb gibt es auch keine Gewißheit, was es ist.‹ Diese merk- würdige Beschreibung des Tieres stammt aus Berichten von Augenzeugen, sie findet sich in Jón Árnasons Þjóðsögur, Vol. I. Das Skrimsl, so wird gesagt, soll im selben See in den Jahren 1749/1750 erschienen sein. Es wurde von Peter dem Richter und von zwei anderen Männern gesehen. Sie beschreiben sein Volumen mit dem eines großen Schiffes, welches sich schnell bewegt. Diese Männer kamen, nachdem sie es einige Zeit beobachtet hatten, in der Dämmerung in Arneiðar-stede an, wo sie von ihrer Beobachtung mit dem Skrimsl erzählten. Während sie sich unterhielten, erschien das Monster an der Wasseroberfläche, direkt vor einem Bauerhof, und es schien dreißig oder vierzig Faden lang zu sein mit einem großen Buckel auf dem Rücken. Einer dieser Männer glaubte, daß er eine Silhouette hinter dem Tier erkennen könne. Es sah so aus, wie ein Schwanz unter der Wasseroberfläche. Alle Menschen der Farm in Arneiðar-stede erblickten – ohne Ausnahme – diese Kreatur.

Zudem sahen die Bewohner von Hrafngerði drei Buckel, die aus dem Wasser ragten und dort den ganzen Tag verharrten. Zwischen jedem Buckel erstreckten sich hundert Faden Wasser. Eines Morgens war Hans Víum in Arneiðarstede mit dem Pastor Hjörleifur, Magnús und Grímur zusammen, als sie Wasserfontänen beobachteten, die aussahen wie solche, die von Walen herrühren. Danach schien das Monster an das Seeufer zu schwimmen, wo es von mehreren Personen beobachtet wurde. Solches wiederholte sich im Jahr 1819. Dr. Hjaltalin aus Reykjavík erzählte mir, daß er selber viele Jahre geglaubt habe, daß die Geschichte des Skrimsl nur eine Fabel sei, bis ihm ein riesiges Skelett und monströse Knochen gezeigt worden seien, die man am Ufer des Lagarfljót herausgewaschen und freigelegt hätte; diese Knochen, sagte er mir, unterschieden sich vollkommen von Walknochen. Er sei nicht in der Lage gewesen, sie mit den Knochen irgendeines bekannten Meerestieres zu

identifizieren, welches in den nördlichen Meeren und Ge-
wässern vorkomme.

Die Fischer von Grímsey sind fest davon überzeugt, daß
das Skrimsl gelegentlich die Küsten ihrer einsamen Insel
besucht, an Land geht und dort, wo es war, Spuren im Torf
hinterläßt.

Es wird gesagt, daß ein Skrimsl im Þorska-fjord jage und es
für Schiffe manchmal gefährlich sei, sich ihm zu nähern, da
das Monster sie mit Stäben durchbohre und so zum Kentern bringen könne.«[1]

---

1 Baring-Gould, Sabine, Iceland: Its Scenes and Sagas; London 1863,
S. 345 ff.

Spassky – Fischer – Reykjavík 1972

Dreiunddreißig Jahre nach der legendären Schachpartie
Spasski-Fischer beim Weltmeisterschafts-Finale in Reykjavík wurde der damalige Sieger Bobby Fischer 2005 vom is-

ländischen Parlament fast einstimmig eingebürgert. Damit entging er der Auslieferung an die USA wegen Verstoßes gegen das Jugoslawien-Embargo, das ihm bis zu zehn Jahre Haft hätte bringen können.

Das umstrittene Spiel in Ex-Jugoslawien im Jahr 1992, bei dem der US-Bürger Fischer drei Millionen Dollar Preisgeld kassierte (anderen Angaben zufolge aber vom bankrotten Veranstalter Vasiljić nichts bekam), war eine Neuauflage des legendären 1972er Duells gegen den Großmeister Boris Spasski. Fischer hatte damals in Reykjavík gesiegt und damit die traditionelle Vorherrschaft der Sowjetunion auf dem Schachbrett beendet. In den USA wurde Fischer, der bereits im Alter von 15 Jahren als jüngster Spieler in der Geschichte den Großmeistertitel erhalten hatte, damit zum Helden. Im Kalten-Kriegs-Klima der siebziger Jahre war diese Weltmeisterschaft zu einem Wettstreit zwischen zwei Gesellschaftssystemen stilisiert worden.

Mitte Juli 2004 wurde Fischer auf dem Flughafen von Tokio festgenommen, als er mit seinem inzwischen ungültigen US-Ausweis in die Philippinen ausreisen wollte. Im Vorfeld hatte Fischer dem isländischen Außenminister Davíð Oddsson geschrieben und diesen um Asyl gebeten. Zwar verlangte die Regierung der Vereinigten Staaten von Amerika öffentlich Fischers Auslieferung und zeigte sich gegenüber Island verstimmt. Insgeheim aber ist man dort vermutlich froh, den prominenten US-Staatsbürger auf diese Weise losgeworden zu sein. Island erholt sich dabei im Gegenzug vom Image zu großer Abhängigkeit von den USA. Schließlich war das Land ohne eigene Armee einer der neunundvierzig Staaten, die vom amerikanischen Präsidenten George Bush in seiner Liste der »Koalition gegen den Terror« geführt wurden. In Michael Moores Gesellschaftssatire »Stupid White Men« kämpfen hornbehelmte isländische Wikinger auf Drachenbooten gemeinsam mit hüftenschwingenden Südseeinsulanern aus dem Zwergstaat Tuvalu gegen das Böse auf der Welt.

Bobby Fischer machte in den letzten Jahren vor allem wegen der Mitgliedschaft in einer Sekte namens Worldwide Church of God, durch Aussprüche wie »Bush ist ein Kriegsverbrecher, der gehängt werden sollte!« sowie antisemitische Verschwörungstheorien Schlagzeilen.

Der isländische Botschafter in Tokio Þórður Ægir Óskarsson habe, so berichtet der Berliner Tagesspiegel, das Schachgenie zum japanischen Flughafen begleitet:

> *Der isländische Botschafter in Tokio begleitete ihn zum Flughafen. Eine schwarze Limousine hatte Fischer vom Gefängnis abgeholt. Bevor er im Flughafen verschwand, ließ er sich noch zu einer weiteren Unflätigkeit hinreißen: Er wendete sich ab, öffnete seinen Hosenschlitz, und tat so, als wolle er noch mal schnell auf japanischen Boden urinieren.*[1]

In Wirklichkeit war es Botschaftsrat Benedikt Höskuldsson, der Fischer zum Flughafen fuhr. Im folgenden eine Rekonstruktion der Fahrt.

Wolfgang Müller: *Gab es zuerst einen Anruf, Bobby Fischer abzuholen?*
Benedikt Höskuldsson: Nein, es gab an diesem Tag keinen Anruf. Wir hatten durch vorherige Absprachen mit den japanischen Behörden ein Arrangement vereinbart.

*Um welche Uhrzeit wurde Fischer abgeholt und wie lange dauerte die Fahrt zum Flughafen?*
B. H.: Lokale Zeit war 7:00 morgens. Aber es gab einiges an Papierkram, was noch erledigt werden mußte. Unser Ziel war es, den Flughafen Narita rechtzeitig zu erreichen, um die Maschine am späten Morgen zu kriegen.

*War es tatsächlich eine schwarze Limousine?*
B. H.: Es war ein offizielles Auto der Botschaft, ein schwarzer Audi A6.

*Wer war noch da, um Fischer in Empfang zu nehmen?*
B. H.: Fischers Verlobte und sein Rechtsanwalt.

*Was sagte Bobby Fischer als erstes zu Ihnen?*
B. H.: Wir hatten bereits mehrere Male miteinander telefoniert. Ich stellte mich also persönlich vor, und er begrüßte mich sehr freundlich.

*Sprachen sie während der Fahrt miteinander?*
B. H.: Ja, wir unterhielten uns. Ich möchte nicht in die Details gehen, aber er drückte seine Dankbarkeit gegenüber dem isländischen Volk und der Regierung Islands aus, die ihm auf diese Weise geholfen hätten. Andere Themen, die wir während der Fahrt besprachen, standen in Verbindung mit seiner Abreise aus Japan.

*Lief dabei Musik, ein Autoradio?*
B. H.: Nein, es lief weder Radio noch andere Musik.

*Gab es sonst irgendeine interessante Begebenheit während der Fahrt, beispielsweise ein Gespräch über Schach?*

B. H.: Er fragte mich, ob ich Schach spielen würde. Ich sagte ihm, daß ich ihn mit Spasski bei der Weltmeisterschaft 1972 in Reykjavík gesehen hätte.

*Sind Sie selber Schachspieler?*
B. H.: Ja, aber ein schlechter.

*Spricht Fischer ein bißchen Isländisch?*
B. H.: Nein.

*Verlangen die USA immer noch die Auslieferung von Fischer?*
B. H.: Das müssen Sie die USA fragen.

*In der Presse war zu lesen, Bobby Fischer habe sich am Flughafen noch zu einer letzten Provokation hinreißen lassen und simuliert, er uriniere auf den Boden.*
B. H.: Während seiner Haft war es Fischer nicht gestattet, einen Gürtel zu tragen. Nach dem Verlassen der Haft, also kurz bevor er unser Auto betrat, wurde ihm sein Gürtel gegeben. Es war also der letzte Gegenstand, der ihm ausgehändigt wurde. In unserem kleinen Auto versuchte er nicht, ihn während der Fahrt anzuziehen. Er hielt den Gürtel statt dessen in der Hand. Das erste, was Fischer nach unserer Ankunft am Flughafen Narita tat, war, aus dem Auto zu steigen und zum Abfertigungsgebäude zu gehen, um seinen Gürtel anzuziehen. Nachdem er das getan hatte, versuchte er sein Hemd in die Hose zu stopfen. Aus diesem Grund saßen seine Hosen für einen kurzen Moment locker. Was so interpretiert wurde, als ob er draußen urinieren wolle, war also nichts weiter als das Hineinstopfen seines Hemdes in die Hose. Während er dies tat, wurde er ständig

von der Presse observiert. Da ich Fischer auch von unseren vorherigen Gesprächen während seines Japanaufenthaltes her kannte, muß ich sagen, daß er ein sehr ehrwürdiger Mann ist, der niemals so etwas täte wie öffentlich zu urinieren. Ich würde eher behaupten, daß die Weltpresse ihm während seiner Inhaftierung in Japan nicht einmal den Schutz seiner Privatsphäre gönnte, um sein Image zu verbessern.

*Vielen Dank für die Auskünfte.*

1 Tagesspiegel 26. 3. 2005, S. 7.

# Distinktionsgewinne im Holozän

Größer und nicht so militärisch: der isländische Zaunkönig

Im Jahr 1993 glaubt der Hamburger Pädagogik-Professor und Farnspezialist Peter Struck drei Exemplare einer nur auf Island vorkommenden Farnart, der isländischen Mondraute, entdeckt zu haben. Er nennt sie »Botrychium islandicum«. Der Islandfarn, so der Entdecker zum Hamburger Abendblatt am 26. September 2000, unterscheide sich von einer anderen Farnart unauffällig durch die Blattgabelung am oberen Drittel. *Botrychium islandicum* bilde zudem Sporen auch am sonst sterilen Blattabschnitt. Besonders gern wachse die isländische Mondraute in der Nähe von

Eis- und Abbruchkanten. »Vielleicht sind die Sporen einer alten Art unter dem Eis konserviert gewesen«, vermutet Struck: »Oder vulkanische Einflüsse haben zu einer Mutation geführt.« Island war vor 10 000 Jahren fast völlig vergletschert und weist wegen der kurzen eisfreien Periode eigentlich keine endemischen Tier- und Pflanzenarten auf. Vorkommende Variationen der Nominatform können deshalb nur minimal sein.

Skeptisch über Strucks Entdeckung äußert sich im Jahr 2005 der isländische Wissenschaftler Hörður Kristinsson vom Náttúrufræðistofnun Íslands. *Botrychium islandicum* scheine identisch mit *Botrychium simplex* var. *tenebrosum* zu sein, einer nordamerikanischen Mondrautenart. Die Abweichungen stellten lediglich eine minimale, unbedeutende Variante dar.

Auch der kleine Lidstrich, der sich am Auge des isländischen Brachvogels (*Numenius phaeopus islandicus*) befinden soll, wird gelegentlich als Zeichen einer minimalen Varietät der Art gedeutet. Den isländischen Zaunkönig (*Troglodytes troglodytes islandicus*) bezeichnet der Ornithologe Günter Timmermann 1949 in seinem Werk »Die Vögel Islands« als die »größte der nordatlantischen Inselrassen«. Timmermann betont, daß sie im Gegensatz zur Nominatform anstelle rotbrauner Töne mehr graubraune und düster erdbraune aufweise. Während Friedrich Faber in »Das Leben der hochnordischen Vögel« (Leipzig 1827) den Gesang isländischer und dänischer Zaunkönige noch völlig übereinstimmend fand, meinte Timmermann hundert Jahre später, der Gesang des isländischen Zaunkönigs sei »nicht so forsch entschieden, kraftvoll-gedrängt, ja ich bin versucht zu sagen, so stramm militärisch wie bei britischen Vögeln und solchen des kontinentalen Europas«.

Um die Zuordnung einer isländischen Maus, genannt *Mus Islandicus Thienemann,* zu einer eigenen Art, Unterart oder Varietät streiten sich die Forscher bereits seit ihrer Entdeckung 1820 im nordisländischen Akureyri durch den Leipziger Naturforscher Friedrich A. L. Thienemann. Doch werden die Unterschiede zur europäischen Hausmaus heute als minimal betrachtet.

# Hier wohnt ein Straßenschild

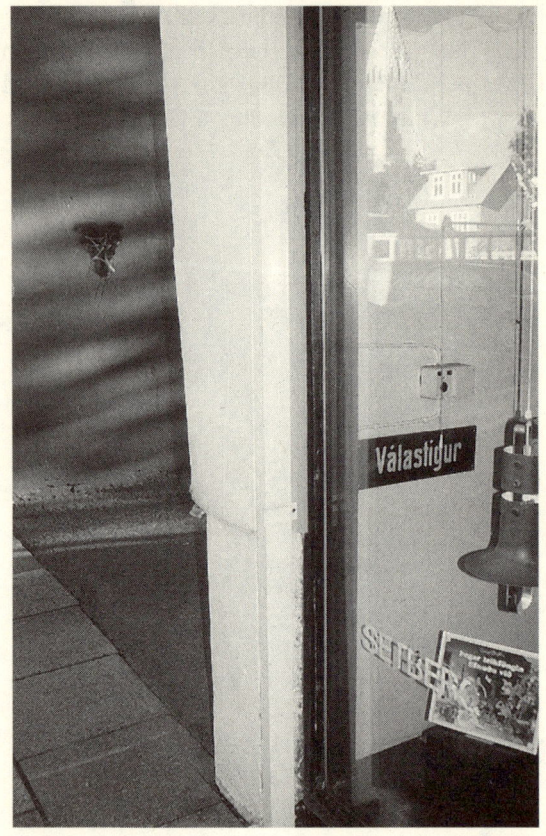

Válastígur innen und außen

Üblicherweise werden Straßenschilder außen befestigt, an der Straße oder an der Fassade eines Hauses. Auf dem Válastígur in Reykjavík gibt es ausnahmsweise ein Schild, daß inwändig angebracht ist. Um den Straßennamen zu lesen, muß der Betrachter durch ein Schaufenster auf eine Innenwand schauen, die parallel zur Straße liegt. »Da es in Island sehr oft regnet, ist diese Form der Anbringung doch sehr praktisch. Das Schild kann nicht so schnell rosten«, meint ein Passant. Ein anderer stimmt zu: »Außerdem ist Váli ein sehr schöner Name für eine winzige Gasse.« Nachdenklich fügt er hinzu: »Ist das nicht ein Zwerg aus der eddischen Völuspá? Sicher war das Straßenschild ein beliebtes Souvenir und mußte ständig erneuert werden.« Ist das inwändig angebrachte Straßenschild nicht auch ein deutlicher Beweis dafür, daß die Trennung zwischen öffentlichem und privatem Eigentum nicht so strikt verläuft wie anderswo? »Es ist eine Mischung. Einerseits hilft die Anbringung des Straßenschildes in der Wohnung der ganzen Gesellschaft, da sie es nicht wegen Diebstahl oder Rost ersetzen muß. Andererseits aber nährt es den Mythos einer offenen Gesellschaft, einer Gesellschaft ohne Geheimnisse, in der jeder in die Fenster der anderen schauen kann«, meint Svanhildur, die offensichtlich gerade von einem Zahnarztbesuch um die Ecke kommt.

# Im Interesse der Engel

## Ein Gespräch mit Karl Sigurbjörnsson, Bischof von Island

Schutzengel im Fenster des Kirkjuhúsið

Nach vier Jahren Bauzeit wurde er schließlich fertiggestellt, der *Hvalfjarðargöng*. Der Straßentunnel unter dem
Walfjord gilt als technisches Meisterwerk und verbindet
seit dem Jahr 2000 Reykjavík mit der 5300-Einwohner-
Stadt Akranes. Damit verkürzt sich die Autofahrt nach
Nordisland um gut fünfzig Kilometer. Die Baufirma
Spölur, die sich rühmen kann, damit eines der größten Bau-
projekte Islands in Rekordzeit ausgeführt zu haben, hofft
durch entsprechende Mautgebühren innerhalb der nächsten fünfzehn Jahre die enormen Unkosten wieder ein-
zuspielen. Überschattet wurden die Feierlichkeiten zur

Einweihung des Tunnels vom Protest des Bischofs von Island, Karl Sigurbjörnsson. Grund: Die Baufirma Spölur hatte in ihrer Festschrift die altisländischen Landesgeister, also Elfen, Zwerge und Trolle, gebeten, den Tunnel zu schützen.

Vertreter der lutherischen Staatskirche wurden dagegen nicht zur feierlichen Eröffnung eingeladen. Unterstützung bekam der Bischof von Halldór Blöndal, dem damaligen Verkehrsminister Islands. Dieser behauptete, er habe zur Segnung des Tunnels die Anwesenheit eines Geistlichen gewünscht, ohne Erfolg: »Die Baufirma wollte das einfach nicht.« Hintergrund ihrer Weigerung ist, so spekuliert die Tageszeitung DV, ein Zwischenfall vor drei Jahren. Unmittelbar nach der kirchlichen Weihe sei dort im gerade fertiggestellten Westfjarðagöng eine Wasserader geplatzt und habe großen Schaden verursacht. Der Tunnel mußte längere Zeit geschlossen werden. Ein Telefongespräch des Autors mit dem Bischof von Island, Karl Sigurbjörnsson, klärt die Situation.

Wolfgang Müller: *Sie haben dagegen protestiert, daß Elfen gebeten wurden, den neu eröffneten Hvalfjarðargöng zu schützen.*

Karl Sigurbjörnsson: Nun, meine Aussage wurde von den Medien hochgespielt. Es gab da einen Kommentar, der für die Baufirma Spölur verfaßt wurde und den ich für unangemessen hielt. Man wollte die Elfen zu Schutzengeln des Straßentunnels machen.

*Was haben Sie dagegen?*

K.S.: Nun, ich habe das kritisiert, weil unsere Bevölkerung Elfen nie als Schutzgeister betrachtet hat. Elfen sind

Folklore. Sie sind etwas, vor dem man sich bekanntlich in acht nimmt!

*Warum?*
K.S.: Sie kennen doch die Geschichten von Elfen, die in den Steinen leben, nicht wahr?

*Ja. Es wird gesagt, daß Elfen in Steinen leben.*
K.S.: Dann wissen Sie auch, daß Elfen manche Menschen in Steine oder ins Wasser gezerrt haben? Gegen ihren Willen. Sogar Kinder wurden entführt.

*Ja, schon. Die Elfen wollten mit ihnen gemeinsam in der Elfenwelt leben.*
K.S.: Sehen Sie! Das ist Folklore, Teil der Folklore. Eine zugegebenermaßen wichtige Sache. Ich habe nichts gegen Folklore. Aber ein wichtiger Aspekt meines Protestes bezog sich darauf, daß Folklore nicht mit dem Glauben gleichzusetzen ist.

*Und die Bitte um Segnung des Tunnels durch die Elfen? Ich hörte davon … Gab es da eine Zeremonie?*
K.S.: Nein, es gab da wirklich nur einen Kommentar in der Informationsbroschüre, mehr war da gar nicht.

*Dem Wort »faith«, also Glauben, folgt in meinem Englischwörterbuch unmittelbar das Wort »fairy«, also Elfe …*
K.S.: Nun, seit Generationen erzählen Menschen von Elfen und Trollen – aber das war und ist nicht Teil des Glaubenssystems. Es war Symbol des Unbekannten und der destruktiven Kämpfe der Natur. Heutzutage täuschen Menschen vor, den Wert von Glaubensstrukturen über-

blicken zu können. Das ist falsch. Sie bewerten alle Dinge gleich, sogar Folklore und Glauben. Die Menschen neigen dazu zu glauben, das wäre alles das gleiche.

*Wissen Sie eigentlich, wie lang der Tunnel unter dem Hval-fjörður ist?*
K. S.:  Sechs Kilometer.

*Herzlichen Dank.*

# Falscher Freund am Tellerrand

Neutraler Teller

Es sind immer die gleichen Wörter, die in deutschen Reiseführern als Beispiel isländischer Sprachreinheit genannt
werden: *sími* für Telefon, abgeleitet von einem alten, lange
außer Gebrauch geratenen Wort für »Draht«, und *tölva* für
Computer, eine Kombination aus *tala*, »Zahl«, und *völva*,
der Seherin aus der Edda. Auch *sjónvarp*, wörtlich: Sicht-
wurf, das Wort für Fernsehen, erfreut sich großer Beliebt-

heit. Das isländische Wort für Radio *útvarp*, wörtlich Auswurf, wird wesentlich seltener genannt.

Warum das so ist, wurde mir im Gebäude des isländischen Rundfunks klar. Während der Produktion eines Hörspiels[1] in Reykjavík speiste ich täglich während der Mittagspause in der Hauskantine. Die beteiligten Schauspieler, allesamt isländische Muttersprachler, probten für das Hörspiel ihre Texte, die sie auf deutsch vortragen sollten – mit dem typischen isländischen Akzent. Später holte ich einen deutschen Skandinavistikstudenten hinzu, der für das Hörspiel einige Wörter auf isländisch sprechen sollte – Isländisch mit typisch deutschem Akzent. Immer, wenn dieser sich zu uns an den Tisch setzte, brachte er einen eigenen weißen Teller ohne Aufdruck mit. Das ganze Geschirr beim Sender RÚV trägt den blauen Aufdruck *útvarp*. Später verriet mir eine Küchenhilfe, der Student studiere im dritten Semester Isländisch und hätte einen assoziativen Übersetzungszwang. Er habe beim Kantinenpersonal um Verständnis gebeten, daß er keine Suppe essen könne, die in einem Teller mit dem Wort »Auswurf« serviert würde. Wir akzeptierten dieses sonderbare Verhalten, auch wenn wir es etwas übertrieben fanden.

---

1 Müller, Wolfgang, Das Thrymlied – Island-Noten von Úlfur Hróðólfsson, Bayerischer Rundfunk 1996, auf der CD Islandhörspiele;
Berlin 2000.

# Wie Musik und Gesang nach Island kamen

Gilt als völlig unmusikalisch: Der Gesang des Riesenalken
(alca impennis) verstummte für immer am 3. Juni 1844.
Die letzten beiden Exemplare des flugunfähigen Vogels wurden
am Fuße der isländischen Felseninsel Eldey von den Seeleuten
Jón Brandsson, Sigurður Ísleifsson und Ketill Ketilsson durch
Genickumdrehen getötet. Eine Rekonstruktion des Riesenalkengesanges
– er wird als gutturales, krächzig-gurgelndes Geräusch beschrieben –
erfolgte 1996 im Hörspielstudio des isländischen Rundfunks durch
die Schauspielerin Kristbjörg Kjeld für das Hörspiel »Thrymlied –
Island-Noten von Úlfur Hróðólfsson«, Regie und Text: Wolfgang Müller;
eine Produktion des Bayerischen Rundfunks, Redaktion Hörspiel- und
Medienkunst: Herbert Kapfer. Im Bild: der ausgestopfte Riesenalk,
der von der Islandfahrt des dänischen Grafen F. C. Raben stammt.
Der Graf wollte für seine Sammlung ausgestopfter Vögel auf Schloß
Aalholm unbedingt auch ein Exemplar des bereits sehr seltenen
Riesenalken haben. F. C. Rabens Balg wurde 1971 bei Sothebys in
London im Auftrag des isländischen Naturkundemuseums ersteigert.
Dort stellt er heute das wohl kostbarste Exponat dar.

Zuerst zog nur das Heulen des Windes über das karge Land. Der weiseste der Asen, Odin, trägt die Erinnerung an dieses Geräusch in seinem altenglischen Beinamen Ómi: das Geheul des Windes. Dazwischen sangen Elfen und Zwerge, rumorten Eis- und Feuerriesen. Noch hörte niemand zu. Im Wasser girrten die Meermännlein.

Dann, in der Mitte des 6. Jahrhunderts, kam der irische Abt Brendan, einer der ersten Besucher Islands, der von der noch unbesiedelten Polarinsel berichtete. Die Luft, so der Abt, sei erfüllt von Donner und feurigen Wurfgeschossen, häßliche Teufel schürten gewaltige, lärmende Schmiedefeuer. Trotz dieser wenig einladenden Beschreibung ließen sich um das Jahr 800 irische Einsiedlermönche auf der damals gelegentlich Thule genannten Insel nieder. Um zu meditieren, zu beten und natürlich auch christliche Psalmen zu singen.

Sie blieben nicht lange. Als sich um 870 die ersten Wikinger aus Norwegen, Dänemark, Schweden, Schottland, den Hebriden und den Orkneys auf Island ansiedelten, verließen die von ihnen *Papar* (Pfaffen) genannten Iren die Insel. Die neuen Siedler brachten ihre Kultur, ihre Sprache und Musik mit. Und wohl auch keltische Sklaven. Während die altisländische Literatur – die Edda und die Sagas – allgemein bekannt sind, existieren nur sehr spärliche Informationen über die damalige Musik.

Magische Formeln und Zauberlieder wurden wohl gesungen, doch wie sich das anhörte, ist Feld weitschweifender Spekulationen. Der heidnische Zauberakt selbst nannte sich *galdur*, was von »gala« stammt, der Bezeichnung für Schreien und Singen. Heute, im Neuisländischen, steht es für Hahnengekrähe, im Norwegischen für »verrückt sein«. Es wird vermutet, daß auch die stabreimenden Lieder der Edda im Gesang dargeboten wurden.

Im Jahr 1990 machte sich der Gründer der neuheidnischen Glaubensgemeinschaft Sveinbjörn Beinteinsson daran, den Schöpfungsmythos aus der Völuspá, den Weissagungen der Seherin, mit seiner unvergleichlichen Knarrstimme zu intonieren. Das Resultat präsentierte David Tibet mit Current 93 auf CD.[1]

Ähnlich wie Sveinbjörns Gesänge kann man sich wohl auch den Zwergengesang vorstellen. Die Erdgeister lieben bekanntlich Gesang und Tanz. Ihre Gesangskunst ist allerdings nicht annähernd so klar, melodiös und zauberhaft wie die der *Ljúflingar*, Lieblinge. Diese unterirdisch lebende Elfenart sieht ihre Aufgabe vornehmlich darin, die Erhaltung der alten Töne zu überwachen.

In der Saga von Þorfinnur karlsefni finden wir die begnadete Sängerin Guðríður, die sich zuerst etwas unwillig – »denn ich bin Christin« – zu den anderen, noch heidnischen Frauen in den Halbkreis um einen Zauberhügel stellt, um ein Lied zu singen: Dies tat sie so schön, daß die Anwesenden glaubten, nie ein schöneres gehört zu haben. Im Gefolge einer Wahrsagerin befindet sich, so berichtet die Örvar-Oddur Saga, eine ganze Singgruppe, ein gemischter Chor: fünfzehn Frauen, fünfzehn Männer, betörende Zauberlieder vortragend. Ob dazu die Naturtöne der *lúðrar* (Luren) erklangen, die zur Zeit der Besiedlung schon über zweitausend Jahre alt waren und nach den Vorstellungen gewisser Germanophiler in derlei Kulthandlungen unabdinglich waren, gilt als äußerst zweifelhaft.

Islands bekanntester zeitgenössischer Komponist Jón Leifs (1900-1968) jedenfalls arbeitete unter anderem die Klänge rekonstruierter Luren in seine Kompositionen ein, mit denen er den Neubeginn »urnordischer Musikschöpfung« einleiten wollte. Das fiel in Deutschland in der Zeit des Nationalsozialismus auf fruchtbaren Boden. In der Zeitung der Islandfreunde aus dem Jahr 1935 finden wir den Text einer Ansprache von Jón Leifs anläßlich der Nordischen Filmtage, in der er Wikinger und nordische Heldenlieder preist, von Islands Blut und Boden spricht und die er mit »Heil Deutschland!« beendet.

Ob das reine Höflichkeit den Gastgebern gegenüber oder gar eine subversive Handlung war, wie es heute von manchen Verehrern des Künstlers gern gesehen wird, ist umstritten. Auf jeden Fall ritt Leifs Ende der zwanziger Jahre mit einem Phonographen im Gepäck über das Land und nahm auf 65 Tonwalzen die Gesänge von Arbeitern, Fischern und Bauern auf, die die alten Gesangsarten noch kannten. Sein Interesse galt insbesondere den Rímur, Reimweisen, primitiven Polyphonien mit akzentschwerem Taktwechsel, und den Tvísöngur, den Zwiegesängen, archaisch anmutenden, mehrstimmig vorgetragenen Quintengesängen. Hier vermutete er Zusammenhänge mit den Klängen der Lure: »Bemerkenswert ist das am Schluß plötzlich halb gesprochen hingehauchte *Huuuh*.«

Trotz heftiger Bekämpfung seitens der Kirche haben Rímur und Tvísöngur im Gegensatz zu den traditionellen Volkstänzen überlebt.[2] Vom 14. bis ins 19. Jahrhundert war Island einer der isoliertesten Orte Europas. Während dieser Zeit der Not, der Naturkatastrophen und des dänischen Handelsmonopols gab es für Musik kaum Entwicklungsmöglichkeiten. Rímur und Tvísöngur erhielten sich quasi unbeeinflußt vom musikalischen Geschehen in Europa, veränderten sich kaum.

Für auswärtige Besucher galt Island trotz der ausgesprochenen Sangesfreude seiner Bewohner denn auch als musikalisches Brachland. Der schwedische Reisende Uno von

Troil berichtet 1772 von den schrecklichen Tvísöngur, den Zwiegesängen: »Ein Fremder findet hieran gleichwohl wenig Vergnügen, denn die Isländer singen überhaupt sehr schlecht ohne Takt und ohne Annehmlichkeit, besonders da sie von den neueren Annehmlichkeiten der Musik nicht die geringste Kenntnis haben.«[3]

Auch Konrad Keilhack, ein deutscher Geologe, war überzeugt von der völligen Unmusikalität der Inselbewohner. Den Rímur-Vortrag nennt er in seinem Reisebericht[4] »eine eigenartige Tafelmusik« und »Knurrpause«. Ein kleiner, uralter Mann habe ununterbrochen laute, knurrende Töne von sich gegeben, »wie man sie sonst nur in zoologischen Gärten im Raubthierhause von den kleineren Mitgliedern derer vom Geschlecht Felis zu hören bekommt«.

Besonders aber schockiert ihn die darauffolgende Verabschiedung des Sängers, der bereits die Lippen in Richtung seines Mundes spitzte: »Die Verabschiedung durch Kuß ist nämlich auch unter den Männern, selbst wenn sie sich kaum kennen, außerordentlich verbreitet, und wir haben gesehen, wie Jünglinge und Männer einander wie Verliebte bei Begrüßung und Abschied abküßten, ein Anblick, der wahrlich nicht schön ist. Natürlich huldigen Frauen und Mädchen dieser Sitte in noch weit höherem Grade.«

Die isländische Unabhängigkeitsbewegung, beseelt vom Geist der Romantik, trug Mitte des 19. Jahrhunderts dazu bei, daß deutsches Liedgut auf der Insel populär wurde. Es verdrängte beinahe die alten Rímur-Gesänge. Noch heute werden Lieder von Franz Schubert gern und häufig im Radio gespielt.

Daß Gesang sich auf Island größter Wertschätzung erfreute, beweist auch eine Note aus den »Mitteilungen der Islandfreunde« von 1915. Unter der Überschrift »Island und der Krieg« weiß ein Herr Dr. Freiherr von Jaden »in deutlich warnendem Unterton« von einem englischen Konsul in »Spezialmission« zu erzählen. Dieser, so der mit einer Isländerin verheiratete Österreicher, habe sich durch »systematische Stimmungsmache« rasch und geschickt Eintritt in die maßgebenden Kreise Reykjavíks verschafft. Das habe nur deshalb so gut funktioniert, »da Mr. Cable gut tanzt und musikalisch ist, er singt für einen Engländer erstaunlich gut«.

Doch schon wenige Jahre später, in der Zeit der Inflation, tauchen einige deutsche Kaffeehausmusiker in Reykjavík auf und betören die Jugend mit ihrem Spiel. Pikiert spricht ein Dr. Mohr in seinem 1925 erschienenen Reisebuch über Jazzmusik, die ein stadtbekanntes deutsches Trio im Hotel dargeboten habe: »Das war einmal Musik nach dem Herzen – nein: nach den unempfindlichen Ohren der Isländer.« Und schließlich übersetzt er, zum Beweis isländischer Naivität, die Liebesode eines jungen isländischen Dichters, die dieser schwärmerisch an den Geiger des Trios richtete:

»Spiele Göttlicher, ja spiele! / Töne zaubre, hell und rein! – / beug' mich preisend dem Gefühle / Sklave deiner Kunst zu sein!«

Das unempfindliche offene Ohr der Isländer hat sie glücklicherweise nicht im Sklavenstatus verharren lassen. Neben Weltstar Björk, den Bands Sigur Rós, Trabant, Ghostigital, Gus Gus, MÚM und der Elektronikformation Stillupp-steypa tauchen ständig neue Namen in der zeitgenössischen Popmusik auf. Wenn es irgendeine Gemeinsamkeit dieser Musiken gibt, ist es wohl eine gewisse Eigenwilligkeit, in den Medien gern mit dem Attribut »schräg« versehen. Konformität und Anpassung werden verachtet. Bewußt schrammt ein Teil isländischer Popmusik am Mainstream vorbei, inhaltlich wie auch musikalisch. Deutlich sichtbar und hörbar wird das beispielsweise im Videoclip »Viðrar vel til loftárásan« von Sigur Rós.

Isländische Opernsänger und -sängerinnen sind ebenfalls überproportional in den Opernhäusern Europas und Amerikas zu hören, darunter der Weltstar Kristján Jóhannsson. Der Staat fördert Talente im Land. Das hat dazu geführt, daß isländische Opernsänger an den Bühnen in Spanien, England, Italien, Österreich, der Schweiz, Deutschland und anderen Ländern feste Engagements haben. Sehr praktisch überdies, denn die einzige Oper Islands, untergebracht im alten Stadtkino an der Ingólfsstræti, könnte unmöglich alle ausgebildeten Stimmtalente des Landes beschäftigen.

In der Sönghellir, der Sangeshöhle unterhalb des Snæfellsjökullgletschers, singt sogar die Höhle mit: Einen Ruf oder Schrei erwidern das konkave Gewölbe und die glattgeschliffenen röhrenartigen Einbuchtungen mit merkwürdigem Brummen und starken Verdoppelungen, klirrendem Hall oder langandauernden Echos. Dvergamál nennen das die Isländer – das Echo ist der Zwerge Sprache.

1  Current 93 presents Sveinbjörn Beinteinsson »Edda«; England 1998.
2  Raddir – Folksongs From The Archives Of The Árni Magnússon Institut; Reykjavík 1998.
3  von Troil, Uno, Briefe welche eine von Herrn Dr. Uno Troil im Jahr 1772 nach Island angestellte Reise betreffen; Uppsala und Leipzig 1779, S. 66.
4  Keilhack, Konrad, Reisebilder aus Island; Gera 1885, S. 84f.

# Björks Babysitter

Rósberg Snædal präsentiert: Das dritte Geschlecht, 2003

Rósberg Snædal ist Modedesigner, Barkeeper und Babysitter. Ein typisches Universaltalent, wie sie im Land nicht selten anzutreffen sind. Seine Freunde nennen ihn kurz Rósi. Oft war Rósi der allgemeinen Entwicklung voraus, so daß von seinen Ideen nicht er, sondern andere profitierten. So lief auch der Modeladen »Skaparinn«, den er gemeinsam mit der Designerin Dúsa am Laugavegur führte, nur mäßig. Und das, obwohl die T-Shirts und Jacken aus dem Skaparinn unbestritten zu den originellsten Designerstücken des Landes zählten. »Es ist einfach sehr schwierig, ein T-Shirt mit dem deutschsprachigen Aufdruck ›Das dritte Geschlecht‹ in Island zu verkaufen«, seufzt Rósi. Vielleicht hätte er es mit den Größen L, M oder XL probieren sollen. Denn das T-Shirt gab es im Laden vor allem in ganz winziger Ausführung, für Neugeborene und Kinder bis zwei Jahren.

Rósis Offenheit und Talent führen dazu, daß er immer dann gefragt wird, wenn etwas Außerplanmäßiges und Unerwartetes organisiert werden muß. Als eine Gruppe von über fünfzig Lederschwulen der MSCs von Hamburg, Berlin, Köln, München und Stuttgart ihren Freunden in Reykjavík – der MSC zählt dort vier aktive Mitglieder – einen Besuch abstatten wollte, half er, deren Willkommensmenü in einem Nachbarschaftsheim zu organisieren. Als Kellner in bayerischer Tracht – hinten ohne. Die deutschen Ledermänner, die aus Höflichkeit nach ihrer Ankunft in Reykjavík bereits einige auffällige Nasenringe und Fetischschmuck entfernt hatten – sie wollten ihre isländischen Freunde nicht in kompromittierende Situationen bringen – staunten über die große Offenherzigkeit. Zumal im Nachbarschaftsheim gleichzeitig eine ganz traditionelle Hochzeitsfeier stattfand: Die Braut rannte in ihrem weißen langen Kleid ständig zu den Lederschwulen, um sich mit ihnen für das Hochzeitsalbum fotografieren zu lassen. Ihr befrackter Gatte zeigte sich, nach anfänglichem Zögern, ebenfalls interessiert und schloß sich den Fotosessions mit zunehmender Begeisterung an. Das isländische Fernsehen, das mit ausgesprochener Hartnäckigkeit die Besucher aus Deutschland verfolgte, versuchte sogar, ein Team in den isländischen Lederclub zu schmuggeln, wo gerade einige Pornos liefen. Allerdings vergeblich, der strenge Dresscode des Clubs verriet sie sofort.

Nicht nur Rósis beeindruckende Kreativität, auch sein

kommunikatives Talent ist im ganzen Land bekannt. Es wundert daher nicht, daß ihn Popstar Björk einst damit beauftragte, sich um ihren damals 14jährigen Sohn Sindri zu kümmern. »Es war die Zeit, in der Lars von Trier ›Dancer in the Dark‹ drehte«, so Rosberg nachdenklich. »Während Björk beim Dreh war, fuhr ich mit Sindri und seinen gleichaltrigen Freunden durch Kopenhagen.« Nach der Schule besuchten sie gemeinsam Museen, Kaffees und Galerien.

Irgendwann äußerte Sindri gegenüber Rosberg den Wunsch, auch mal eine Schwulenbar von innen zu sehen. »Ist doch klar, daß er wissen wollte, wie es da so aussieht. Die wollten wissen, wo ich so verkehre.« Mit Sindri und einigen seiner Freunde betraten sie nun diverse Schwulenkneipen in Kopenhagen. »Die Inhaber reagierten meist völlig irritiert, ja fast verängstigt und baten mich inständig darum, von weiteren Besuchen dieser Art abzusehen«, so Rosberg. »Es schien unmöglich, eine harmlose Limonade oder einen Milchshake zu bestellen.« Das Sightseeing mußte vorzeitig abgebrochen werden. »Ich habe den Jugendlichen dann etwas über meine Begegnung mit einem Elfenwesen in den 80er Jahren erzählt«, lächelt Rosberg, »aber das fanden sie nicht so spannend wie die Kneipentour.« Tatsächlich sei Sindri während seiner Erzählung eingeschlafen. Aber da die Elfen ja oft über Träume Kontakt zu den Menschen aufnehmen, sei er, Rosberg, fest davon überzeugt, daß Sindri die Erzählung tief in seinem Inneren gespeichert habe:

»Es geschah im Sommer 1987, Ende August, wo die Nächte schon wieder dunkler sind. Ich bin in der Umgebung unterhalb des Snæfellsjökull nahe bei Búðir in der Lava spazieren gegangen. Es war noch früh am Morgen. Ich suchte spirituellen Kontakt mit der Natur. Um den Kopf hatte ich mir eine Art Turban aus blauem Stoff gewickelt. Diese Kopfbedeckung, so hatte mir mal eine alte Freundin gesagt, signalisiere den Naturgeistern, daß ein Mensch bereit und gewillt sei, mit ihnen zu kommunizieren. Als ich um einen Lavablock gehe, erblicke ich dahinter hockend und zusammengekrümmt eine kleine, weinende Kreatur. Mit glitzernden Kleidern, gelb und rosa Stickereien. Auf dem Kopf sitzt eine goldene Krone mit Diamanten oder Bergkristallen. Angst hatte ich keine, deshalb ging ich näher und fragte, was denn los sei. Da erhob das Wesen, es war vermutlich männlich, seinen langen Schwanenhals. Er schien sehr alt zu sein und war am ganzen Körper spindeldürr. Er weinte immer noch und ich weinte plötzlich mit, obwohl es für mich gar keinen Grund gab. Es geschah einfach so. Da lächelte er plötzlich und sagte, daß er dreißig Jahre alt sei. Das wären für uns Menschen umgerechnet zweitausendeinhundert Jahre. Ein Elfenjahr entspräche siebzig Menschenjahren, erklärte er. Er sagte, er sei krank und die anderen Elfen hätten Angst vor ihm. Sie glaubten nun, wenn jemand erkältet wäre und fieberte und hustete, so sei er schuld. Er habe sich wohl erkältet, weil er gern auch bei großer Kälte stundenlang im dünnen Hemd im Freien herumspaziere. Nun bat er mich um zwei meiner Tränen und füllte sie in ein kleines grünes Medikamentengläschen. Ein paar Tage traf ich ihn später noch einmal. Die Sonne schien, kein Wölkchen war am Himmel. Er saß hinter dem gleichen Lavablock, wirkte gesund und bedankte sich sehr herzlich für das Gespräch und die Tränen.«

# Der Lange Marsch der Runen

*Diejenigen Menschen, welche stark hellsichtig sind, vermögen in den Büchern aus Elbenheim Schriftzeichen zu erkennen, die Elfenrunen genannt werden, während andere Nichthellsehende nur unbeschriebenes weißes Pergament erblicken.*[1]

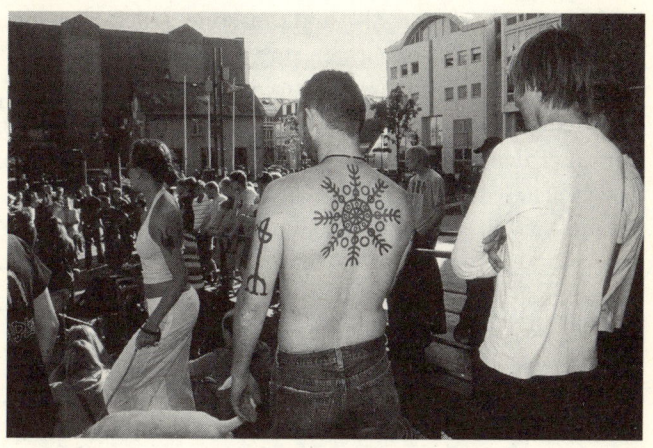

Heimlich fotografiert: Zauberrune am Rücken von Siggi Pönk,
Reykjavík 2004

Der Mann, der einst in Runen ritzte »Alla besitzt dieses Schwert ›Ruhmvoll‹«, lebte in der frühen Zeit der Völkerwanderung. Es kann ihm also nicht um den Gott Allah und die derzeit aktuelle Beschwörung eines Kampfes der Kulturen gegangen sein. Was ihn dazu veranlaßte, sein Schwert mit dem Namen zu markieren, muß etwas anderes gewesen sein. Doch selbst seine eigene Identität wird durch die Runeninschrift nicht zwingend bestätigt. Trocken stellt der

Altnordist Karl Weinhold in seinem 1856 erschienenen Werk fest: »Die Runen sind nicht von den Germanen erfunden, sondern sind ihnen anderwärts zugekommen.«[2]

In den 1960er Jahren werden in der alten norwegischen Handelsstadt Bergen über sechshundert mit Runen versehene Holzstückchen aus dem Hochmittelalter gefunden. Die kurzen Mitteilungen umfassen Besitzanzeigendes (»Das gehört Erik«), Kaufmannsrechnungen, Neckisches (»Meine Liebe, küß mich!«) und Obszönes (»Setz dich hin und spiele mit den Runen; steh auf und furze!«).

Da heute insgesamt nur etwa 6500 erhaltene Runeninschriften gezählt werden, gilt der Fund als Sensation, nicht nur unter den Runologen. Er beweist, daß der Gebrauch der Runen, jedenfalls im Mittelalter, alltäglicher und verbreiteter war als angenommen. Für das Schreiben von Runen wird kein teures Pergament und keine Tinte benötigt. Die eckigen Formen der Buchstaben – Stäbe, Zweige und Haken – lassen sich problemlos in einfach verfügbare Materialien wie Holz und Stein ritzen.

Runen sind die ältesten Schriftzeugnisse der germanischen Sprachgruppen. In Gebrauch waren sie vornehmlich in Mitteleuropa und Skandinavien in der Zeit zwischen dem 2. und 12. Jahrhundert. Ihre ältesten Belege finden sich geritzt auf Holz, Metall, Schmuck oder Waffen, vor allem Lanzenspitzen. Mehrheitlich gehen die Forscher davon aus, daß die Runen nach dem Vorbild der lateinischen Schrift entwickelt wurden. Doch kursieren auch Theorien über die Herkunft und Entstehung der Runenschrift aus dem griechischen oder einem nordetruskischen Alphabet. Entgegen weitverbreiteter Vorstellung stellt Island mit etwa hundert Funden für Archäologen nicht unbedingt ein Runenparadies dar.

So gibt es weder alte Runensteine wie die berühmten, ornamental verzierten, die aus Norwegen, Dänemark und Schweden bekannt sind, noch irgendwelche Runenfunde aus der Sagazeit. Das älteste Zeugnis im Land sind die reich verzierte Kirchentür von Valþjófsstaðir, die um 1200 geschnitzt wurde, sowie ein heiß diskutierter Holzlöffel. Ansonsten finden sich ab 1350 vor allem mit Runen verzierte Grabsteine mit christlichen Inschriften. Die meisten davon stammen aus dem 15. Jahrhundert. Runen, die sich zu magischen Symbolen formieren, gibt es dann mit den Zauberrunen in isländischen Büchern und Manuskripten des 18. und 19. Jahrhunderts. Um dem archäologischen Runenmangel abzuhelfen, sind zahlreiche Autoren dem Land bis in die Neuzeit zu Hilfe gekommen und haben gern ein paar Runen über das Land gestreut oder es gar völlig runisiert. So erscheint ganz Island dem französischen Schriftsteller, Fotografen, Weltreisenden und Filmemacher Paul Gayet-Tancrède alias Samivel als geologische Gesamtkunstrune, die ganze Insel nennt er »Insel der Runen«: »Ist nicht ganz Island von Runen gezeichnet? Tief eingegraben sind sie als übermenschliche Zeichen in die Landschaft der Insel, selbst für den Eingeweihten nicht mehr zu entziffern.« Und damit nicht genug, denn gleich schwärmt er weiter, die Götter hätten die verlorene Insel draußen im Weltmeer zu »ihrem Runenstein« erkoren, indem sie »ihre Inschriften einkerbten, Botschaften, die sie den Menschen zu überbringen trachteten, heute sichtbar in den bizarren Lavabildungen«, und so weiter.[3] Regelrecht bescheiden klingt dagegen der Herausgeber der Kulturzeitung »Der Kreis« Ludwig Benninghoff, wenn er in der Sondernummer »Neues Island« im Jahr 1930 unter der Überschrift »Warum Island?« über Kunst aus dem Norden die »runenhaften Pinselzüge« von

van Gogh beschwört. Fazit: »Es wäre töricht, ihn der französischen Malerei eingliedern zu wollen.«[4]

Vergessen werden die ersten spärlichen Runenzeugnisse
aus dem ersten Jahrtausend zwar nie, aber der Zusammenhang, in dem sie stehen, ihre Herkunft und ihre Verwendung geraten aus dem Bewußtsein. Neues Interesse an
ihnen erwacht erst mit der Suche nach anti-römisch-
papistischen Ursprungsmythen im 16. Jahrhundert. Nun
werden erste Sammlungen und Studien zu den Runen verfaßt. So ortet der schwedische Geistliche Johannes Magnus
ihren Ursprung in der Zeit der Sintflut. In der 1555 erschienenen »Historia«, einer einzigartigen Beschreibung der
nördlichen Länder und ihrer Sitten, zeichnet sein Bruder
Olaus Magnus aus antiken Quellen die Wanderung der
Goten, der Ur-Skandinavier, im 6. Jahrhundert in den Süden Europas. Die »gotische Schrift«, also die Runen, führt
er als Beleg ihrer hohen Kultur an. Ehe Carmenta – den Rö-
mern galt sie als Erfinderin des lateinischen Alphabets – in
den Norden gekommen sei, hätten die dortigen Völker des
Nordens schon Buchstaben gehabt. In Dänemark und
Schweden entwickelt sich so im 17. Jahrhundert allmählich
ein Stolz auf »unsere« Runen.

Da sich Island immer gern anbietet, wenn es um germanische Ursprungsmythen geht, wird die Runenherkunft
möglichst nördlich verortet. So präsentiert der Universal-
gelehrte Hieronymus Megiser in seinem Sammelwerk über
die Welt des Nordens von 1613 »Die alten Ißländischen
oder Gothischen Buchstaben« ein Runenalphabet. In
Olaus Magnus' Buch »Die Wunder des Nordens« gelten
die Isländer als diejenigen, die altes Kulturerbe des Nordens bewahrten. Sie würden alles in Reim- und Liedform
aufschreiben, in Stein hauen, damit »sie nimmermehr bei

Das Schaufenster lockt: Runenpullover für Knaben und Mädchen,
Reykjavík 2001

den nachkömmlingen in vergeß kommen«. Das weiß auch
der königlich-preußische Konsistorialrat Jacob Schimmelmann, der sich 1777 als erster an eine deutsche Übersetzung der »Isländischen Edda« wagt, dem, wie er glaubt,
»allerältesten teutschen Buch«. In der »geheimen Gottes-
Lehre der ältesten Hyperboräer«, die er aus alten Runen-
schriften ins Lateinische übersetzt wähnt, findet sich unter
der eleganten Überschrift »Magie d'Odin« das Kapitel von
den Runen, die Macht der Sprache. Odin ist bekanntlich im
Mythos der Gott des Runenwissens und der Runenmagie.
Im Götterlied Hávamál opfert er sich selbst, hängt neun
Tage kopfüber in Yggdrasil, der Weltesche. So gewinnt er
Kenntnis von der Macht der Runen und kann sich befreien.
Schimmelmann spickt seine Abhandlung mit vielen christ-
lichen Losungen und erweist sich als Meister beziehungs-

wütiger Allegoresen. Um den heidnischen Donnergott Thor ins Christentum zu integrieren, führt er ein Zitat aus der Bibel an: »Ich bin die Thür und das Thor! Wer durch mich eingeht, wird Weide finden und seelig werden.« Im folgenden gibt Schimmelmann zu bedenken, daß durch Thür oder Thor gehen müsse, wer eine Kirche betreten wolle. Während Donnergott Thor hier noch als profanes Tor eingebaut wird, ist sein Feind, der Riese, längst ins isländische Alphabet integriert: Als Þ-Rune, die für Þurs (Riese) steht.

Im sogenannten ersten grammatischen Traktat, entstanden wohl um Mitte des 12. Jahrhunderts und überliefert in einer Pergamenthandschrift von 1360, entwickelt ein anonymer Verfasser auf Grundlage des lateinischen Alphabets ein Schriftsystem für die damals hegemoniale lingua franca des Nordatlantiks: 36 Vokalbuchstaben zum Schreiben der isländischen Sprache. Da der im Altnordskandinavischen gebräuchliche th-Laut im Lateinischen fehlt, schlägt er dafür das Runenzeichen Þ vor. Die Rune soll der letzte Buchstabe des isländischen Alphabets werden, allerdings unter neuem Namen. Statt »thorn« soll sie zukünftig »the« heißen. Bis heute quälen sich viele Computerschriftprogramme mit diesem Zeichen, das im Isländischen durchaus häufig vorkommt. Auch die Firma Microsoft schien nicht erfreut, daß unbeugsame Mitarbeiter der isländischen Sprachkommission auf der alten Rune in sämtlichen Computerprogrammen bestanden. So kursiert die Sage von einem Kampf der Isländer mit dem Software-Giganten, der zugunsten der eleganten Rune endete. Als »Sonderzeichen« harrt sie nun in den Schriftprogrammen von Microsoft auf ihren Einsatz. Bei Eingabe von 0222 für das große und 0254 für das kleine bei gedrückter Alt-Taste.

Zu den bizarrsten Metamorphosen der Runen zählt sicherlich ihre Verkörperung durch Runengymnastik. In den 1920er Jahren entwickelten Esoteriker und Vertreter rassistischer Lehren wie die der »Ariosophie« aus Runenelementen ein Instrument zur »Veredelung der arischen Rasse«. Sie waren davon überzeugt, daß das Spreizen der Arme und Beine, genannt »bioenergetische Antennenposition«, die Kraft der Runen aufnimmt, die von ihnen symbolisiert wird.

Statt Runengymnastik hat sich in Island das Tätowieren der Haut mit ornamentalen- und Zauberrunen durchgesetzt, vor allem im Bereich der Popkultur. Nicht nur die Sängerin Björk trägt am Arm solch eine dekorative Figur – *vegvísir*, den alten Wikingerkompaß symbolisierend. Auch einige andere Musiker aus der Punk-, Heavy-Metal-, Rock- und Industrialszene haben sich am Körper Zauberrunen eintätowieren lassen. Der Krankenpfleger und Musiker Siggi Pönk trägt eine große Schadensabwehrrune am Rükken. »Ich glaube, sie ist ein Zauber gegen das Böse«, so sein alter Kumpel Elvar vom Duo »Hellvar«. Zum Glück können Runen auch völlig schmerzfrei am Körper angebracht werden. So bietet ein Handarbeitsgeschäft in Reykjavíks Innenstadt Runenpullover an: hellblau für Jungen und rosa für Mädchen. Gleichmäßig verteilt finden sich auf den Pullovern dicht an dicht weiß leuchtende Runenzeichen. »Aber nein, die Runen da haben überhaupt nichts Bestimmtes zu bedeuten«, behauptet die Verkäuferin Erla lächelnd. »Sie sollen lediglich Touristen anlocken.« Dabei wäre eine wirksame Zauberrune gegen Mottenbefall sicher der Riesenhit.

1  Lehmann-Filhés, Isländische Volkssagen, Bd. 2, S. XIX; Berlin 1889.
2  Weinhold, Karl, Altnordisches Leben; Berlin 1856, S. 408.
3  Samivel, Island; Zürich und Stuttgart 1964, S. 135 f.
4  Der Kreis, 7. Jhg./12. Heft; Hamburg 1930, S. 680 f.

# Isländer schockiert über
# deutsche Briefmarke

Kolgujew statt Island: Briefmarke zum
Goethe-Institutsjubiläum 2001

Nicht genug, daß das Goethe-Institut im März 1998 seine
einzige Niederlassung in Reykjavík schließt. Drei Jahre
später, anläßlich des 50jährigen Bestehens der Institution,
gibt die Deutsche Bundespost eine Sondermarke mit einer
Weltkarte heraus, auf der Island einfach weggelassen wird.
Gut sichtbar dagegen prangen auf der Marke die teilweise
wesentlich kleineren Inseln Timor, Tasmanien, Sachalin,
die Wrangel-Insel und sechs weitere.
Den Einwand, daß dies nur eine relativ kleine Briefmarke
im Format 4,6 mal 2,7 Zentimeter sei, lassen die Isländer
nicht gelten. »Kennen Sie vielleicht Kolgujew?« empört
sich der 35jährige Buchhändler Eysteinn Traustason aus
Reykjavík und fügt hinzu: »Nein? – Ich habe nämlich auch
noch nie von dieser Insel gehört.« Die nordsibirische Insel
sei jedoch gut sichtbar auf der Sondermarke zu finden.

»Und Kolgujew ist gerade mal 3495 qkm groß, also fast dreißigmal kleiner als Island!«

Stolz präsentiert der deutsche Finanzminister Hans Eichel am 5. April 2001 die peinliche Briefmarke vor den Botschaftern von Belgien, Frankreich, Kanada, den Niederlanden, Tschechien und den Philippinen. Keiner bemerkt die Blamage. Feierlich sülzt der damalige Präsident des Goethe-Institutes Hilmar Hoffmann: »In dieser internationalen Umgebung fühlen wir uns wohl. Die Briefmarke zeigt auch von der Gestaltung her unsere Institute als globalen Akteur der deutschen Kultur.«

Gestaltet wurde die Briefmarke von der Münchner Firma »Zeichen und Wunder«. Dort gibt man sich ahnungslos. Grafikdesignerin Irmgard Hesse versteht die ganze Aufregung nicht: »Island ist auf keinen Fall bewußt weggelassen worden. Ich habe für die Briefmarke eine bereits bestehende Karte verwendet.« Welche Karte das war, kann sie jedoch nicht mehr sagen: »So was gibt es öfters, daß solche Sachen geschehen, aber das passiert ohne böse Absicht.« Auf Nachfrage fügt sie trotzig hinzu: »Ich war vor fünf Jahren selbst auf einer Nordlandreise. Island hat mir überaus gut gefallen!«

Doch die Nachfahren der kampfeslustigen Wikinger geben nicht auf. Gemeinsam mit dem Buchhändler Eysteinn Traustason sammelt Altnordist Marteinn Sigurðsson (30) aus Reykjavík bereits Unterschriften, um der Forderung Nachdruck zu verleihen, die 1,53 € teure Briefmarke umgehend einzustampfen.

Marteinn Sigurðsson: »Island ist das Heimatland der germanischen Sprachkultur, das Mekka der Germanisten. Die Gebrüder Grimm übersetzten Passagen der altisländischen Edda und pflegten mit isländischen Gelehrten regen postalischen Geistesaustausch. Ja, sie waren sogar Ehrenmitglieder des Hið íslenzka bókmenntafélag, der 1816 gegründeten Isländischen Literarischen Gesellschaft.«[1]

Daß der Briefmarkenentwurf aus München stammt, erbittert die begeisterte Briefmarkensammlerin Inga Hauksdóttir aus Akureyri (46) ganz besonders: »Es war der Münchner Rechtshistoriker und Altphilologe Dr. Konrad Maurer, der sich im Jahr 1852 in einer wichtigen verfassungsrechtlichen Frage auf die Seite Islands stellte. Unser Land war damals ja noch Teil von Dänemark, ja eigentlich eine Kolonie.«[2] Es ist bis zum heutigen Tage im Land bekannt, daß Konrad Maurer, der 1902 im Alter von 79 Jahren verstarb, einen verfassungsrechtlichen Artikel zugunsten Islands in der deutschen »Allgemeinen Zeitung« veröffentlichte. In Deutschland ist er dagegen heute nur noch wenigen Spezialisten für nordisches Recht ein Begriff.

Marteinn Sigurðsson hat jedenfalls sämtliche mit der Briefmarke frankierte Post an die Absender in Deutschland zurückgesandt: *Neitað móttöku*: Annahme verweigert!

1 Sie bestand 1860 aus 991 Mitgliedern und 46 Ehrenmitgliedern, darunter Konrad Maurer, Lord Dufferin, Karl Simrock. Siehe: Preyer, William u. Dr. Zirkel, Ferdinand, Reise nach Island; Leipzig 1868, S. 46.
2 Maurer, Konrad, Zur politischen Geschichte Islands; Leipzig 1880; Neudruck Aalen 1968, S. 171.

# Harmloses Hakenkreuz

Geschichte: Logo von 1914

Direkt am Hafen, neben »Bæjarins beztu«, der berühmtesten und ältesten Hot-Dog-Bude von Reykjavík, befindet sich das alte Gebäude der Reederei Eimskip. Am Giebel stach bis vor wenigen Jahren eine große blaue, rechtsdrehende Swastika ins Auge. »Beim Anblick blieb manchem Touristen das Hot Dog im Halse stecken«, weiß die freundliche Verkäuferin in der Bude und preßt dabei beherzt Senf und Ketchup über ein Würstchen. In der Tat ist das blaue Hakenkreuz Symbol von Eimskip seit Gründung der Gesellschaft im Januar 1914. »Mit Politik hat es aber nichts zu tun«, betont ein Kunde mit schlohweißem Haar. »Es war schon vorher da!« Auf den Schiffen von Eimskip wehten viele Jahrzehnte lang blaue Hakenkreuzfahnen auf weißem Grund. Der Seemann Guðjón Arngrímsson fuhr von 1963 bis 1969 auf isländischen Dampfschiffen: »Natürlich zog die Flagge große Aufmerksamkeit auf sich, wo immer wir hinkamen – besonders in Deutschland. Die britischen Kaufleute wußten allerdings, daß die Flagge bereits seit 1914 bei Eimskip in Gebrauch war.«

Bei der blauen Swastika handelt es sich ursprünglich um eine stilisierte Schiffsschraube. Vor einigen Jahren wurde das Eimskip-Haus zu einem Hotel umgebaut und das Hakenkreuz hinter einer Platte versteckt. Auf dieser ist nun das Gründungsjahr von Eimskip, 1914, eingeprägt. Die Hotelleitung hofft so, weitere Mißverständnisse bei auswärtigen Besuchern zu vermeiden. Noch vor wenigen Jahren standen bei Versammlungen von Eimskip die Redner hinter einem Pult, auf dessen Front das Hakenkreuz prangte. »Gerade auf Schwarzweiß-Fotografien ist der Unterschied zum roten Hakenkreuz der NSDAP nicht leicht zu erkennen«, so Guðjón. Die Reederei Eimskip hat sich inzwischen ein anderes, moderneres Logo zugelegt: ein gespiegeltes, in sich verzahntes großes blaues »E« mit grauem Schatten.

Ein anderes, oft mißinterpretiertes Symbol findet sich nur wenige Schritte vom alten Eimskip-Haus entfernt: das Ladengebäude von Egill Jacobsen in der Austurstræti 9 von 1921. Es weist Elemente des Jugendstils auf, läßt sich aber insgesamt keinem Stil zuordnen. Neben Ornamenten aus Muschelschalen und Basaltsäulen findet sich an der oberen Giebelfront ein Hexagramm. Gelegentlich halten Besucher dies für einen Davidstern. Der Kellner in der heute dort ansässigen Bar meint auf Nachfrage: »Vor allem Touristen fragen, ob das früher eine Synagoge war.« Tatsächlich handelt es sich bei dem Symbol um ein Freimaurerzeichen. Egill Jacobsen war einer der Gründer der Loge in Island. Es ist anzunehmen, daß Treffen der Freimaurer in diesem Haus stattfanden. Ein weiteres Freimaurerzeichen befindet sich auf einer Mansarde der Reykjavíkurapótek, Austurstræti 16, gegenüber der Post. Dort mieteten die Freimaurer Islands einige Räume und trafen sich über viele Jahre.

# Ich sehe was, was du nicht siehst

Merkwürdiger Schlenker im rechten Gleis

Genüßlich schreiben die deutschen Medien immer wieder über Straßenumleitungen in Island, die aufgrund vorhandener Elfenpopulationen stattgefunden hätten. Als prominentestes Beispiel muß der Álfhólsvegur in Kópavogur herhalten, wo die Straße einen ungelenken Schlenker um einen großen Felsen macht. Es wirkt zuweilen so, als ob die hiesigen Medien im harten Wettbewerb sich selbst und auf diese Weise auch dem deutschen Publikum Vernunft und Ratio bescheinigen wollten. Verrückt sind immer bloß die anderen. Hierzulande würde natürlich kein Straßenbauamt auf den Gedanken kommen, wegen eines elfenbewohnten Felsens eine Straße umzuleiten. Oder etwa doch? Tatsächlich braucht es nur ein wenig Aufmerksamkeit, um auch in Deutschland unerklärliche Umleitungen in Hülle und Fülle zu entdecken.

Als eine der elfenreichsten Regionen Berlins gilt die Gegend um den Kreuzberg. Die an dieser natürlichen Erhöhung angrenzende Monumentenstraße erstreckt sich entlang des St. Matthäus-Kirchhofs bis in den Bezirk Schöneberg. Dort auf dem Kirchhof sollte der Besucher einen kurzen Blick auf die prominentesten Gräber werfen, nämlich die der Gebrüder Grimm. Dann kann er gerne weitereilen, entlang der Monumentenstraße, das meint natürlich: auf dem Monumentenbürgersteig. Schon bald wird er die Monumentenbrücke erreichen. Werfe er nun einen Blick auf die Gleise der darunter befindlichen S-Bahntrasse. Unweigerlich nimmt er eine äußerst mysteriöse Gleiskrümmung wahr. Es scheint für diesen bizarren Schlenker absolut keinen Grund zu geben. Kein Haus, kein Stein, kein Signal müßte umfahren werden, kein Hindernis ist zu sehen. Die Gleise umgehen ein unsichtbares Hindernis.

Die Verwaltung der Berliner Verkehrbetriebe stellt sich auf Nachfrage stur. Keine Mail, kein Brief wird beantwortet. Für ein Interview über die rätselhafte Umleitung will sich partout kein Ansprechpartner finden.

»Elfen gibt es überall«, hatte mir im Januar 1994 Islands bekanntestes Elfenmedium Erla Stefánsdóttir gesagt und nach kurzem Zögern geflüstert: »Auch in Berlin.« Vermutlich wissen die für die mysteriösen Schlenker in den S-Bahn-Gleisen Verantwortlichen genau Bescheid. Doch entspricht es wohl der deutschen Selbstwahrnehmung mehr, über »gewisse Vorkommen« striktes Stillschweigen zu bewahren.[1]

1 Grafe, Ogar und Müller, Wolfgang, Die Schöneberger Elfenkarte; Berlin 1996.

# Der Friedhof der Namenlosen

Akwiratékha am Grab von Nico, Berlin 2006

Akwiratékha, Heimir und ich spazieren entlang der *Al-mannagjá*, der *Allmänner-Schlucht*. Dort, wo der europäische und der amerikanische Kontinent auseinanderdriften. Besonders schön sieht das Ergebnis der Kontinentaldrift nämlich hier im Þingvellir-Nationalpark wenige Kilometer von Reykjavík entfernt aus. Imposante Felsspalten und bizarre Risse im Basalt wechseln sich mit grünen Wiesen und kleinen Teichen ab. In den Spalten bedeckt kristallblaues Wasser Silbermünzen, die Besucher hineingeworfen haben. Gelegentlich stolziert ein Brachvogel herum, um mit seinem langen, gebogenen Schnabel ein argloses Insekt aus dem Erdreich zu ziehen.
Der Berliner Meteorologe und Geowissenschaftler Alfred

Wegener entwickelte im Jahr 1911 die Theorie der Kontinentalverschiebung. Diese wiederum gilt heute als Grundlage der Plattentektoniktheorie. Erst in den späten 1960er Jahren, über dreißig Jahre nach Wegeners Tod, wurde die Kontinentalverschiebung offiziell in den Rang einer wissenschaftlichen Wahrheit erhoben. Der Insel Island bescherte Wegener so in einigen Lehrbüchern und Reiseführern posthum den Status eines »eigentlich eigenen Kontinents«, der auf einem sehr produktiven »Heißen Fleck« liege. Jährlich spreizt sich die Insel um einen Zentimeter in beide Richtungen. Da an der Bruchstelle zwischen nordamerikanischer und eurasischer Platte ständig Basaltergüsse nach oben dringen, müßte diese Spalte genaugenommen eben der Kontinent sein. Die heftigen Ergüsse auf ihrer westlichen Seite werden mit ihrer Erstarrung als Basalt gewissermaßen zum Bestandteil Amerikas, an der östlichen Seite zum Teil Europas.[1]

Die alten Isländer, betont Heimir, hätten – lange schon vor Christoph Kolumbus – gute Beziehungen zu den Ureinwohnern auf dem amerikanischen Festland gehabt: »Bereits im Jahr 1000 landeten fünfunddreißig Isländer in Amerika.« Heimir kennt sich aus. In der Funktion eines Generalmanagers hatte er die historische Fahrt des nachgebauten Wikingerschiffes von Leifur Eríksson von Island nach Nordamerika im Jahr 2000 organisiert. Sein Gast Akwiratékha, ein Mohawk aus Kanada, ergänzt: »Jedenfalls waren Isländer die ersten bekannten Weißen, die mit den Kanien'kehá:ka[2] und anderen Völkern Nordamerikas Kontakt hatten.« Die Bezeichnung für die Ureinwohner aus den isländischen Sagas, »Skrælingir«, heute übersetzt als Wilder, Unzivilisierter oder Barbar, klingt allerdings nicht unbedingt freundlich. Im Norwegischen wird mit

Skræling ein Schwächling, ein kranker oder magerer Mensch bezeichnet. Obgleich der Ursprung des Wortes nicht sicher ist, wird seine Herkunft bisweilen auf das altnordische Wort »ská« zurückgeführt, das »Haut« bedeutet: Die Kleidung der Ureinwohner bestand aus gegerbten Häuten und Fellen, während die Isländer gewebte Wolle bevorzugten.

Heimir, dessen Name mit »Selbstständig Wohnender«, »zu Hause Bleibender« oder kürzer mit »das Heim« übersetzt werden könnte, hatte Akwiratékha – den brennenden Busch – im Jahr zuvor in der Touristeninformation des Kahnawà:ke-Reservats kennengelernt und nach Island eingeladen. »Die Deutschen werden auf Mohawk übrigens ›Tehotinontsistokerón:te‹ genannt. Das bedeutet soviel wie Quadratköpfe«, klärt mich Akwiratékha auf, während wir langsam auf den Öxarárfoss, den »Axtwasserfall«, zugehen.

»Für die Isländer als Volk existiert in unserer Sprache kein offizielles, standardisiertes Wort.« Heimir schaut enttäuscht auf Akwiratékha und haucht in das Rauschen des Wasserfalls ein kaum vernehmbares »Schade«. Akwiratékha hebt beschwichtigend die Hand: »Bevor ich nach Island flog, sprach ich darüber mit einem älteren Mann aus einem anderen Reservat. Für ›Island‹ entwickelte er das Wort ›Owisó:kon‹. Ein Isländer wäre dann ein ›Owisokón:ha‹ oder vielleicht ›Owisokonhró:non‹.« Er selbst sei sich da aber noch ziemlich unsicher.

Heimir erhebt seine Stimme und spricht von guten Beziehungen und Handelskontakten, die um die Jahrtausendwende zwischen Isländern und den nordamerikanischen Einwohnern bestanden hätten. Die Ausgrabung einer tausend Jahre alten Wikingersiedlung in den 1960ern bei

L'Anse aux Meadows auf Neufundland beweise dies eindringlich.

Vermutlich bis zu den großen Seen und nördlich bis in die Region des heutigen New York, dem Siedlungsgebiet der Mohawks, sind die Nordmänner auf ihren Expeditionen gedrungen. Insofern wäre es natürlich möglich, daß ein Vorfahre von Heimir einst einen Vorfahren von Akwiratékha getroffen hätte.

Hier, in der Allmänner-Schlucht, wo Amerika und Europa auseinandertreiben, könne man sogar mit beiden Beinen auf zwei Kontinenten gleichzeitig stehen, strahlt Heimir und spreizt die Beine. Akwiratékha hüpft von einem Bein aufs andere und fragt unvermittelt, ob ich Nico kennen würde. Die Sängerin Nico, alias Christa Päffgen? Geboren in Köln, aufgewachsen in Berlin, Fotomodell und Sängerin romantischer, tieftrauriger Balladen. Ja, klar kenne ich Nico. Tatsächlich war ich sogar bei ihrem letzten Konzert. Das fand 1988 im Berliner Planetarium statt. Zwei Wochen später erlitt sie in Ibiza beim Fahrradfahren einen tödlichen Hitzschlag.

Akwiratékha, Jahrgang 1983, studiert Linguistik an der Universität von Manitoba in Winnipeg und sah Nico zum erstenmal in einer Sendung des kanadischen Fernsehens. »Es lief da eine Serie, in der die Heldinnen der Popmusik porträtiert wurden. Nico gefiel mir mit Abstand am besten.«

Ich selbst habe Nico zum ersten Mal in den 1970ern in Wolfsburg gehört. Auf der Velvet-Underground-Debüt-LP fragte sie: »And what costume shall the poor girl wear to all tomorrow's parties?« Das wirkte irgendwie traurig und komisch zugleich. Mit Siebzehn kaufte ich Nicos damals neueste LP »The End«, auf der neben der depressivsten Coverversion der Doors auch das Deutschlandlied in extrem gedehnter Version zu hören ist. Sozusagen eine deutsche Prä-Punkversion von 1974. Hoffmann von Fallersleben, der Dichter des Liedes, wohnte bei mir um die Ecke, allerdings vor hundertfünfzig Jahren. In einem Fachwerkhaus am Schloß Wolfsburg erinnert eine Tafel daran, daß ihn hier ein Freund versteckte – vor den Häschern des Königs: *Hoffmann von Fallersleben fand in diesem Pfarrhause vor dem Revolutionsjahr 1848 und danach Schutz auf der Flucht vor den staatlichen Verfolgern bei seinem Freund und politischen Weggefährten David Lochte, Pastor von St. Marien 1826-1862.*

Wer Nicos Musik hörte, war in Wolfsburg jedenfalls ziemlich einsam. Es gab nur noch zwei Freunde, die meine Sympathie zu den Gesängen von Nico und ihrem fußbetriebenen Harmonium teilten. Doch wie viele Fans hat Nico eigentlich im Kahnawà:ke Reservat? »Ich glaube, ich bin der einzige«, erwidert Akwiratékha ohne Zögern. Und wie viele Menschen leben da? »Es gibt insgesamt 35 000 Mohawks.« In Wolfsburg leben um die 120 000 Einwohner. Geteilt durch drei Nicofans, kommt etwa das gleiche heraus wie in Kahnawà:ke. Durchschnittlich einer oder eine auf knapp vierzigtausend Einwohner.

Vier Jahre später, im Juli 2006, besucht mich Akwiratékha in Berlin. Wir fahren mit Rädern zum »Friedhof der Namenlosen«, auch bekannt unter dem Namen »Selbstmörderfriedhof«. Hier, mitten im Grunewald, gleich hinter dem Teufelsee, sind Nico und ihre Mutter begraben. Auf dem schwarzen Grabstein steht: Katharine Paeffgen und Christa Paeffgen NICO. Sich darum schlängelnder Efeu läßt den kleinen Stein fast verschwinden. Akwiratékha pflückt ein Efeublatt, um es als gepreßte und getrocknete

Erinnerung mit nach Hause zu nehmen. Auf dem Heimweg übersetzt er auf dem Fahrrad singend »All Tomorrow's Parties« – eine Coverversion von Nicos Velvet-Underground-Song in Mohawk, einer Sprache, die heute von etwa dreitausend, überwiegend älteren Menschen gesprochen wird:

>Nahò:ten èn:iontste ne iakó:ten tsi
eniórhen'ne enhatinenhronniánion<

1 In diesem Zusammenhang ist interessant zu wissen, daß Wegener zwar selbst in Þingvellir war, dort aber nicht auf seine Drifttheorie gekommen ist, Island auch nie in diesem Zusammenhang erwähnt hat. Seine Theorie baute er auf die Ähnlichkeiten der Kontinentalränder und das Studium von Tiefseekarten (Jón B. Atlason).

2 Selbstbezeichnung der Mohawk.

# Abbildungsnachweise

# Deutschsprachige Gegenwartsliteratur
## in der edition suhrkamp
### Eine Auswahl

**Marica Bodrožic**
- Sterne erben, Sterne Färben. Meine Ankunft in Wörtern.
  es 2506. 154 Seiten.

**Paul Brodowsky.** Milch Holz Katzen. es 2267. 72 Seiten

**Bernd Cailloux**
- Das Geschäftsjahr 1968/69. es 2408. 254 Seiten
- german writing. es 2481. 141 Seiten

**Ann Cotten.** Fremdwörterbuchsonette. Gedichte.
es 2497. 165 Seiten

**Dietmar Dath.** Heute keine Konferenz. es 2501. 318 Seiten

**Esther Dischereit**
- Der Morgen an dem der Zeitungsträger. Erzählungen.
  es 2496. 149 Seiten.
- Joëmis Tisch. Eine jüdische Geschichte. es 1492. 122 Seiten
- Übungen, jüdisch zu sein. Aufsätze. es 2067. 215 Seiten

**Dirk Dobbrow**
- Alina westwärts / Paradies. Stücke und Materialien.
  es 3428. 149 Seiten
- Late Night. Legoland. Stücke und Materialien.
  es 3403. 204 Seiten
- Der Mann der Polizistin. Roman. es 2237. 220 Seiten

**Albert Ostermaier**
- Erreger / Es ist Zeit. Abriss. Stücke und Materialien.
  es 3421. 111 Seiten
- fremdkörper hautnah. Gedichte. es 2032. 100 Seiten
- Herz Vers Sagen. Gedichte. es 1950. 73 Seiten
- Katakomben. Auf Sand. Stücke und Materialien.
  es 3433. 144 Seiten
- Letzter Aufruf. 99 Grad. Stücke und Materialien.
  es 3417. 171 Seiten
- The Making Of. Radio Noir. Stücke. es 2130. 192 Seiten
- Der Torwart ist immer dort, wo es weh tut. es 2469. 114 Seiten
- VATERSPRACHE. es 2436. 60 Seiten

**Doron Rabinovici**
- Credo und Credit. Einmischungen. es 2216. 160 Seiten
- Österreich. Berichte aus Quarantanien. Herausgegeben von
  Isolde Charim und Doron Rabinovici. es 2184. 172 Seiten
- Papirnik. Stories. es 1889. 134 Seiten

**Ilma Rakusa.** Love after Love. Acht Gesänge. es 2251. 54 Seiten

**Dieter Roth.** Da drinnen vor dem Auge. es 2400. 304 Seiten

**Patrick Roth**
- Ins Tal der Schatten. Frankfurter Poetikvorlesungen.
  es 2277. 176 Seiten
- Zur Stadt am Meer. Heidelberger Poetikvorlesungen.
  es 2411. 100 Seiten

**Silke Scheuermann.** Der Tag, an dem die Möwen zweistimmig
sangen. Gedichte. es 2239. 90 Seiten

**Ljubko Deresch**
- Die Anbetung der Eidechse oder Wie man Engel vernichtet. Aus dem Ukrainischen von Maria Weissenböck. es 2480. 200 Seiten
- Kult. Roman. Aus dem Ukrainischen von Juri Durkot und Sabine Stöhr. es 2449. 259 Seiten

**Mircea Dinescu.** Exil im Pfefferkorn. Gedichte. Ausgewählt, aus dem Rumänischen übersetzt und mit einem Nachwort versehen von Werner Söllner. es 1589. 115 Seiten

**István Eörsi.** Der rätselhafte Charme der Freiheit. Versuche über das Neinsagen. Aus dem Ungarischen von Anna Gara-Bak, Péter Máté, Gregor Mayer, Angela Plöger und Hans Skirecki. es 2271. 198 Seiten

**László F. Földényi.** Das Schweißtuch der Veronika. Museumsspaziergänge. Aus dem Ungarischen von Hans Skirecki. es 2220. 204 Seiten.

**Zbigniew Herbert.** Ein Barbar in einem Garten. Aus dem Polnischen von Walter Tiel und Klaus Staemmler. es 3310. 321 Seiten.

**Bohumil Hrabal.** Die Bafler. Erzählungen. Ausgewählt und aus dem Tschechischen von Franz Peter Künzel. es 180. 128 Seiten

**Oleg Jurjew.** Spaziergänge unter dem Hohlmond. Kleiner kaleidoskopischer Roman. Aus dem Russischen von Birgit Veit. es 2240. 134 Seiten

**Imre Kertész**
- »Heureka!« Rede zum Nobelpreis für Literatur 2002. Aus dem Ungarischen von Kristin Schwamm. Bearbeitung Ingrid Krüger. es-Sonderdruck. 32 Seiten
- Schritt für Schritt. Drehbuch zum »Roman eines Schicksallosen«. Aus dem Ungarischen von Erich Berger. es 2292. 184 Seiten

**Artur Klinaŭ.** Minsk. Sonnenstadt der Träume. Aus dem Russischen von Volker Weichsel. Mit Fotografien des Autors und Abbildungen. es 2491. 175 Seiten

**Hanna Krall.** Schneller als der liebe Gott. Mit einem Vorwort von Willy Brandt. Aus dem Polnischen von Klaus Staemmler. es 1023. 152 Seiten

**Ryszard Krynicki.** Wunde der Wahrheit. Gedichte. Herausgegeben, aus dem Polnischen übertragen und mit einem Nachwort versehen von Karl Dedecius. es 1664. 136 Seiten

**Endre Kukorelly.** Die Rede und die Regel. Erzählungen. Aus dem Ungarischen von Hans Skirecki. es 2128. 173 Seiten

**Stanisław Lem.** Dialoge. Aus dem Polnischen von Jens Reuter. Mit einem Nachwort des Autors. es 1013. 319 Seiten

**Ilma Rakusa**
- Love after Love. Acht Abgesänge. es 2251. 58 Seiten
- Von Ketzern und Klassikern. Streifzüge durch die russische Literatur. es 2325. 236 Seiten

**Mykola Rjabtschuk.** Die reale und die imaginierte Ukraine. Mit einem Nachwort versehen von Wilfried Jilge. Aus dem Ukrainischen von Juri Durkot. es 2418. 175 Seiten

**Serghij Zhadan**
- Die Geschichte der Kultur zu Anfang des Jahrhunderts.
  Gedichte. Aus dem Ukrainischen von Claudia Dathe. Mit
  einem Nachwort von Juri Andruchwytsch und Fotografien
  von Vładysłav Getman. es 2455. 81 Seiten
- Depeche Mode. Aus dem Ukrainischen von Juri Durkot
  und Sabine Stöhr. es 2494. 245 Seiten

NF 349/5/2.07